SCHULD EN SCHAAMTE

Van Henny Thijssing-Boer verschenen eerder:

Een arm vol goudsbloemen
Hilde, mijn dochter
Een bruidsboeket als symbool
Het spoor bijster
Wie goed doet...

Henny Thijssing-Boer

Schuld en schaamte

Spiegelserie

Zomer & Keuning familieromans

Omslagontwerp en omslagfotografie: Hendriks grafische vormgeving

ISBN 90 5977 008 0

NUR 344

1

RODE ROZEN IN EEN VAAS. FLEUR GROENEWEG KEEK ER BIJNA verliefd naar en met hetzelfde verliefde gevoel had ze de bloemen daarstraks zorgvuldig in de vaas gerangschikt. Rode rozen, een symbool van liefde. Met het schenken van de bloemen had Gideon haar zijn liefde voor haar laten zien. Toen ze in de namiddag van haar werk thuiskwam had ze de rozen op de keukentafel gevonden. Een verrassing, evenals het korte briefje erbij: *Mooie bloemen voor een mooi meisje dat ik al een leven lang ken en met wie ik oud hoop te mogen worden. Ik hou van je, wist je dat al? Tot vanavond, ongeveer zeven uur, dan gaan we deze heuglijke dag samen vieren. Kus, Gideon.*

Fleur glimlachte vertederd om wat Gideon geschreven had. Voor hun gevoel kenden ze elkaar inderdaad al hun hele leven, in werkelijkheid kenden ze elkaar vandaag op de kop af drie maanden! Dat de tijd er niet toe deed bewees het feit dat ze in betrekkelijk korte tijd allebei wisten dat ze elkaars mens waren en dat de een het niet zou redden zonder de ander. O ja, ze hield van Gideon, een leven zonder hem zou een leven zijn zonder franje. Drie maanden geleden, net als nu een zaterdag, hadden ze elkaar voor het eerst ontmoet in de boekhandel waar zij werkte. Ze had net een klant geholpen toen ze werd aangesproken door een man. 'Kun jij me misschien even helpen? Ik zoek het boek: *Het luipaardspoor*, van Adam Armstrong. Ik ben de hele zaak al door geweest, maar ik zie het nergens.'

'We hebben het boek niet in voorraad, maar ik kan het bestellen en dan hebben we het binnen enkele dagen in huis.' Daar was Gideon mee akkoord gegaan en nadat ze zijn telefoonnummer had genoteerd en hem beloofd had dat hij een belletje zou krijgen zodra het boek er was, had ze naar hem gekeken en was het door haar heen geflitst: wat heeft hij een innemend, sympathiek gezicht! De warme, prettig klinkende stem paste er precies bij. In die eerste, bewuste oogopslag had ze hem het stempel 'bijzonder aardig' opgedrukt. Behalve aardig vond ze hem er ook goed uit-zien. Hij had een fors postuur, blond haar en donkerbruine ogen. Ze had zich niet kunnen bedwingen en had er uitgeflapt: 'Weet je wel dat je een van de zeven schoonheden bezit?' Gideon had erom moeten lachen en verteld dat hij de kleur van zijn haar van zijn vader had geërfd, en dat zijn donkere ogen gelijk waren aan die van zijn moeder. Hij had eraan toegevoegd dat hij haar meer over zijn familie zou kunnen vertellen. 'Ik kan je natuurlijk uitnodigen om vanavond met me uit te gaan. Ik realiseer me nu echter ter plekke dat een mooi meisje als jij vast al een vaste vriend zal heb-ben. En zo vis ik altijd achter het net!' Hij had quasi teleurgesteld gekeken en zij had zich gehaast te zeggen dat ze zo vrij was als een vogel in de lucht en dat ze na haar werk best wel zin had in een uitje met hem. En zo, van een onschuldig, speels babbeltje, was het allemaal gekomen. Die bewuste avond waren ze in de stad iets gaan drinken en was ze erachter gekomen dat hij Gideon Vogelaar heette, dat hij vijfentwintig jaar was, slechts één jaar ouder dan zij, en dat hij een kantoorbaan had bij een groot bouwbedrijf. Die allereerste avond hadden ze over van alles gepraat, zijn familie was niet eens meer ter sprake gekomen. Dat was een volgende keer wel het geval geweest. Toen Gideon had verteld dat hij nog bij zijn moeder thuis woonde, had zij daar verbaasd op gereageerd. 'Wat raar, ik kan het nauwelijks geloven! Je bent daarin wel bijzonder, want jongeren van onze leeftijd willen over het algemeen maar wat graag bij hun ouders weg. Ik spreek uit ervaring en kan je ver-zekeren dat het een heerlijk gevoel is om op eigen benen te staan!' Daarna had ze aan Gideon verteld dat zij al een paar jaar in een flat woonde die ze huurde en dat ze nog elke dag genoot van haar vrijheid. 'Voor de goede orde moet ik erbij zeggen dat ik dol ben op mijn ouders en dat er over en weer een hechte band tussen ons bestaat.' Ze had uitvoerig verteld hoe haar leven met haar familie eruitzag. Na die uiteenzetting van haar had Gideon met een ietwat vertrokken gezicht bekend dat hij, wat betrof zijn familie, minder gelukkig was. Ze was toen echt geschrokken van het lange relaas dat Gideon had afgestoken. Hij had het afgesloten met de vraag: 'Ik hoop dat je begrip kunt opbrengen voor mijn situatie, voor die van mijn moeder vooral. Ze heeft het moeilijk, ik móet er voor haar zijn.'

Natuurlijk vond ze het verschrikkelijk wat er was gebeurd, ze kon echter niet goed verdragen dat zijn moeder het niet kon accepteren dat Gideon een vriendin had. Gideon had verteld dat hij tweemaal eerder een relatie had gehad die hij had verbroken omdat zij de waren niet bleken te zijn, maar toch ook doordat zijn moeder er zo'n moeite mee had gehad. Om dat soort vervelende herhalingen te voorkomen had Gideon het nog niet met zijn moeder over haar, Fleur, gehad, zelfs na drie maanden niet. 'Ik wil haar geen verdriet doen, ze is erg kwetsbaar.' Dat *mocht* waar zijn, maar Gideon begreep dan blijkbaar niet dat zij, Fleur, haar bedenkingen had over, wat zij noemde, deze ongezonde omstandigheden. Uit het verhaal van Gideon had zij opgemaakt dat zijn moeder bij voorbaat bang was dat ze haar zoon aan een meisje zou verliezen en dat ze daar niet goed mee om kon gaan. Gideon toonde er dan wel begrip voor, zij absoluut niet! Hoe kon een moeder het nou verdrietig vinden als haar zoon de liefde van zijn leven gevonden had! Elke goede moeder zou daar volgens haar juist blij mee zijn! Zo was Martine Vogelaar dus blijkbaar niet, zij wilde haar zoon voor zichzelf houden. De vrouw had inderdaad veel meegemaakt, ze had te veel moeten verliezen, toch durfde Fleur Martine Vogelaar in alle stilte een egoïste te noemen. Ze had er geen idee van hoe lang Gideon haar bestaan nog tegenover zijn moeder zou verzwijgen en of zij de vrouw ooit zou ontmoeten. Normaal gesproken zou het er toch eens van moeten komen. Ze merkte echter dat ze er allang niet meer naar uitkeek. Als je van tevoren wist dat je niet welkom was, leek haar dat ook meer dan logisch. Gideon en zijn moeder... Fleur merkte dat ze ging piekeren. Was háár relatie met Gideon eigenlijk wel zo mooi als ze dacht? Kónden ze samen gelukkig oud worden als zijn moeder zich nu al afzette tegen haar, een vrouw die ze niet eens kende? Nadat Fleur hier een tijdje over had nagedacht, rechtte ze haar rug en beloofde ze zichzelf dat ze zich niet zou laten ontmoedigen door haar toekomstige schoonmoeder. Daarvoor hield ze te veel van Gideon, van de lieve, zachtaardige man die ze gelukkig wilde maken. Hier verbrak Fleur haar gemijmer en wierp ze een blik op de klok. Ze schrok toen ze zag dat het al bijna half acht was! Gideon had beloofd dat hij tegen zeven uur bij haar zou zijn. Ze kende hem als een man van zijn woord, ook als een man van de klok. Waar bleef hij dan nu, vroeg Fleur zich bezorgd af. Ze zouden deze avond immers vieren dat ze drie maanden samen waren! Een heuglijk feit. Was hij dat opeens vergeten, of... gooide zijn moeder op de een of andere manier roet in het eten? Laat dát niet waar zijn! In Fleurs grote, grijze ogen verscheen bij voorbaat een furieuze gloed.

Martine Vogelaar was zich van geen kwaad bewust. Zij kende geen vrouw met de naam Fleur en had er geen idee van dat die haar van kwaad betichtte. Toch deelden beide vrouwen op dit moment dezelfde zorg, want ook Martine vroeg zich af waar Gideon bleef. Hij was vanmiddag na het eten in zijn auto gestapt om naar een collega te gaan. De man woonde in Appingedam, hij had problemen met zijn computer die Gideon, kundig als hij in dat opzicht was, even zou verhelpen. Een vriendendienst, had Gideon gezegd, en ook dat hij aan het eind van de middag weer thuis zou zijn. 'Mocht het onverhoeds uitlopen, wees dan niet meteen ongerust! Ik loop echt niet in zeven sloten tegelijk!' Hij had haar er een veelzeggende blik bij toegeworpen.

Die ik opving en begreep, dacht Martine; ik zal echter blij zijn als je weer heelhuids voor me staat. Ze mocht niet ongerust worden, maar Gideon besefte nog steeds niet dat dat voor haar te veel gevraagd was. Zij wist immers uit ervaring hoe snel je dierbaren kon verliezen en hoe je leven dan instortte om nooit meer hetzelfde te worden. En haar leven wás veranderd, en ja, ze wist heus wel dat ze Gideon vanaf zijn vijfde jaar verwend had. Eén kuchje van hem was voor haar reden genoeg geweest om de dokter erbij te halen. Als het 's winters bar koud was hield ze hem om veiligheidsredenen het liefst binnen, als het 's zomers te heet was zou ze maar wat graag alleen voor hem een verkoelende schaduwplek willen creëren. Haar nooit aflatende zorg om die ene zoon die ze had mogen houden, was voor haar van levensbelang. Dat kon niemand begrijpen. De mensen om haar heen waren vergeten wat er destijds gebeurd was. Buitenstaanders vonden dat het verjaard was. Martine Vogelaar moest niet zeuren, ieder huisje droeg zijn kruisje. Na een tijdsbestek van twintig jaar moest dat van haar te dragen zijn. De tijd heelde immers alle wonden, dat gold ook voor haar.

Martine schudde haar hoofd en zonder het te willen of te weten dwaalden haar ogen naar de ingelijste foto die op de televisie stond. Een jongeman met een mooi meisje stonden erop. Thomas, haar man van wie ze nog onverminderd hield, was nu negenenveertig, twee jaar ouder dan zijzelf. Jola, hun dochtertje, was op de foto drie jaar. Een aandoenlijk popke dat met een stralend gezichtje opkeek naar haar papa. En hij lachte naar haar, zijn oogappeltje. Al die gruwelijke lange jaren lachten zij haar vanaf de foto toe, maar haar hart huilde zo vaak ze met de foto in haar handen stond. Voor haar gevoel had de tand des tijds geen scherpe randen weggeslepen, het gemis was nog even erg als toen, het heimwee naar hen die ze niet missen kon werd alleen maar groter. Het wachten op hun terugkeer was een ware martelgang en toch wachtte ze. In stilte, want als ze dit soort dingen hardop uitsprak werd ze voor gek verklaard. Thomas en Jola waren dood, daar was iedereen van overtuigd behalve zijzelf. Zij was ervan overtuigd dat ze eens zouden terugkeren, hoe vaak had ze zichzelf dat inmiddels al beloofd? Tegen beter weten in... Ze wist het niet, maar wel dat het haar plicht was te waken over Gideons welzijn. Ze had immers alleen hem maar meer. O, jongen, waar blijf je zolang, kom alsjeblieft thuis. Ik héb het niet meer.

Het leek alsof het inwendige gekerm van Martine verhoord werd, want op hetzelfde moment stapte Gideon de woonkeuken binnen. En toen schoot Martine tegen wil en dank in de lach. 'Wat zie jij eruit! Je loopt gewoon in je onderbroek en die is nog nat ook!'

'Alles wat ik aanhad is kleddernat. Om geen sporen na te laten op jouw vloerbedekking heb ik me in de bijkeuken uitgekleed. En nu moet je even geen vragen meer stellen, ik heb een gloeiend hete douche nodig, want ik ben tot op mijn botten verkleumd.' Na die korte uitleg trok Gideon de keukendeur achter zich dicht en hoorde Martine hem de trap naar boven bestormen. Lieve deugd, wat is er dan nu weer voorgevallen, vroeg Martine zich bezorgd af. Ik ben kleddernat, had hij gezegd, maar hoe kwam dat dan?

Martine moest ruim een halfuur wachten voordat zij antwoord kreeg op die vraag. Toen Gideon opnieuw binnenkwam nam Martine hem van top tot teen op. 'Wat zie je er nu opgedoft uit! En je ruikt ook erg lekker. Maar was het niet fijner geweest om makkelijke kleren aan te doen en lekker languit op de bank te gaan liggen?'

'Ik moet zo meteen weg, ik heb een afspraak.'

Hij is de laatste tijd elk weekend bezet, dat geeft mij te denken, dacht Martine. Ze moest iets wegslikken voordat ze haar stem weer gewoon kon laten klinken. 'Hoe kan het nou bestaan dat je nat was tot op je onderbroek? Je hebt toch niet...' Gideon onderbrak haar. 'Ik heb een duik moeten nemen in het Damsterdiep, maar schrik niet, er is niks met mij aan de hand! Ik heb er een meisje uitgehaald. Hoe het met haar is afgelopen weet ik niet, ik kan alleen maar het beste hopen.' Gideon zweeg alsof hij hiermee alles gezegd had, maar Martine was er allesbehalve tevreden mee. Haar gezicht was nu één zorgenwolk, haar stem trilde van ingehouden emoties. 'Heb jij een... meisje uit het Damsterdiep gehaald, begrijp ik dat goed? O, jongen toch, hoe kon je dat nou doen, het had je dood kunnen zijn!' Martine schudde vol verwijt haar hoofd en zond hem een bestraffende blik toe. Die ontging Gideon niet en hij viel uit: 'Hoor je wel wat je zegt, mam! Had ik dan net als andere mensen vanaf de kant moeten toekijken hoe er een jong meisje verdronk? Zou je dan werkelijk willen dat ik zo'n lafaard was!?'

Martine bond in en suste: 'Rustig nou maar, vertel me liever wat er precies gebeurd is.'

Gideon had een adempauze nodig om het onterechte verwijt van zijn moeder te verwerken, daarna stak hij van wal. 'Ik ben later dan gepland uit Appingedam vertrokken. De computer gaf meer moeilijkheden dan ik had verwacht. Toen het ding het dan eindelijk weer deed ben ik opgestapt. Ik was Ten Boer nauwelijks voorbij toen ik aan de andere kant van de weg zag dat een mij tegemoet komende auto vreemd deed. Ik kreeg geen tijd me af te vragen wat het geslinger van de wagen betekende, want opeens schoot die het Damsterdiep in. En je kunt het geloven of niet, mam, maar als je dat voor je ogen ziet gebeuren wordt je verstand abrupt stopgezet en handel je louter vanuit je gevoel. Zo verging het mij tenminste. Ik zette mijn auto aan de kant – achter mij deden meer automobilisten hetzelfde – en rende over de weg naar de plek des onheils. Waar ze allemaal zo snel vandaan kwamen snap ik nog niet, maar opeens zag het zowat zwart van de mensen. En niemand, maar dan ook niemand, deed iets. Ja, toch, iemand trok een camera te voorschijn en nam foto's. Toen ik dat zag knapte er iets in mij en deed ik wat ik doen moest. Ik heb mijn jack uitgetrokken, mijn schoenen uitgeschopt en ben de auto nagesprongen. Het gebeurde allemaal in een roes, de details herinner ik me van de schrik niet meer. Alleen dat de auto al op de bodem lag en dat ik het meisje duidelijk maakte dat ze het raam open moest doen. Dat deed ze en met veel moeite en gewurm kreeg ik haar uit de auto. Ze werkte niet mee en niet tegen, het leek alsof ze half bewusteloos was. Ik ben met haar naar de kant gezwommen en toen kwamen de omstanders gelukkig wel in actie. We werden op het droge getrokken, maar toen had ik het zo koud en ik was zo moe dat ik niet meer voelde dat het meisje van me werd overgenomen. Ik was blij dat er een ambulance zou komen, en ik neem aan dat ze daarin is vervoerd naar het ziekenhuis. Verder kan ik alleen maar hopen dat ze er geen nadelige gevolgen aan overhoudt.'

'Voor dat meisje wordt gezorgd, daar kun je heus gerust op zijn,' voorspelde Martine. Dat Gideon nog steeds haar grootste zorg had liet ze blijken. 'En jij, wie zorgde voor jou of bekommerde zich om jou?'

Gideon haalde laconiek zijn schouders op. 'Ik had geen zorg nodig, behalve dat ik drijfnat was, mankeerde ik niks. Niemand kon trouwens iets voor me doen, want toen ik zag dat er voor het meisje werd gezorgd, ben ik in mijn auto gestapt en naar huis gejakkerd. Ondanks alle emoties had ik nog het besef om een plastic zak uit de kofferbak te nemen en die op mijn stoel te leggen. Zo bleef de zitting tenminste droog. Mijn horloge is helaas naar de knoppen, want dat ben ik vergeten af te doen. Nou ja, als dat de enige schade is... Het is achter de rug en je hoeft niet langer zo verschrikt te kijken, want met mij is niks aan de hand. Ik denk, mam, dat ik nu moet opstappen, want ik zei toch al dat ik een afspraak heb?'

Martine knikte. En hoewel ze haar hart in haar keel voelde bonzen van angst om wat er met haar jongen had kunnen gebeuren, nam de realiteit nu de overhand. En die deed haar zacht vragen: 'Is het een leuk meisje? Ben je verliefd op haar, Gideon?'

Hij staarde haar een moment verdwaasd aan. 'Hoe kom je daarbij, ik kan me niet herinneren dat ik jou over een meisje heb verteld?'

'Nee, jongen, jij hebt de hele tijd gezwegen als het graf, maar je moeder is niet achterlijk. Jij bent geen uitzondering op de regel, als mannen verliefd zijn stralen ze dat uit. Het waren duidelijke signalen. Vind je niet, Gideon, dat het tijd wordt om mij iets over haar te vertellen? Of is daar nu geen tijd voor omdat je naar haar toe moet?'

'Ik heb haar net, toen ik boven was, gebeld en uitgelegd wat er gaande was en waarom ik niet op tijd bij haar kon zijn. Ze snapte het en als ik haar straks vertel dat ik met jou over haar gesproken heb, zal ze daar blij mee zijn. Ze heet Fleur, Fleur Groeneweg. Ze is vierentwintig, en werkt als verkoopster in een boekhandel. Ze woont op zichzelf en ze is geweldig lief. Wat kan ik je nog meer over haar vertellen?' besloot Gideon vragend.

'Hoe ze eruitziet, bijvoorbeeld?'

'O, ja. Nou, ze is een klein uitgevallen, een tenger meisje. Ze heeft grote, grijze ogen, een klein neusje, zoals alles klein aan haar is en blond haar. Ze heeft zo'n modern kort, rommelig kapsel. Qua postuur en uiterlijk lijkt ze kwetsbaar, Fleur staat echter haar mannetje. Ze heeft een sterk karakter, ze weet wat ze wil. Ze is een vrouw om van te houden en ik hou ontzettend veel van haar, mam!'

'Dat hoor en zie ik aan je.' Na een korte stilte waarin Martine het een en ander pijlsnel een plaats probeerde te geven, sloeg ze haar ogen weer op naar haar zoon. 'Uit wat voor nest komt ze, wat doet haar vader voor de kost? En heeft ze broers en zusters?'

'Nee, Fleur is enig kind. Wat wilde je nog meer weten? O, ja, wat

Fleurs vader voor de kost doet. Hij heet Niek, zijn vrouw Olga en samen runnen ze een viswinkel. Niek Groeneweg is vijftig jaar, zijn vrouw zesenveertig. Het zijn aardige, goede mensen die mij volledig hebben geaccepteerd als hun toekomstige schoonzoon.'
'Toe maar! Zo te horen zijn jullie met elkaar al veel verder dan ik in mijn onwetendheid kon bevroeden. Hoe lang gaan jullie al met elkaar en waarom mocht ik er niets van weten? Dit stiekeme gedoe naar mij toe neem ik je kwalijk, hoor Gideon!'
Hij kon niet anders dan zich verdedigen. Nadat hij had verteld dat Fleur en hij elkaar vandaag drie maanden kenden, en dat ze nog helemaal geen trouwplannen hadden, als Martine dat al mocht denken, kwam hij bij het verwijt van Martine. 'Je neemt het me kwalijk dat ik Fleurs bestaan voor je verzwegen heb, maar denk dan eens aan de vorige meisjes die ik had! Dana en Colet, je bent toch niet vergeten, mam, dat jij die beide vrouwen, waar niks op aan te merken viel, alleen maar zwart zat te maken in mijn ogen? Zowel Dana als Colet heeft eronder geleden dat jij hen bijna vijandig bejegende. Het is toch begrijpelijk dat ik Fleur hiervoor wil behoeden? Bovendien – en dat was voor mij doorslaggevend – wilde ik jou het verdriet van die vorige keren besparen. En dat was behoorlijk dom, want in plaats van te zwijgen, was het beter geweest openlijk met je te praten. Ik wil al zo lang graag tegen je zeggen dat je niet bang hoeft te zijn voor een toekomstige schoondochter. Je zult mij nooit ofte nimmer kwijtraken aan Fleur, je krijgt er alleen maar een lieve dochter bij! Denk daar eens over na, mam, en bedenk dat ik altijd van je zal blijven houden. We hebben samen twintig jaar lang lief en leed gedeeld, de band die daardoor is ontstaan kan door niemand worden verbroken.'
'Ga nu maar naar haar toe. Ik weet dat je het goed met mij bedoelt, ik zal mijn best doen. Ga nu maar...' Er blonken tranen in Martines ogen. Die ontgingen Gideon niet en bewogen drukte hij een zoen op haar voorhoofd. 'Niet gaan piekeren als ik weg ben,

hoor! Alles komt goed, ik ben ervan overtuigd dat jij en Fleur in de toekomst dicht naar elkaar toe zullen groeien. Ik zal haar gauw aan je voorstellen, misschien breng ik haar morgen al bij je. Goed?'

Martine knikte en produceerde er een dapper lachje bij. Haar hart was echter in opstand. Dat kermde: ik duld geen ander op Jola's plekje. Ik héb een dochter die door niemand te evenaren is. Ook niet door ene Fleur Groeneweg.

2

Niet gaan piekeren als ik weg ben, had Gideon haar op het hart gedrukt. Hij was nauwelijks de deur uit of Martine deed precies wat Gideon haar had afgeraden. Ze lag met gesloten ogen op de bank en huiverde toen ze opnieuw bedacht wat haar zoon had gedaan, zonder aan haar te denken. Hij was in het Damsterdiep gesprongen om een medemens te redden. Misschien hoorde ze trots op hem te zijn, ze was het niet.

Ze dacht aan wat er met hem had kunnen gebeuren. In maart waren de temperaturen overdag weliswaar best aangenaam, de nachten waren nog koud. Even zo koud moest het water zijn geweest waar Gideon in was gedoken. Het was helemaal niet ondenkbaar dat hij door het koude water onderkoeld zou zijn geraakt, met alle gevolgen van dien. Dan waren er twee jonge mensen verdronken. Je raakt mij niet kwijt, hoe vaak had hij haar dat al niet op het hart gedrukt. Jawel, maar nu was ze hem bijna voorgoed kwijt geweest. Naar alle waarschijnlijkheid zou ze dan opnieuw een alarmerend telefoontje hebben gekregen. Net als toen...

Martine gleed terug in de tijd. Ze herinnerde zich alles nog haarscherp. Thomas en zij, in die tijd waren ze jong en gelukkig geweest. Ze hielden van elkaar en van Gideon en Jola. Ze zou echter liegen als ze beweerde dat er bij hen geen vuiltje aan de lucht was geweest, dat ze met hun viertjes onbekommerd op een roze wolk hadden gezweefd. Zo stak het leven niet in elkaar, een huwelijk zeker niet. Thomas en zij hadden vaak genoeg woordenwisselingen gehad die maar al te vaak in ordinaire ruzies waren uitgemond. In dat soort buien hadden ze elkaar over en weer kwetsende verwijten naar het hoofd geslingerd. Later kregen ze dan altijd spijt en maakten ze het weer goed. Ze kon nog steeds verlangen naar die hartstochtelijke zoenpartijen, naar Thomas' fluisterstem bij haar oor: 'Sorry, dat ik me zo lelijk gedroeg, vergeef me. Ik hou van je, blijf daarin geloven, Martine!'

Ja, lieve jongen, dacht ze stil, daar geloof ik steevast in. Na al die lange jaren ben ik juist die woorden van jou niet vergeten. Ze zijn mijn houvast, maar tegelijkertijd heb ik geen enkele grip meer op je. Waar ben je, wat is er met jou en met Jola gebeurd...

De tranen gleden over Martines wangen, toen ze verder in het verleden dook. Als touringcarchauffeur was Thomas vaker van huis geweest dan dat hij thuis was. Maar als hij van een lange, buitenlandse reis weer bij haar was, vierde haar hart feest en deelde Thomas dat geluksgevoel. Soms kon hij maar een paar dagen bij zijn gezin zijn, een andere keer een paar weken. Bij de geboorte van Gideon, een paar weken te vroeg, had Thomas niet aanwezig kunnen zijn. Hij was onderweg geweest naar Parijs en had niet zomaar rechtsomkeert kunnen maken. Later zei hij daarover steeds: 'Bij een van mijn thuisreizen was Gideon er opeens. Hoewel ik natuurlijk op zijn komst was voorbereid, moest ik er wel aan wennen dat ik jou opeens moest delen met een baby die ons 's nachts regelmatig uit de slaap hield met zijn gehuil en die overdag het merendeel van jouw aandacht opeiste.' Ze verdacht Thomas er nog steeds van dat hij in die tijd een beetje jaloers was geweest op zijn kleine zoon. Twee jaar later had Thomas de geboorte van Jola van dichtbij mogen meemaken en waarschijnlijk was Jola daardoor het lievelingetje van haar vader geworden. Thomas aanbad zijn kleine dochter en het was goed dat Gideon tot op de dag van vandaag niet wist dat zijn vader niet diezelfde liefde voor hem kon opbrengen. Gideon herinnerde zich zijn vader nauwelijks meer, hij was ook pas vijf jaar toen het gebeurde.

Het was in de nazomer. In de maanden die daaraan vooraf waren gegaan was Thomas praktisch niet thuis geweest. Thomas' beroep bracht met zich mee dat de zomermaanden voor zijn gezin vaak ongezellig waren. Hij reed andere mensen naar hun vakantiebestemming, terwijl zijn eigen gezin achterbleef. Aan het eind van die zomer zonder elkaar kon Thomas zelf vakantiedagen opnemen. Veertien lange dagen zouden ze toen eindelijk kunnen gaan genieten, had zij gehoopt. Helaas pakte het heel anders uit. Thomas was in die dagen onrustig geweest en als zij daar iets van zei, was hij kribbig, soms kwaad tegen haar uitgevallen. Gevoelig als zij was voor onprettige situaties die ze niet zelf in de hand had, was ze dikwijls in tranen uitgebarsten. Nu ze er zo op terugkeek vermoedde ze dat zij die veelvuldige huilbuien van toen waarschijnlijk bewust in zich los had geweekt. Omdat ze verlangd had naar Thomas' armen om haar heen, ze zijn berouwvolle, troostende stem wilde horen. 'Vergeef me, ik heb vast te lang op de bus gezeten. Het kost me moeite om me weer aan te passen aan het gezinsleven. Ik zal beter mijn best doen, deze korte vakantie moet voor jou een zonovergoten herinnering blijven.'

Het was enkele dagen goed gegaan. Thomas deed zichtbaar zijn best om het voor haar aangenaam te maken en zij probeerde het hem in alle opzichten naar de zin te maken. Voor de kinderen organiseerden ze dagreisjes naar speeltuinen en zwembaden waar ze zelf ook van genoten. Als de kinderen het naar de zin hadden, kon dat immers niet uitblijven. Ze wist nog dat ze iets dergelijks tegen Thomas had gezegd en dat hij glimlachend had geantwoord: 'Met de komst van de kinderen ben jij een echte moeke geworden! Een zorgzame kloek, dolgelukkig met haar kuikens.' Ze had het opgevat als een compliment. Datzelfde compliment was een paar dagen later verbleekt toen Thomas haar verweet dat ze er alléén voor de kinderen was, dat hij bijzaak was. Zijn verwijt van toen trof haar nog steeds. Het was oneerlijk, want zij durfde met stelligheid te beweren dat geen enkele goed geaarde moeder het niet in haar hoofd zou halen om met een ziek kind op stap te gaan. Die ochtend, toen ze opnieuw een uitstapje zouden gaan maken, wilde Gideon niet opstaan. 'Ik ben ziek, mam. Mijn buikje doet zeer en mijn hoofd en alles.' In één oogopslag had ze gezien dat het kind hoge koorts had en ze vond het nog steeds logisch dat ze toen tegen Thomas had gezegd dat het feest vandaag niet kon doorgaan. 'Ga maar eens bij Gideon kijken, dan kun je zelf zien hoe beroerd hij eruitziet. En zo voelt hij zich ook, de zielenpiet.'

Thomas had niet de moeite genomen om naar zijn zieke zoon te gaan. Met stemverheffing had hij tegen haar gezegd dat zij zich weer eens overbezorgd gedroeg. 'Er hoeft dat jong maar een haar dwars te zitten of jij bent meteen in alle staten! Nou, je bekijkt het maar, ik ben echt niet van plan om met dit mooie weer thuis te zitten kniezen. Ik ga eruit en ik neem Jola mee.'

'Waar ga je heen dan?'

'Dat hoeft jouw zorg niet te zijn. Een burgertrutje zoals jij heeft volgens mij andere dingen aan het hoofd. De zorg om haar zoon, bijvoorbeeld, die zich alleen maar aanstelt om aandacht te trekken!' Het waren de laatste woorden die ze van Thomas gehoord had. Het waren zeker geen woorden waar ze zichzelf mee kon troosten. Toch had ze het hem niet echt kwalijk genomen. Het was voor haar weer het oude liedje geweest: dingen zeggen die je niet meent. Die dag, alleen thuis met Gideon, had ze aldoor geweten dat Thomas haar bij zijn thuiskomst weer zou troosten en overladen met kussen en lieve woordjes van spijt. Helaas bleek haar hoop en verlangen ijdel, want hij kwam niet thuis. Die dag niet en evenmin de weken, maanden en jaren daarna...

Martine merkte dat het klamme zweet haar uitbrak. Ze kwam overeind, wiste met een zakdoek langs haar voorhoofd en ging naar de keuken om water te drinken. Ze zakte neer op een keukenstoel, nog helemaal in het verleden vertoevend. Ze herinnerde zich nog dat ze die dag aan Gideon geen kind had gehad. Vanwege de koorts sliep de jongen zowat aan één stuk door, af en toe had hij om drinken gevraagd. En of pappa en Jola al terug waren. Nee, nog niet. En almaar weer had ze dat antwoord moeten herhalen. 'Maar ze zullen nu wel gauw komen,' had ze tegen de avond gezegd. 'Pappa weet immers dat Jola zo dadelijk naar haar bedje moet!'

'Pappa was vanochtend boos op jou, dat hoorde ik aan zijn stem. Daar werd ik verdrietig van, ik moest er een beetje van huilen. Omdat het mijn schuld is.'

Ze had zich gehaast te zeggen: 'Dat mag je nooit meer zeggen of zelfs denken, want het is niet waar! Jij kunt er niets aan doen dat je ziek werd, en dat weet pappa! Hij vond het erg sneu voor je dat je niet mee kon gaan en dat zal pappa vast zelf tegen je zeggen. Als hij thuiskomt.'

Thomas kwam niet. In plaats daarvan kreeg ze tegen zeven uur die avond een telefoontje. 'U spreekt met de politie van de luchthaven Schiphol.' Zij had meteen aangevoeld dat er iets vreselijks aan de hand was. De man aan de andere kant van de lijn had een automerk genoemd alsmede een kentekennummer. 'We hebben het inmiddels nagetrokken en de auto staat op naam van uw man, u moet het alleen even bevestigen.'

'Ja, ja, het klopt, het is onze auto. Maar wat is er dan aan de hand, waar is mijn man, mijn dochtertje!?'

Op die paniekerige vraag kreeg ze te horen dat men het antwoord schuldig moest blijven. 'We hebben geen enkel idee. We kregen argwaan toen we erop geattendeerd werden dat er op de parkeerplaats al geruime tijd een auto stond met wijd openstaande portieren. We zijn het mysterie aan het onderzoeken, op dit moment is er een agent uit uw woonplaats naar u onderweg. Hij zal u verdere vragen stellen, ik wens u alvast veel sterkte.'

Martine beleefde opnieuw de radeloze angst die haar toen overvallen was. Ze herinnerde zich dat er kort na het telefoongesprek aan de voordeur gebeld werd en dat zij als in trance de deur voor

twee mannen in uniform had geopend. In plaats van hulp en uitkomst, waar ze op gerekend had, werd ze toen onderworpen aan
een waar vragenvuur. Ze moest vertellen over Thomas, over hun
leven, hun huwelijk. Was dat goed of waren er soms moeilijkheden waar haar man eventueel voor weg was gevlucht? Ondanks de
ernst van de situatie had zij moeten lachen om die idiote vraag.
Thomas, die zou wegvluchten van háár, waar haalde de man dat
in vredesnaam vandaan? Ze had verteld dat ze een normaal huwelijk hadden met de bekende ups en downs die er gewoon bij hoorden. Als hij zelf getrouwd was zou hij zonder verdere uitleg snap-
pen wat zij bedoelde. Daarop had de man willen weten wanneer
zij en Thomas voor het laatst ruzie hadden gehad. Omdat ze het
nut er niet van ingezien had om de situatie mooier te maken dan
die was, had ze eerlijk gezegd dat ze die ochtend een woorden-
wisseling hadden gehad en dat Thomas met een kwaaie kop het
huis had verlaten. Achteraf had ze spijt van haar openhartigheid,
want de agent die het woord deed, had zijn collega een veelzeggende blik toegeworpen en tegen haar gezegd: 'Het is ons volkomen duidelijk, mevrouwtje! Het betreft een echtelijke twist die
zich vanzelf zal oplossen. Zodra de gemoederen bekoeld zijn zal
uw man naar huis terugkomen!'
'De ruzie van vanochtend heeft niets te maken met zijn verdwijning!' had zij verontwaardigd geroepen. 'Dwars door alles heen
houden wij zielsveel van elkaar! Ik ben er honderd procent zeker
van dat Thomas bij me terug zou zijn gekomen als er niet iets verschrikkelijks met hem was gebeurd. En met mijn kleine meisje.
Jullie moeten iets doen, snap je dat dan niet, man!?'
'Nee, mevrouw, we kunnen verder niets voor u doen. Voor ons is
het raadsel opgelost. Uw man keert heus met hangende pootjes
terug, ik zou u willen adviseren wat minder vaak ruzie te maken.'
In paniek had zij geschreeuwd: 'Wat is er aan de hand met jullie
gezonde verstand! Mijn man is in alles punctueel en bovendien

zeer zuinig op zijn auto! Die zal hij nooit van zijn leven ergens onafgesloten achterlaten. Als hij werkelijk van plan was geweest om mij te verlaten, zou hij in ieder geval geld mee hebben genomen, ik weet echter dat hij slechts vijftig gulden bij zich heeft, verder alleen de kleren die hij en Jola aanhebben! Dat bewijst toch dat er iets verschrikkelijks moet zijn gebeurd, alles wijst immers in die richting! Misschien is hij overvallen, uit de auto gesleurd en ontvoerd!' Ze had in radeloosheid nog veel meer willen zeggen, maar de agent die tot dan toe gezwegen had, had haar de mond gesnoerd. 'Juist omdát uw man geen geld of goed meenam, zal hij vóór de nacht invalt weer thuis zijn. Wij hebben gedaan wat we moesten doen, we wensen u sterkte.'

Na hun vertrek had zij geweten dat de mannen haar niet serieus hadden genomen. In hun ogen was ze een paniekzaaister die een paar uur later weer veilig in de armen van haar man zou liggen. En dan maar afwachten wanneer de volgende echtelijke twist zich zou aankondigen. Zo zou er over haar gesproken worden op het politiebureau en van daaruit zou men het doorgeven aan de politie van de luchthaven Schiphol. Zij had zonder meer een stempel opgedrukt gekregen dat ze als uiterst gênant ervoer. Het ergste was geweest dat ze zich er niet tegen had kunnen verweren. De volgende ochtend had ze meteen haar ouders gebeld en verteld wat er aan de hand was. Pa en moe waren onmiddellijk naar haar toe gekomen, ze waren nauwelijks binnen geweest toen pa telefonisch contact had gezocht met de luchthaven Schiphol. Zijn indringende vragen werden afgedaan met: 'De namen Thomas en Jola Vogelaar zijn ons niet bekend. Ze komen niet voor op de passagierslijsten van de vluchten van gisteren.' Ten einde raad waren pa en zij naar het politiebureau gegaan. Moe was thuisgebleven bij Gideon die nog steeds niet koortsvrij was. Op het bureau had pa officieel aangifte van vermissing gedaan en deze keer scheen men de ernst van de zaak in te zien. Er werd beloofd dat men alles in het werk zou stellen om Thomas en Jola op te sporen. Enigszins gerustgesteld waren ze huiswaarts gekeerd. Het enige waardoor ze later echter merkten dat er aan hun zaak gewerkt werd, was een oproep op de televisie. Toen ze de foto's van Thomas en Jola op het scherm zag, was zij totaal ingestort. Reacties van kijkers bleven echter uit en elke keer wanneer pa of zijzelf de politie vol ongeduld aan de mouw trok, kregen ze dezelfde boodschap te horen: 'Wij werken niet altijd zichtbaar vóór, maar des te meer achter de schermen! Geduld is in dit soort kwesties een eerste vereiste die u moet proberen op te brengen!'

Op den duur, ten einde raad en de wanhoop nabij, hadden ze zelf oproepen laten plaatsen in diverse kranten. Zonder resultaat. Thomas en Jola leken spoorloos van de aardbodem te zijn weggevaagd. Na een van de gesprekken die ze hadden gevoerd met Thomas' werkgever, was de moed haar helemaal in de schoenen gezakt. De man had gezegd dat hij Thomas nergens van wilde beschuldigen, maar dat hij eerlijkheidshalve moest zeggen dat het één keer eerder in zijn bedrijf was voorgekomen dat een chauffeur drugs van of naar het buitenland had gesmokkeld. Het vele geld dat ermee gemoeid was, was verleidelijk, mogelijk was Thomas daarvoor bezweken. En áls het dan ook nog zo was geweest dat hij zijn dealers had benadeeld of bedrogen, dan kon je ervan op aan dat hij daarvoor gestraft zou worden. Lieden die in de drugswereld verkeerden schrokken niet terug voor geweld. In eerste instantie had ze er fel verontwaardigd op gereageerd, maar gaandeweg was ze tot de conclusie gekomen dat dit de enige oorzaak kón zijn van Thomas' verdwijning. Dat hij al maanden daarvoor ontslag had genomen, was voor haar als een donderslag bij heldere hemel gekomen. Maar het leek wel in het verhaal te passen. Ze realiseerde zich dat Thomas in die tijd een nieuwe auto had gekocht, dezelfde die op de luchthaven gevonden was. Het was een BMW, een zeer luxe uitvoering die ze zich, gezien hun inkomen, feitelijk niet hadden kunnen veroorloven. Thomas had gezegd dat hij geluk had gehad in een loterij en zij had hem op zijn woord geloofd. Na het gesprek met zijn baas was ze echter gaan twijfelen. Martine vroeg zich af waar hij toch mee bezig was geweest. Hij wist toch dat het geluk niet in dure dingen zit, maar juist vaak in het simpele. Alleen God wist hoe Thomas die ene misstap in zijn leven zou moeten bezuren. Al lange, lange jaren. Iedereen was ervan overtuigd dat hij wellicht vermoord was, in elk geval niet meer leefde, maar zij wilde, kon dat niet geloven. Zij was er voor zichzelf zeker van dat hij ergens werd vastgehouden en dat hij een verschrikkelijk leven had. Maar, Thomas kennende, wist zij dat hij de hele tijd zou zinnen op een vluchtpoging. Eenmaal zou die kans zich voordoen en zou Thomas de kans grijpen om naar haar terug te komen. Daar wachtte zij op, in martelende onzekerheid. De onzekerheid over Thomas kon echter niet in de schaduw staan bij wat ze voelde als ze aan Jola dacht. Wat was er met haar kleine meisje van toen gebeurd? Ze hield haar hart vast zo vaak ze bedacht dat drugs en seks in de onderwereld hand in hand schenen te gaan. Jola was een uitzonderlijk mooi kindje geweest. Net als Gideon had ze blond haar en grote, donkerbruine ogen. Inmiddels was ze geen kind meer, maar een vrouw van drieëntwintig jaar. Werd zij net als haar vader ergens vastgehouden, werd ze misschien gedwongen tot prostitutie? Het waren kwellende vragen die onbeantwoord bleven en die haar nog altijd van haar slaap beroofden. Als ze zou moeten bekennen wie van de twee dierbaren zij het meest miste, dan was dat Jola. Haar kind, dat ze onder haar hart had gedragen en dat een deel was van haarzelf. Het gemis van haar meiske voelde als een amputatie. En de pijn daarvan was nog steeds ondraaglijk voor haar. In het begin was er begrip en troost van haar omgeving geweest, van lieverlee waren die echter overgegaan in verwijten. Pa en moe, bijvoorbeeld, hoe vaak hadden zij niet tegen haar gezegd dat ze

Gideon verwende. 'Het is ergens wel begrijpelijk dat jij je aan de jongen vastklampt, maar je mag niet alleen aan jezelf denken! Je vermorzelt Gideon bijna onder je zorg en liefde, maar al met al ontneem je de jongen de kans zichzelf te ontplooien! Hou daarmee op, Martine! Probeer liever je eigen leven weer op de rails te krijgen!'

Hoewel dat laatste haar weinig interesseerde, had ze toch ingezien dat zij niet bij de pakken kon gaan neerzitten. Toen het inkomen van Thomas plotseling wegviel had zij haar handen uit de mouwen moeten steken omdat er domweg brood op de plank moest komen. Ze had haar beroep van voor haar huwelijk weer opgenomen en werkte een groot gedeelte van de week als kapster in een salon.

Vroeger had moe op Gideon gepast als zij moest werken. Toen pa en moe vrij kort na elkaar overleden was Gideon twaalf jaar geweest en vanaf dat moment had hij zich na schooltijd zelf moeten vermaken. Daar had zij het toen erg moeilijk mee gehad, want als ze geen oog op de jongen had, zag ze in haar verbeelding de meest gruwelijke valkuilen waar Gideon in terecht zou komen. Vanwege die bezorgdheid had ze Gideon bevolen dat hij uit school meteen thuis moest komen en gehoorzaam als hij was had hij dat altijd gedaan. In die tijd had ze het in meerdere opzichten moeilijk gehad. Pa en moe overleden korte tijd na elkaar en van toen af aan kwam zij er moederziel alleen voor te staan. Thomas' ouders waren allebei al vóór pa en moe gestorven en geen van beiden hadden ze broers of zussen gehad. Helemaal alleen met Gideon was ze toen geweest. En bang als ze was ook dit kind te zullen verliezen, had ze hem toen niet alleen verwend, maar had ze ook op hem gesteund. Zo klein hij was had ze dingen met hem besproken die ver boven zijn petje gingen. Daar had ze nu achteraf spijt van, maar gedane zaken nemen geen keer, verzuchtte Martine. Als excuus kon ze enkel aanvoeren dat ze zijn kleine

armpjes om haar nek nodig had gehad, net als zijn troostende jon-
gensstem: 'Stil maar, mam. Je moet niet huilen, je hebt mij toch
nog!'

Ja, lieverd, nóg wel. Net als in die tijd, was ze nu voortdurend
bang voor een eventuele volgende amputatie. Zo zou het voelen
als ze Gideon zou moeten afstaan aan die Fleur Groeneweg. Wie
garandeerde haar dat zij goed voor hem zou zorgen zodat hij niets
tekortkwam? En wat moest zij dan, als ze werkelijk niemand meer
had om voor te zorgen, niemand op wie ze nog een beetje zou
kunnen steunen? O, Thomas, probeer te vluchten, ik heb je zo
hard nodig! En als de kans zich voordoet waar ik al zo lang op
wacht, breng dan alsjeblieft ook mijn kleine meisje bij me terug.
Geen sterveling weet hoe ik haar mis, geen mens begrijpt waarom
ik Gideon niet durf loslaten...

Gideon was de enige die het stille verdriet van zijn moeder aan-
voelde en begreep. Hij had met haar te doen. Toen hij in zijn auto
was gestapt om samen met Fleur van hun feestje te genieten, was
het door hem heengeschoten: hoe kan ik vanavond blij zijn als ik
weet dat mam als een zielig hoopje ellende helemaal alleen zit te
piekeren? Arme mam, ze bleef tegen beter weten in wachten op
haar dierbaren zonder te beseffen dat ze niet naar haar konden
terugkeren. Er was immers nog nooit een dode teruggekomen.
Wanneer zou mam dat feit onder ogen zien en het accepteren?

Met een somber gezicht stapte Gideon even later bij Fleur binnen.
Toen zij echter haar armen om hem heen sloeg en hem hartstoch-
telijk kuste, verdween het beeld van zijn moeder en kon Gideon
zich echt gelukkig voelen.

Nog eens kuste Fleur de man die zij zo liefhad, daarna legde ze
haar beide handen om zijn gezicht. En zacht en ontroerd zei ze: 'Ik
ben zó blij dat je er bent! Mijn held, als je eens wist hoe trots ik op
je ben!'

Gideon wist meteen waar Fleur op doelde en hij bedacht dat haar reactie totaal anders was dan die van mam. Twee vrouwen, het verschil was groot. Deze gedachten verborg hij echter voor Fleur. 'Ik voel me zeker geen held, ik heb gewoon gedaan wat ik doen moest. Je laat een mens niet voor je ogen verdrinken, ik tenminste niet.'

Fleur kon het niet laten hem terecht te wijzen. 'Je bent te bescheiden, lieve schat! Wat jij deed getuigt wel degelijk van moed! Terwijl ik op je zat te wachten vroeg ik me af hoe het meisje eigenlijk reageerde. Heeft ze gezegd hoe ze heet, heeft je je bedankt? Naar dat soort dingen ben ik nieuwsgierig en ook hoe ze eruitzag.'

Gideon lachte. 'Als een verzopen katje!' Hij was de ernst zelve toen hij verder ging. 'Wat ik door de telefoon al zei: het verliep allemaal als in een roes. Naar wat ik me herinner was zij half bewusteloos toen ik haar naar de kant bracht en zelf handelde ik puur instinctief. Ik herinner me de details gewoonweg niet meer. Daarvoor was ik te druk bezig met haar en met mezelf, want ik was steenkoud, bekaf en ik was telkens bang dat ik zou stikken. Ik geloof dat ze lang, blond haar had, maar dat weet ik niet zeker. Nee, ze heeft niks gezegd, me niet bedankt. Dat kon ze niet en het was bovendien nergens voor nodig. Het enige waar ik me nog steeds over opwind is het feit dat niemand iets deed! Iedereen stond ontzet toe te kijken, maar geen mens dééd iets! Eén iemand had de euvele moed foto's te nemen! Toen knapte er iets in mij en volgde ik domweg de stem van mijn hart.'

Fleur kroop nog dichter tegen hem aan. 'Ik ben echt trots op je, je bent een held! Bovendien ben je verschrikkelijk lief. Dat bewezen de rode rozen, daar moet ik je nog een dikke kus voor geven.' Nadat ze de daad bij het woord had gevoegd wipte ze op. 'Ik heb een fles champagne in huis gehaald om te vieren dat we elkaar al een heel leven kennen.' Met dit grapje duidde ze op Gideons briefje waarin hij de tijd van drie maanden behoorlijk lang had uitgerekt. 'Wil je alvast een glas of heb je liever eerst koffie?'

'Ik heb thuis al koffie gehad. Ook een paar slokken cognac. Ik had een hete douche genomen, maar ik kon maar niet warm worden. Toen heb ik een paar slokken cognac genomen. Als mijn moeder dat had geweten had ze me nooit met de auto van huis laten gaan. Maar alles te weten maakt niet gelukkig, dat geldt zeker voor haar.'

'Hoe voel je je nu, ben je de schrik weer een beetje te boven? En als je het nog koud hebt, moet je het zeggen, dan zet ik de ver- warming op de hoogste stand!'

'Met mij gaat het prima, daar kun je echt gerust op zijn! En hoe zou ik het koud kunnen hebben, zo lekker dicht bij jou!'

Fleur schonk hem een lieve lach, dan moest ze weten: 'Hoe is het met je moeder, hoe reageerde zij erop dat jij dat meisje hebt gered? En door de telefoon zei je dat je haar over mij zou vertel- len. Heb je dat gedaan en schoot jouw verhaal over mij haar niet in het verkeerde keelgat? Sorry, als ik me onaardig uitdruk, maar ja...'

'Dat kan moeilijk uitblijven na alles wat ik jou over haar heb ver- teld. Wat dat betreft kan ik de hand enkel in eigen boezem ste- ken,' vond Gideon. 'Ik heb mam half en half beloofd dat ik jou morgen aan haar kom voorstellen. Voel je daar iets voor?'

Fleur trok met haar schouders. 'Je moeder en ik zullen elkaar toch een keer moeten leren kennen, daar zal ik niet omheen kunnen. Jij bent bij mij thuis al zowat kind aan huis, je hoort er al helemaal bij. En zo hoort het ook, als het goed is tenminste. Je mag gerust weten dat ik niet sta te popelen van ongeduld om jouw moeder te ontmoeten. Zij veroordeelt mij terwijl ze me van geen kanten kent en zo, Gideon, hoort het beslist niet!'

'Dat klopt, meisje. Maar mam heeft ook haar eigen verhaal, hoe ze zo geworden is. Zij heeft het ontzettend moeilijk, je moet niet vergeten dat ze alleen mij heeft overgehouden. Toen ik haar vertelde dat ik een meisje uit het Damsterdiep had gevist, kreeg mam zowat een beroerte bij het idee dat ik had kunnen verdrinken. Ze is echt doodsbang mij ook te zullen verliezen.'

Fleur zette grote ogen op, haar stem klonk verontwaardigd. 'Maar dat is niet normáál, Gideon! Het wordt de hoogste tijd dat jouw moeder gaat inzien dat jij een volwassen kerel bent en dat jij het niet langer kunt stellen zonder de liefde van een vrouw. Die heeft een totaal andere inhoud dan de liefde van een moeder en als zij gezond nadenkt, zal ze dat moeten beamen!'

'Je hebt alweer gelijk. Je vergeet echter dat het er bij mij thuis anders aan toegaat dan in een gewoon gezin. Mijn moeder leeft in gedachten en gevoel bijna constant twintig jaar terug in de tijd. Ze kán het gebeuren van toen niet van zich afzetten en dat kan ik me goed voorstellen. Want als ze het zeker wist, als ze er bewijzen van had dat mijn vader en mijn zusje zijn omgekomen, dan zou ze het waarschijnlijk ook kunnen afsluiten. Nu kan ze alleen maar wachten. Dat doet ze en dat is voor mij soms niet om aan te zien. Wanneer ze bezig is met het verleden zie ik dat ogenblikkelijk aan haar. Ze is dan afwezig, hoort of ziet mij niet en in haar ogen verschijnt dan een opmerkelijke, zeer onrustige blik. Dat raakt me, dat ze zó ongelukkig is.'

Fleur had hun glazen nog eens gevuld, ze spoorde Gideon aan iets te eten van het lekkers dat zij op de salontafel had gezet. Daarna vroeg ze: 'Herinner jij je je vader en je zusje nog?'

Gideon praatte met volle mond. 'Uit alle verhalen weet ik dat hij er eens was. Maar ik kan me zijn gezicht niet meer voor de geest halen, noch zijn stem of iets anders wat bij hem hoorde. Ik weet nog wel dat ik een klein zusje had. Dat ik met haar speelde en haar soms plaagde. Het is heel wonderlijk, maar in mijn verbeelding zag ik soms het beeld van een man die mijn vader moet zijn geweest, en bij wie Jola voortdurend op schoot zat terwijl ik dat ook graag wilde. Ik denk dat ik vroeger een beetje jaloers op Jola was. Ze was de jongste, een mooi klein meisje van wie mijn vader meer hield dan van mij. Het was louter een gevoel waar ik vanzelfsprekend geen bewijzen voor heb, maar waar ik toentertijd erg veel last van heb gehad.'

'Ik krijg wel een beetje medelijden met het kleine jongetje dat jij eens was. Je hebt het niet gemakkelijk gehad, je kon niet ongeremd gelukkig zijn.' Fleur kuste hem. Gideon streelde haar en bekende: 'Ik heb me als kind altijd schuldig gevoeld aan de verdwijning van mijn vader en mijn zusje. Ik maakte mezelf wijs dat als ik die bewuste dag niet ziek was geworden, er niets met ons gezinnetje zou zijn gebeurd. De schuld lag louter bij mij. Het werd een obsessie, een zware last. De geschiedenis van toen heeft een stempel gedrukt op mijn jeugd, in die tijd was ik beslist niet gelukkig. Het enige wat ik voor mam kon doen om iets goed te maken, was háár beschermen, dacht ik. Het gevolg ervan was dat ik geen vriendjes van school mee naar huis nam en ook niet na schooltijd op straat bleef spelen. Op deze manier sluit je als kind geen vriendschappen, en wonderlijk genoeg miste ik die ook niet. Uit school haastte ik me naar huis en wachtte ik totdat mam vanuit de kapsalon naar huis kwam. Dan liet ze merken dat ze het bijzonder fijn vond dat ik thuis was en dat sterkte mijn gevoel van verantwoordelijkheid jegens haar. Zoals zij mij voortdurend in bescherming nam, zo beschermde ik haar. En zo ontstond er tussen mam en mij een band die buitenstaanders niet kunnen aanvoelen, maar die voor mij niet knellend was. Ik wist niet beter en nu dat inmiddels wel het geval is, kan ik slechts zeggen dat ik er nog steeds voor haar moet zijn. Dat wil ik ook. Ik heb het ook heel vaak tegen haar gezegd, maar nu jij in mijn leven bent gekomen, gelooft ze dat niet meer. Zullen we het nu niet liever over iets anders hebben?'

Fleur schudde beslist van nee. 'Ik wil de draad van dit gesprek nog

even vasthouden, want je bent hierover nog niet eerder zo openhartig tegen mij geweest. De zorg om je moeder gaat volgens mij
erg ver; om ook iets voor haar te doen zou ik haar willen zeggen
dat ik me nooit ofte nimmer tussen jullie zal dringen. Ik wil jou
alleen maar gelukkig maken, zo simpel ligt het voor mij.' Nadat
ze heel even had gezwegen stelde Fleur de vraag die zich aan haar
opdrong. 'Geloof jij er echt in dat je vader en Jola niet meer leven,
of kun je er beter mee omgaan door het op die manier in te vul-
len?'
'Ze leven niet meer,' antwoordde Gideon zelfverzekerd. 'Na een
tijdsbestek van twintig jaar mag je dat zonder meer aannemen. Ik
kan ver meegaan in de theorie van mam die beweert dat ze
destijds moeten zijn ontvoerd. Het hoe en waarom zal voor ons
altijd een raadsel blijven, maar een andere mogelijkheid voor hun
verdwijning ís er gewoon niet. Mijn vader is niet vrijwillig uit het
leven van zijn vrouw en zoon gestapt. Net als mijn moeder ben ik
daar voor mezelf van overtuigd. En nu gaan we het wel over iets
anders hebben, want dit gepraat over mijn verleden heeft naar
mijn smaak geen feestelijk karakter! Of is het je inmiddels ont-
schoten dat we iets te vieren hebben?'
Fleur nestelde zich vergenoegd tegen hem aan. 'Eigenlijk zouden
we het vanavond in de stad nog uitbundig gaan vieren... maar ik
heb helemaal geen zin om er nog uit te gaan. We kunnen het
immers nergens fijner hebben dan hier, lekker ongestoord met
ons beidjes? Ik heb het gevoel dat ik jou heel veel geven moet om
de schade van vroeger voor je goed te maken. Nou, ik heb je veel
te geven, Gideon, veel en veel meer dan tot dusverre het geval
was!'
'Je kijkt wel ondeugend, maar ik lees ook allerlei stille beloftes in
je mooie ogen! En die hoorde ik ook al in je stem, geloof ik!
Beloof je me datgene, waar ik al meerdere keren om heb gevraagd, maar waar jij toen niet in mee kon of durfde gaan?'

Fleur knikte en even zacht als ernstig zei ze: 'Ik kan me pas dan aan een man geven als ik er voor tweehonderd procent van overtuigd ben dat hij voor mij de ware is. Met jou, Gideon, wil ik samen oud worden. Ik heb geen twijfels meer en vraag je of jij vannacht bij me blijft. Ik wil je toebehoren. Je vrouw worden...' Fleur keek vol liefde naar Gideon, maar verstarde toen ze zijn reactie zag. 'Je wilt me toch niet vertellen dat je erover moet nádenken!' viel ze verontwaardigd uit. Gideon sloeg een arm om haar heen, zijn stem klonk aangedaan. 'Ik hou van je, Fleur. Ik zou niet gezond zijn, niet goed bij mijn hoofd als ik niet ook naar jou verlangde. En toch...' Fleur onderbrak hem. Ze begreep terstond waar de schoen wrong en nu viel ze furieus tegen hem uit. 'Dat jij op dit intieme moment dat alleen van ons is, aan je moeder denkt, is allesbehalve normaal! Ik weet even niet wat ik hiervan moet denken, maar je mag wel weten dat ik er behoorlijk van schrik!'

Gideon probeerde zich te verdedigen. 'Mam zal de hele nacht geen oog dichtdoen als ik niet thuiskom. Nou zal ze daar voor een keer niets van krijgen, maar het gaat om meer. Jouw ouders zijn in dit soort kwesties ruimdenkend, vanuit haar geloof zal mijn moeder het er echter wel moeilijk mee hebben. Ik mag haar niet moedwillig kwetsen. Kun je niet proberen, Fleur, om daar een klein beetje begrip voor op te brengen? We kunnen elkaar toch liefhebben en beminnen zonder er een nacht aan vast te knopen? Waarom zouden we het iemand moeilijk maken als het anders kan?'

Fleur maakte zich los uit zijn omarming, ze ging rechtop zitten, keek hem doordringend aan en ijzig koud zei ze: 'Ik denk, Gideon, dat jij maar beter naar je moeder kunt gaan. Ik heb al eerder gezegd dat ik me niet tussen haar en jou wil dringen. Toen zag ik de werkelijke strekking er nog niet zo duidelijk van in, nu dringt het echter ten volle tot me door dat je moeder bij jou op de allereerste plaats komt. Dat is jouw zaak, ik wens alleen geen genoegen te nemen met een schamele tweede plaats. Ga maar naar haar die je beschermen moet, ik red me wel.'

Gideon keek haar gekweld aan. 'In plaats van begrip te tonen, stuur je me weg. Besef je wel waar je mee bezig bent, hoe zeer je me hiermee doet?'

Fleur viel boos uit. 'Jij denkt alleen maar aan jezelf, zonder je af te vragen hoe ik me voel! Nou, als je het weten wilt, kan ik je zeggen dat ik me op het moment hartstikke goedkoop voel! Ik heb me aangeboden aan de man die ik liefheb, maar hij wijst me af! Omdat zijn dominante moeder levensgroot tussen ons in staat. Zij vult jouw hele hart, het plekje dat ik erin krijg toebedeeld is schrikbarend klein. En ik wens juist géén toegift, ik wil alles of niets. Daarom heb ik liever dat je maar naar huis gaat. Ik moet alleen zijn om na te denken over ons en over onze eventuele toekomst.' Om te onderstrepen dat het haar ernst was, stond Fleur resoluut op. En even kordaat liep ze naar de deur en zette die open. Gideon besefte dat hij geen keus had. Hij was haar al voorbij toen hij zei: 'Hoe je besluit ook zal uitvallen, weet dat ik altijd van je zal blijven houden, altijd naar je zal blijven verlangen. Jij bent voor mij nummer één en dat is de zuivere waarheid. Dag, mooi, lief meisje...'

De onderdrukte snik die bij dat laatste in zijn stem lag was Fleur niet ontgaan. Het was een teken van mannenverdriet dat haar diep raakte. Ook haar hart huilde. Om de man die ze niet missen kon en om een vrouw wier macht over Gideon groter bleek te zijn dan haar onzelfzuchtige liefde.

3

DE VOLGENDE OCHTEND HAD OLGA, FLEURS MOEDER, DUIDELIJK haast om weg te komen na de kerkdienst. Ze spoorde Niek, haar man, aan om wat harder te lopen: 'Kunnen we niet een stapje harder lopen, ik verwacht Fleur en Gideon en dan wil ik de koffie klaar hebben.'

'Zij die geloven haasten niet,' merkte Niek op. Hij versnelde wel zijn pas en onderwijl wees hij zijn vrouw terecht: 'Omdat Fleur en Gideon twee zondagen achter elkaar bij ons kwamen koffiedrinken, neem jij automatisch aan dat het een traditie gaat worden. Maar zo werkt het niet, straks zit jij voor noppes uit te kijken. Ik waarschuw je maar alvast!'

Een kwartier later zou blijken dat Niek er faliekant naast zat, want Olga had de koffie net klaar toen Fleur haar auto voor het huis van haar ouders parkeerde. Na de begroeting stelde Olga de verwachte vraag: 'Ben je alleen? Er is toch niets met Gideon?'

Daarop vertelde Fleur het voorval van gisteren, dat Gideon een meisje uit het Damsterdiep had gered. Ze trad daarbij in details en ze besloot de uiteenzetting met een leugentje om bestwil. 'Net als het meisje, was Gideon onderkoeld. Om te voorkomen dat hij er iets aan overhoudt vonden we het beter dat hij een dagje binnen bleef.'

Daar toonden zowel Olga als Niek begrip voor. Ze vonden het allebei wel raar dat niemand van de vele omstanders zich om Gideon had bekommerd. 'Daar kreeg niemand de kans voor,' vertelde Fleur, 'want vóórdat men aan hem kon denken was hij al gevlogen. De koffie is lekker en de cake valt bij mij in een bodemloze put,' liet ze er lachend op volgen.

'Je hebt het ontbijt dus weer eens overgeslagen!' begreep Olga. 'Meisje, meisje, als je eens wist hoe ongezond dat is!'

Fleur was de ruzie met Gideon nog niet vergeten en omdat ze

even geen overbezorgde moeder kon verdragen, veranderde ze gewiekst van onderwerp. 'Was het gisteren druk in de winkel en genieten jullie nu dubbel van de welverdiende rustdag?'

Niek beantwoordde haar vraag. 'We hebben over klandizie nooit mogen klagen, maar aan het eind van de week hebben we allebei eventjes schoon genoeg van alles wat vis heet. De geur ervan raken we pas kwijt nadat we ons langdurig hebben gedoucht.'

'Wat dacht je, pap, waarom ik er niet over peinsde om bij jou in dienst te treden? Ik moet er toch echt niet aan denken om de hele dag te moeten kijken naar in ijs gekoelde vissenogen en dan heb ik het nog niet eens over de stank die ze verspreiden. Nee hoor, geef mij de boekhandel maar, daar kan ik mijn hart ophalen.'

'Je bent een boekenwurm, wat dat betreft zit jij op het juiste plekje!' Olga lachte en ging verder. 'Nu Gideon aan huis gebonden is, kun jij net zo goed hier bij ons blijven. Of heb je andere plannen, ga je misschien naar Gideon?'

Het idee alleen al riep een wrang gevoel bij Fleur op en ongewild viel ze uit: 'Mam, bewaar me, waar ik zin in heb!'

Ze merkte dat ze zich versproken had en voelde dat ze een klankbord nodig had. 'Gideon was niet onderkoeld, hij heeft geen nadelige gevolgen aan het voorval overgehouden. Dat verzon ik omdat ik voor jullie wilde verzwijgen dat we gisteravond met ruzie uit elkaar zijn gegaan. Ik betwijfel of het ooit weer goed zal kunnen komen tussen ons...'

Niek keek lachend naar zijn vrouw. 'Weet jij nog hoeveel onweersbuien ons huwelijk inmiddels al hebben geteisterd? De een was zwaarder dan de andere, maar ik kan me niet herinneren dat wij desondanks ooit aan elkaar getwijfeld hebben. Je hoeft dus helemaal niet zo bedrukt te kijken, Fleurtje, geloof maar gerust van je vader dat een ruzie op zijn tijd eerder gezond is dan dat die schade toebrengt!'

'Jij hebt gemakkelijk praten,' weerlegde Fleur, 'jij hebt niet van doen met een toekomstige schoonmoeder die mij nu al liever ziet gaan dan komen. Gideons moeder... een grotere egoïste bestaat niet.'

Niek vond het nodig te zeggen: 'Kom, Fleur, overdrijf niet zo!' Olga had inmiddels het gezicht van haar dochter bestudeerd en niet geheel zonder zorgen zei zij: 'Het valt me ineens op dat je er betrokken uitziet. Net alsof je te weinig slaap hebt gehad. Was de ruzie tussen jullie dan echt zo heftig dat je er niet van kon slapen, lieverd?'

Fleur knikte en verbolgen vroeg ze: 'Hoe zou jij het hebben gevonden als pappa vroeger meer om zijn moeder had gegeven dan om jou!? Dat pik je als vrouw toch zeker niet! Gisteravond, toen Gideon me vertelde van zijn duik in het Damsterdiep, noemde ik hem een held. Dat meende ik echt, maar ik moet er helaas op terugkomen, want in feite is hij niks anders dan een moederspapkind. En als ik ergens een hekel aan heb!'

Niek schudde zijn hoofd om de felheid van zijn dochter en ook Olga ondernam een poging om haar af te remmen. 'Dat beweer jij, maar wij hebben Gideon ook leren kennen. En ik kan niet anders zeggen dan dat hij een fijne vent is. Een zachtaardige man en juist dat soort weet hoe hij een vrouw gelukkig kan maken. Jij zou wat beter op je woorden moeten letten, kruidje-roer-me-niet!'

'Welja, geef mij de schuld, lekker makkelijk.' Fleur keek meer dan verongelijkt, Niek sprak op haar in. 'Gideon heeft ons een keer verteld over de sterke band tussen hem en zijn moeder en hoe die is ontstaan. In plaats van daar jaloers op te zijn, zou je wat meer begrip moeten tonen!'

'Jullie weten minder dan de helft, die keer is Gideon tegen jullie niet in details getreden. Gisteravond is hij voor het eerst heel openhartig geweest tegen mij. Natuurlijk begrijp ik dat zijn moeder het moeilijk heeft, maar toch hoor ik vóór haar te gaan.' Fleur zweeg een moment en dan, net alsof ze haar ouders er deelgenoot van

moest maken, herhaalde ze tot in de details wat Gideon haar had verteld. Ze was lang aan het woord, eenmaal uitverteld keek ze beurtelings vragend van Niek naar Olga. En uit de grond van haar hart verzuchtte Olga hardop: 'Arme Martine, ik heb met haar te doen. Het zal je maar gebeuren dat je niet weet waar je man en dochter zijn, je moet gissen naar hoe ze het maken, áls ze nog leven. Van zo'n slopende situatie zou elke gezonde vrouw ziek worden. Volgens mij ís Martine Vogelaar ziek van verdriet en dan zou jij haar iets kwalijk durven nemen!? En wat te denken van Gideon! In mijn verbeelding zie ik hem als klein ventje voor me. Wat er op dat jongetje van toentertijd afkwam was veel te veel. Hij ging gebukt onder schuldgevoel en lette daar niet op omdat hij er voor zijn moeder wilde zijn. Hij cijferde zichzelf weg en dat betekent niet anders dan dat hij toen al over een meer dan goed karakter beschikte. Zónder een doetje of een papkind te zijn!' Bij dat laatste keek Olga haar dochter bestraffend aan, Fleur schokschouderde. 'Ik hoor het al, jij neemt het niet alleen op voor Gideon, maar vooral voor zijn moeder. Wil je wel even onthouden, mam, dat ík je dochter ben en dat jij dus pal achter mij hoort te staan!' Olga glimlachte. 'Dat hebben we gedaan vanaf het moment dat we je kregen en dat zullen we blijven doen. Onder voorbehoud, moet ik zeggen, want daar kom je als ouder niet onderuit met een dochter die soms wel héél erg koppig kan zijn! Nu kijk je alsof je het in Keulen hoort donderen, maar je weet zelf maar al te goed dat je snel op je teentjes bent getrapt. Als onze Fleur haar zin niet kan doordrijven, is ze niet te genieten. Zo was het en zo zal het blijven, want een karakter valt moeilijk te veranderen. Ik hoop vurig dat het weer goedkomt tussen jou en Gideon, maar ik weet nu al dat hij aan jou geen gemakkelijke zal hebben!'
Fleur hoorde dit soort dingen over haarzelf niet voor het eerst, maar in verband met Gideon kwamen ze nu echter extra hard aan. Ze keek beteuterd naar Niek. 'Ben je het met mam eens, ben ik

echt zo'n onmogelijk schepsel? Ik voel me opeens zo rottig. Ik snap wel dat jullie gelijk hebben, maar wat moet ik nou?'

Niek schonk haar een bemoedigende blik. 'Soms ben je een dondersteentje, meestal een lieve schat. Op je vraag wat je nu moet doen kan ik enkel zeggen: probeer je wat meer in te leven in de problematiek van een ander. Als je je aanleert dat jijzelf niet de belangrijkste bent, zal dat minder moeilijk zijn dan het lijkt. Gideon heeft jouw steun nodig; als je dat inziet, ben je al een heel eind op de goede weg! De jongen heeft er vanaf zijn prilste jeugd voor zijn moeder moeten zijn en zonder het zelf te beseffen is dat hem niet in de kouwe kleren gaan zitten. Uit faalangst en misschien speelt ook het schuldgevoel van vroeger hem nog steeds parten, kan hij zich niet losmaken van zijn moeder. Hij denkt dat hij haar nog altijd moet beschermen en daar kan hij niets aan doen, want die drang zit als het ware in hem vastgeroest. In plaats van hem erom te veroordelen zou jij hem moeten helpen. Dat kan alleen maar met veel geduld en vooral met liefde. Gideon is een zachtaardige man, zo iemand verdraagt geen geweld. En juist dát zou jij hem aandoen als jij je zo koppig en eigengereid blijft verzetten tegen zijn moeder. Begrijp je hoe ik het bedoel, Fleurtje?'

'Een beetje wel, ja... Maar hoe moet ik me dan gedragen tegenover zijn moeder? Zij laat merken dat ze mij niet naast Gideon duldt. Moet ik dat dan gewoon slikken? Dat kan ik niet, pap. Niet zonder mezelf een doetje te vinden. Zo wil ik beslist niet zijn, want dan zou ik een vreemde zijn voor mezelf. Het is echt allemaal veel complexer dan jullie denken, hoor!'

Olga probeerde nogmaals begrip te kweken bij Fleur voor Martine. 'Probeer je eens voor te stellen dat pap opeens spoorloos was verdwenen en wij tweetjes achterbleven. Zouden wij ons dan niet radeloos voelen, haast gek worden van verdriet, van de spanningen en noem maar op? Pap probeerde jou te laten inzien dat jij Gideon met geduld en heel veel liefde moet bejegenen, en ik vind dat zijn moeder recht heeft op hetzelfde. En als liefde voor jou meteen te veel van het goede is, buig het dan om naar begrip. Echt waar, lieverd, je moet begrip tonen voor de onmenselijk moeilijke situatie van die vrouw. Zodra zij kán inzien dat jij haar haar zoon niet afpakt, maar dat jij iets kunt toevoegen aan haar liefde voor hem, zal ze jou op den duur leren accepteren. Waarschijnlijk zal dan haar ware aard weer te voorschijn komen, want volgens mij is die door al de ellende zoekgeraakt. Martine Vogelaar is geen vrouw om bang voor te zijn, maar om diep medelijden mee te hebben en zeker ook om vaak voor te bidden.' Olga zweeg en zocht de blik van haar man, Fleur slaakte een hoorbare zucht. 'Poe, zeg... jullie maken het me niet gemakkelijk. Ik had verwacht alle steun van jullie te zullen krijgen, maar nu het erop aankomt blijkt dat ik die juist zelf zal moeten geven. Aan Gideon én zijn moeder.' Ze nam een adempauze en fluisterde toen zacht en lief: 'Bedankt, mam en pap, voor jullie hulp. Ik hoop dat die Gideon en zijn moeder ten goede zal komen...'

Olga moest even iets uit haar keel wegslikken, Niek verwoordde hun beider gevoel. 'Je bent een verstandig meisje, gelukkig net niet eigenwijs genoeg om goedbedoelde levenslessen in de wind te slaan. Blijf maar zoals je bent, want zo houden we van je.'

Fleur schoot nu helemaal vol en toen ze zichzelf weer genoeg in de hand had vroeg ze zacht: 'Vinden jullie het goed dat ik naar huis ga? Voor mijn gevoel kan ik daar vrijer door de telefoon praten met Gideon. Ik zie nu wel in dat ik hem schandalig te kort heb gedaan. En dan te bedenken dat hij al zo schrikbarend veel te kort is gekomen...'

Olga zond haar een blik van verstandhouding. 'Ga maar gauw, en geef Gideon wat hij nodig heeft. Dat is simpelweg jouw onzelfzuchtige liefde.' Bij het afscheid nemen sloeg Olga haar armen om Fleur heen en bewogen zei ze: 'Gideon en jij passen bij elkaar als een doosje en het dekseltje. Maak elkaar gelukkig, dat is zó belangrijk!'

Daarop liet Fleur in weinig woorden haar liefde en respect voor haar ouders merken. 'Jullie zijn groots.'

Onderweg naar huis overdacht Fleur dat zij werkelijk fantastische ouders had. Pap en mam hadden niet domweg geluisterd naar haar klaagzang en haar vervolgens gelijk gegeven omdat zij hun dochter was. In plaats daarvan hadden ze haar een spiegel voorgehouden en had zij niet zonder schaamte gezien hoe dom ze bezig was geweest. Ze stond er lang niet vaak genoeg bij stil hoe belangrijk het was jezelf te kennen. Het was goed geweest dat ze haar hart bij pap en mam had uitgestort en dat zij haar vervolgens de les hadden gelezen. Ze was echter blij dat ze had verzwegen dat ze zich gisteravond door Gideon afgewezen had gevoeld en de reden daarvan. Ze had een stel fijne ouders, maar dat hield niet automatisch in dat ze álles moesten weten. Hoe zou Gideon straks op haar telefoontje reageren? Stel nou eens dat hij haar karakter had uitgeplozen en dat hij tot de slotsom was gekomen dat zij een onuitstaanbaar spook was dat altijd haar zin wilde hebben? Zonder blikken of blozen hadden pap en mam om beurten haar ondeugden opgesomd, het zou best kunnen zijn dat Gideon die nu ook inzag en dat hij niks meer te maken zou willen hebben met zo'n eigengereide tante. Dat zou echt vreselijk zijn, maar mocht hij iets dergelijks tegen haar zeggen, dan zou ze toch absoluut weer fel van zich afbijten. Slaan voordat je geslagen werd was voor haar behoud van zelfrespect wat ze niet wenste te verliezen. Of zat ze er nu weer helemaal naast en moest ze ook gaan sleutelen aan dit karaktertrekje? Help me, Gideon, zoals ik bereid ben jou te helpen. Jou en je moeder... Allemensen, dát was een moeilijke opgave, kon iemand dat eigenlijk wel van haar verlangen?

Zo, al piekerend en in zichzelf gravend kwam Fleur thuis. In de huiskamer dwaalde haar blik haast automatisch naar de rode rozen. Het symbool van liefde, ze vertoonden nog geen enkel spoor van verwelking. Verstandelijk wist ze dat de bloemen daar nog veel te vers voor waren, op dit moment paste het haar echter beter te bedenken dat het een vingerwijzing was. Zoals de rozen fier overeind bleven, zo zou ook hun liefde onverwoestbaar blijken. Nadat ze haar neus heel even in de bloemen had gedrukt, pakte ze de telefoon en liet ze zich ermee in een stoel zakken.

'Met Gideon.'

'Ja, met mij... Ik heb spijt, en ik wil graag het een en ander aan je uitleggen.' Meer kon ze niet zeggen, want Gideon onderbrak haar. 'Wat goed dat je belt! Ik kom eraan, ben al onderweg!' Hij verbrak abrupt de verbinding, maar de blijdschap in zijn stem was Fleur niet ontgaan. Ze wierp een blik op haar horloge, berekende dat hij er over een klein halfuurtje kon zijn en vervolgens gaf ze zich over aan het blijde gevoel in haar.

Op hetzelfde ogenblik zei Gideon tegen Martine: 'Ik denk dat ik niets hoef uit te leggen. Je hebt al wel begrepen dat het Fleur was en dat ik meteen naar haar toe wil.'

Martine bewoog langzaam haar hoofd op en neer. 'Ik heb meer opgevangen dan jij denkt! Namelijk dat die vrouw maar een kik hoeft te geven en jij springt onmiddellijk voor haar in de houding.'

'Ik hou van haar, mam! Ik dacht dat ik je dat gisteravond wel duidelijk had gemaakt? Ik heb je verteld dat we ruzie kregen om jou en dat was voor mij eens, maar niet weer. Als Fleur het nog aandurft met mij na het incident van gisteravond, kan ik niet anders dan naar haar toe vliegen. Wij horen bij elkaar en niemand – jij ook niet! – die ons bij elkaar vandaan zal kunnen halen. En kijk me nu niet zo zielsverloren aan, je weet dat ik daar niet tegen kan!'

'Ik heb geen idee hoe ik naar je kijk, maar wat jij op mijn gezicht schijn te zien, voel ik vanbinnen. Verloren, ja dat is het juiste woord ervoor. Ik wou dat ik de tijd kon terugdraaien. Toen jij nog klein was hield je me altijd gezelschap, nu laat je me hoe langer hoe meer aan mijn lot over. Hou je eigenlijk nog wel van mij, Gideon?' Hij schudde glimlachend zijn hoofd, drukte een zoentje op haar voorhoofd en zei: 'Voor mij ben je de liefste moeder van de wereld en dat weet je maar al te goed! Net als dat je weet dat jouw kleine jongetje een man is geworden die het niet langer kan stellen zonder de liefde van een vrouw. Ook dat heb ik je gisteravond uitvoerig duidelijk gemaakt! Dag, lieve mam, nu moet ik gaan.' Gideon streelde haar wang en vervolgens maakte hij zich resoluut uit de voeten. Hij volgde louter de stem van zijn hart. Bezitterig als ze was waar het Gideon betrof, gelukte het Martine echter niet zich daarin te verplaatsen.

Fleur dacht niet aan de vrouw die haar zoon te krampachtig vast probeerde te houden. Toen zij Gideons armen vast om zich heen voelde kon ze alleen maar bezig zijn met de man die ze liefhad. Haar stem was vol berouw. 'Het spijt me zo, van gisteravond, voortaan zal ik in ieder geval proberen begrip op te brengen voor de verstandhouding tussen jou en je moeder. Kun je me vergeven, Gideon, en wil je alsjeblieft geloven dat ik niet altijd een onuitstaanbaar wicht ben?'
Hij bedekte haar veel te ernstige gezicht met kussen. 'Jij bent voor mij de ideale vrouw, ik wil niet dat jij je verontschuldigt. Jouw reactie van gisteravond was normaal, ík was juist hopeloos verkeerd bezig! Mijn moeder zal een stapje opzij moeten doen, het is schandalig dat ik dat pas inzag toen ik meende dat jij voorgoed uit mijn leven was verdwenen.'
'Mijn vader beweerde dat een ruzie tussen twee geliefden eerder gezond is dan dat die schade kan toebrengen. Hij had dus helemaal gelijk!' Fleur wipte op haar tenen en nadat ze hem warm had

gekust trok ze hem mee naar de bank. 'Je hebt wallen onder je ogen, heb je niet goed geslapen vannacht?'

Gideon grijnsde. 'Ik gunde mezelf geen tijd om te slapen, daarvoor was er te veel om over na te denken. Het spijt me, Fleur, dat ik de verhoudingen tussen jou en mam niet in hun juiste proporties kon zien. Toen ik tegen de ochtend nog even in slaap sukkelde wist ik waar het tussen ons verkeerd was gegaan en wat ik eraan moest doen om herhalingen te voorkomen. Jij wás de hele tijd voor mij nummertje één, ik liet het alleen niet voldoende merken. Hoe kwam het dat jij spijt kreeg, of heb je in plaats van lekker te slapen ook liggen piekeren?'

'Ik ben vanochtend naar mijn ouders gegaan en bij hen heb ik mijn hart uitgestort. Ik heb me over jou beklaagd en dacht dat ik door mijn ouders gesteund en getroost zou worden. Nou, mooi niet, ik kreeg er ongezouten van langs!' Daarna vertelde Fleur gedetailleerd over het gesprek tussen haar en haar ouders. Ze besloot het lange relaas met: 'Ik wist dat mijn ouders met jou weg-liepen, maar dat ze in betrekkelijk korte tijd echt van je zijn gaan houden was voor mij een verrassing. Een prettige, het deed me goed te horen dat ze het allerbeste met jou voorhebben. Hetzelfde geldt voor je moeder...' Ze zweeg heel even voordat ze er een vraag aan toevoegde. 'Heb jij met je moeder gesproken, Gideon, weet ze dat wij ruzie hebben gehad om haar?'

Gideon trok haar tegen zich aan. 'Vanwege de omstandigheden kwam ik gisteravond veel vroeger thuis dan mam had verwacht. In plaats van meelevend te vragen of er iets aan de hand was – dat had ze aan mijn manier van doen moeten merken – toonde ze zich uitgelaten en blij. Toen ze ook nog dingen zei als: O, jongen, wat lief van je dat je inzag dat je mij niet te lang alleen mocht laten, kreeg ik door hoe de hele situatie eigenlijk in elkaar steekt. En ja, toen heb ik met haar gesproken. Ik heb haar gezegd dat ik van jou houd en dat mijn liefde voor jou een andere betekenis heeft dan wat ik voor haar voel. Dat en nog meer heb ik gezegd, ondertussen realiseerde ik me voortdurend dat ik voorzichtig met haar moest zijn. Haar ogen stonden vol tranen en die kan ik nu eenmaal niet verdragen. Hoewel ik besef dat ik me anders tegenover haar moet opstellen, zal ik haar ook in de toekomst niet echt hard kunnen aanpakken. Daar is mam te kwetsbaar voor en is mijn medelijden met haar te groot. Dit zul jij waarschijnlijk moeilijk kunnen begrijpen...'

'Als je gisteravond zo tegen mij had gesproken zou ik je vermoedelijk een doetje of zo hebben genoemd, maar nu ik hardhandig ben wakker geschud door mijn ouders zal ik dat niet meer in mijn hoofd halen. Mam opperde dat jouw moeder ziek is geworden van jarenlang verdriet, van spanningen die zich almaar in haar opstapelen. Ik ben tot de conclusie gekomen dat dat best waar kan zijn en nu ben ik zover dat ik haar graag zou willen helpen. Ik weet alleen niet hoe ik dat zou moeten aanpakken...'

Gideon wierp een blik op zijn horloge en nadat hij pijlsnel had nagedacht stelde hij voor: 'We zouden even naar haar toe kunnen gaan. Een uurtje, anderhalf, ik noem maar wat?'

In haar verbeelding hoorde Fleur de stem van haar moeder in haar oor: Martine Vogelaar is geen vrouw om bang voor te zijn... Ze slaakte een onhoorbare zucht voordat ze naar Gideon opkeek. 'Het moet er eens van komen. Dat heb ik gisteravond ook al gezegd, realiseer ik me.' Het lachje dat ze te voorschijn toverde moest dapper lijken, maar miste het gewenste effect.

Gideon nam Fleurs telefoon van de tafel. 'Ik bel even om haar op de hoogte te stellen. Als we onverwacht voor haar neus staan, zal ze zich geen houding weten te geven. Ze is nu eenmaal een eersteklas zenuwpees. Helaas.'

'Ja, mam, met mij! Fleur en ik hebben zin om thee bij jou te komen drinken, hoe lijkt je dat?'

...

'Doe maar kalm aan en je hoeft je voor Fleur niet op te tutten, wees liever gewoon jezelf. Nou, tot over een halfuurtje. Dag!' Gideon verbrak de verbinding,

Aan de andere kant van de lijn sloeg Martine van schrik een hand voor de mond. Lieve help, daar had je het al! Fleur Groeneweg kwam kennismaken; wáár zij op zat te wachten, niet op haar. Ze hoefde die vrouw niet in levenden lijve te zien, ze wist zo al wel dat ze druk bezig was Gideon van haar af te pakken. Toen Gideon gisteravond veel vroeger dan verwacht thuis was gekomen en ze uit zijn bedroefde gezicht had begrepen dat er iets tussen hem en die Fleur was voorgevallen, had zij God daar in stilte voor gedankt. Dat ze ook door Hem werd teleurgesteld, bleek toen Fleur belde en Gideon niet wist hoe snel hij naar haar toe moest gaan. Ik hou van Fleur, had Gideon gezegd en nog veel meer wat zij liever niet had willen horen. En nu kwam hij haar zogezegd thuisbrengen, de vrouw die vóór zijn moeder ging. Waarom kreeg zij zo verschrikkelijk veel te verstouwen, waarom mocht ze deze ene zoon niet helemaal voor zichzelf houden? Het was allemaal zo oneerlijk. Als God om haar gaf omdat ze jegens Hem haar best deed en ze toch warempel ook een schaap was uit Zijn kudde, waarom zorgde Hij er dan niet voor dat Thomas en Jola veilig bij haar terugkwamen? Wat had haar leven nog voor zin nu ze ook Gideon dreigde te verliezen? Ze kon net zo goed dood zijn, er zou toch niemand zijn die om haar treurde of haar miste. Hier onderbrak Martine haar somber gepeins omdat ze voelde dat er tranen over haar wangen biggelden.

Ze haastte zich naar de badkamer om haar ogen met koud water te deppen en nadat ze zich verkleed en een beetje opgetut had, wierp ze een blik in de spiegel. Zo is het beter, prees ze in gedachten haar spiegelbeeld; dat vreemde vrouwmens mocht straks niet aan haar gezicht kunnen zien hoeveel verdriet er in haar hart lag opgeslagen. Daar kon echt niets meer bij en toch stond dat te gebeuren. O, Gideon, hoe kun je me dit aandoen!

Niet veel later stonden Martine en Fleur oog in oog. Gideon hield zich een beetje afzijdig, Fleur probeerde de allereerste begroeting zo soepel mogelijk te laten verlopen. Ze was ervan doordrongen dat ze hulpvaardig, in ieder geval aardig moest doen en daarom legde ze een lach om haar lippen en zei ze vriendelijk: 'Gideon heeft me al veel over u verteld, ik vind het prettig dat ik u nu eindelijk mag begroeten.'

Martine lachte zuurzoet. 'Ach ja, zo gaat dat. De ene dag ken je elkaar van horen zeggen, de andere sta je pardoes voor elkaars neus. Gaan jullie maar vast naar de kamer, ik ga naar de keuken om thee te zetten.'

In de huiskamer fluisterde Gideon: 'Viel het mee of tegen?'

'Van allebei een beetje. Zeg maar even niks.' Gideon knikte begrijpend, hij nam een weekblad dat op de salontafel lag en bladerde er ongeïnteresseerd in. Fleurs ogen dwaalden het vertrek rond. Toen haar blik bleef rusten op een ingelijste foto die op de televisie stond, voelde ze dat ze kippenvel kreeg. Ze begreep dat de man die erop afgebeeld stond Gideons vader was, het kleine meisje dat op zijn knie zat, moest zijn zusje zijn. Zelfs van deze afstand zag ze dat Gideon, behalve de kleur van zijn ogen, op zijn vader leek, ook op zijn zusje trouwens. De siddering die ze zopas door zich heen voelde gaan, kwam omdat de leegte even heel voelbaar was geweest die die twee mensen hadden achtergelaten. Normaal gesproken las of hoorde je iets over een dergelijk drama zonder dat het je al te diep kon raken omdat het onbekenden had getroffen. Nu was het plotseling heel dichtbij en trof het haar dieper dan ze voor mogelijk had gehouden. Arme Gideon, arme Martine Vogelaar.

Op dit moment kwam Martine binnen. Ze zette voor elk van hen een kopje thee neer en onderwijl praatte ze. 'Bij het volgende kopje krijgen jullie er wat lekkers bij, daar is het nu nog wat te vroeg voor. Ik heb tenminste net geluncht in mijn dooie uppie, jullie zullen samen iets gegeten hebben, neem ik aan.'

Daarop zei Gideon in volle onschuld zonder enige bijbedoeling: 'Ik lust wel een dikke plak van de cake die jij gisteren hebt gebakken! Wij hebben niet geluncht, dat is erbij ingeschoten.'

Daar héb je het al, schoot het door Martine heen en ze wierp Fleur een meer dan bestraffende blik toe. 'Gideon is het van jongs af aan gewend dat hem drie maaltijden per dag worden voorgezet. Ik zou het op prijs stellen als jij daar voortaan wat beter op zou willen letten. Mannen horen goed verzorgd te worden, daar mag een vrouw zich niet met een Jantje van Leiden van afmaken!'

'Ik zal eraan denken, sorry...' Fleur bloosde. Van verontwaardiging, want beschaamd voelde ze zich niet. Zij was gewend aan tafel te schuiven als ze trek kreeg, niet omdat de klok toevallig een bepaald tijdstip aangaf. Waar bemoeide dat mens zich overigens mee, ze had niet zitten wachten op een uitbrander van haar!

Inwendig foeterde Fleur nog wat door, Martine had zich inmiddels al naar de keuken gehaast. Toen ze ten slotte terugkwam, zette ze tot Fleurs verbazing alleen voor Gideon een bord neer met twee belegde boterhammen. 'Kijk, jongen, je moeder weet wat jij nodig hebt!'

Gideon probeerde de gênante situatie te redden door tegen Fleur te zeggen: 'Mam heeft de boterhammen gemakshalve op één bord gedaan. Wij hoeven nu alleen maar samen te delen!' Hij wilde haar een boterham geven, maar Fleur schudde van nee. 'Dank je, ik heb geen trek.' Voor geen prijs zal ik haar zoontje het eten uit zijn mond halen, dacht ze er schamper achteraan. Opeens betrapte ze zich erop dat ze, weliswaar in gedachten, toch weer verkeerd bezig was. Ze voelde haar eigen lange tenen en trok die vliegensvlug weer in door een praatje aan te knopen met Martine. 'Gideon vertelde me dat u kapster bent. Dat lijkt me een mooi beroep, het is in elk geval dankbaar werk, want de dames verlaten de salon met een piekfijn gekapt kapsel.'

Martine schokschouderde. 'Vroeger, toen ik jong was, vond ik het inderdaad een mooi vak. Nu ik almaar ouder en ouder word en ik noodgedwongen in de salon moet staan omdat er geld binnen moet komen, is de glans er voor mij vanaf. Maar ja, ik heb geen keus, dat geldt trouwens niet alleen voor mijn werk.'

Fleur begreep wat er met dat laatste bedoeld werd, ze besloot er overheen te praten. 'U zegt dat u zich oud voelt, maar ik weet van Gideon dat u nog geen vijftig bent. Dat is zeker niet oud en bovendien lijkt u veel jonger!' Fleur bedoelde dit als een welge-meend compliment. Ze vond echt dat Martine Vogelaar er nog jong uitzag, ze vond haar bovendien een knappe, aantrekkelijke vrouw om te zien. Ze had een prachtig, volslank figuur, donker, kort geknipt haar dat haar bijzonder goed stond, en een opvallend mooi gezicht. Daarin domineerden een paar grote, donkerbruine ogen die haar sterk deden denken aan die van Gideon.

Hij lachte zijn aanstekelijke lach en zei tegen Martine: 'Nou hoor je het eens van een ander dat je een knappe vrouw bent! Wat dat betreft zou je nog mannen bij de vleet kunnen krijgen!'

De lach bestierf op Gideons gezicht door Martines snerpende stem. 'Hou onmiddellijk je mond, Gideon! Je slaat wartaal uit waar je mij mee kwetst!'

'Sorry, dat was zeker niet de bedoeling.' Gideons stem klonk berouwvol en Fleur dacht: tjonge, het is niet normaal zoals je hier op je woorden moet letten! De een hoefde maar boe te roepen of de ander voelde zich aangesproken en kroop in zijn schulp. Gideon had alleen maar een grapje gemaakt. Zijn moeder had het veel te ernstig opgevat, hoewel het eigenlijk ook helemaal niet zo'n gek idee was, wat Gideon had geopperd. Als zijn moeder een lieve man zou ontmoeten die haar gaf wat ze nodig had, zou ze van de weeromstuit begrijpen waarom Gideon meer naar haar trok dan naar zijn moeder. Maar ja, zij had makkelijk praten. Ver-standelijk beredeneerd begreep ze wel dat mevrouw Vogelaar niet kon omkijken naar een andere man, laat staan ernaar verlangen. Het was diep triest, dacht Fleur. En vanuit dat gevoel zei ze zacht tegen Martine: 'Toen u in de keuken bezig was heb ik een blik durven werpen op de foto die op de televisie staat. Het moet vreselijk voor u zijn om niet te weten waar uw man en kind zijn en hoe zij het maken. Ik heb echt met u te doen, mevrouw Vogelaar.'

Gideon had Fleur de hele tijd bewonderd om de manier waarop ze een gesprek aanging en vast probeerde te houden. Nu ze zelfs dit gevoelige punt zo lief aanroerde zou hij haar het liefst in zijn armen nemen en haar uit dankbaarheid kussen. Hij werd uit dit stille gemijmer wakker geschud door de ijzige stem van zijn moeder. 'Ik heb geen behoefte aan medelijden, ik wil dat je dat onthoudt. In de salon menen mijn collega's soms ook dat ze me moeten ontzien en begrip moeten tonen. Het zijn slechts loze woorden, want zodra ik uit hun gezichtsveld ben, zijn ze de last die ik te dragen heb alweer vergeten. Zo vergaat het jou ook en wat te denken van Gideon! Als hij bij jou is, bestaat zijn moeder voor hem niet meer...'

'Het is niet aardig van u dat te zeggen,' zei Fleur zacht. Martine keek haar indringend aan. 'Het is wél de waarheid!'

Tot dusverre had Gideon stil geluisterd naar het gepraat tussen de beide vrouwen, maar nu viel hij boos tegen Martine uit. 'De waarheid is dat jij je hopeloos gedraagt! Fleur doet almaar haar best voor jou en jij doet niet anders dan haar afbekken. Moet het dan zo, mam!?'

'Als het jullie hier niet bevalt, ga je maar weg. Ik heb liever dat je gaat en wat mij betreft mag je bij haar blijven slapen ook. Wat doet het er nog toe, het kan mij allemaal niks meer schelen. Als je dat maar weet.'

Gideon schudde zijn hoofd. 'Ach, lief mens, je hoort niet eens wat je allemaal zegt. Je geeft mij de vrijheid om bij Fleur te blijven slapen, maar dat druist immers regelrecht tegen je principes in!'

'Nou hoor...' Martine sloeg haar handen voor het gezicht en huilde geluidloos.

Gideon vroeg zich af wat hij verkeerd had gezegd, Fleur snelde op Martine toe. Ze legde een arm om haar schouders, boog zich naar haar over en troostte: 'Stil maar, niet huilen, dat heeft u vermoedelijk al veel te vaak gedaan. Ik begrijp dat u het moeilijk heeft, echt waar! Als u ervoor openstond, zou ik er net als Gideon voor u willen zijn. Nu kan ik alleen maar zeggen dat ik Gideon niet van u afpak, hij is en blijft uw zoon. Om in ieder geval iets te doen, kan ik u beloven dat Gideon niet bij mij blijft slapen. Ik wil niet dat u zich voor mij schaamt of dat u zich verdedigen moet tegenover God. Heb ik hiermee iets goedgemaakt, gaat het nu weer?' Heel even streelde ze over Martines wang die nat was van tranen. Martine snikte. 'Ik moet nadenken en bidden. Daar moet ik alleen voor zijn...'

Gideon gaf Fleur een seintje. 'Kom maar, deze keer wil mam echt liever alleen zijn.' Nu boog hij zich over Martine die als een hoopje ellende in haar stoel zat. 'Je ziet me wel weer verschijnen, ik zal het niet te laat maken. Dag mam, en probeer flink te zijn!'

Toen ze alleen gelaten werd droogde Martine haar tranen en snoot haar neus. Foei, wat een consternatie, wat vervelend nou dat ze zich zo had laten gaan. Fleur was eigenlijk best wel een aardig meisje, het was een prettig gevoel geweest, haar jonge arm om haar heen. Ik pak Gideon niet van u af, wist zo'n jong ding wat ze zei? Of moest zijzelf minder wantrouwend zijn en meer vertrouwen hebben? Gisteravond had Gideon opnieuw beweerd dat zij hem niet kwijtraakte aan Fleur, maar dat zij er een dochter bij kreeg. Een dochter... Ze hád een dochter, Jola, die door niemand te vervangen was. Kreeg ze maar een teken van leven van Thomas en Jola, al was dat nog zo klein, ze zou er troost en moed uit kunnen putten. Stel nou toch eens dat ze niet meer leefden, dat haar wachten de hele slopende tijd zinloos was geweest? Daar durfde ze niet aan te denken, niet bij stil te staan. Het enige wat ze kon doen was God vragen om uitkomst.

Terwijl Martine in gebed verzonk, keek Gideon achter het stuur van opzij naar Fleur. 'Je hebt het geweldig gedaan, ik ben beretrots op je!'
'Op het laatst ging het vanzelf. Ik hoefde niks te overwinnen om haar te kunnen troosten, daarvoor had ik te veel met haar te doen. Je moeder is een beklagenswaardige vrouw en bovendien durf ik te stellen dat ze echt ziek is. Volgens mij heeft ze dringend hulp nodig, heb jij nooit overwogen om de hulp van een psycholoog of psychiater in te roepen?'
'O ja, vaak genoeg. Maar ik kan mijn moeder niet naar zo'n man toe slépen, als zij het niet wil, houdt alles op. Mam beweert bij hoog en bij laag dat er voor haar maar één remedie bestaat en dat is de terugkeer van haar geliefden. Zo denkt zij erover en ik kan dan moeilijk zeggen dat ze de hoop op moet geven omdat ze niet terug zullen komen. Dat zou ronduit wreed zijn. Toch?'
'Ja, lieve schat, en wreed ben jij gelukkig niet.' Nadat ze een poosje zwijgend voor zich uit had gekeken, nam Fleur de draad van het gesprek weer op. 'In het begin, tijdens de begroeting en ook nog daarna, vond ik haar echt een onuitstaanbaar mens. Ik vond dat ze zich in zelfmedelijden zat onder te dompelen, maar op het laatst dacht ik opeens heel anders over haar. Ik ben me ervan bewust dat ik niet de aangewezen persoon ben om haar daadwerkelijk te kunnen helpen, het enige wat ik wel zou kunnen doen is een poging ondernemen om haar te verlossen van haar bezitterigheid naar jou toe. Die zie ik als een ziekte die te genezen moet zijn.'
'Heb je al een idee hoe je deze kwaal van mijn moeder wilt aanpakken?' Gideon lachte, Fleur was de ernst zelve. 'Nee, natuurlijk niet, daarvoor is het immers veel te complex. Op het moment kan ik alleen maar denken aan de woorden die mijn moeder gebruik-

te: geduld en liefde. Ik vrees echter dat er meer voor komt kijken om iets te kunnen losmaken wat al lange jaren muurvast zit. Een klein wondertje zou welkom zijn. Maar wie weet heeft God er eentje voor ons in petto?'

Ze vonden het allebei dwaas gepraat dat nergens op sloeg. Dachten ze.

4

Er waren een paar maanden verstreken, het was nu eind mei. En hoewel het weer te wensen overliet, was de zomer toch voelbaar dichtbij. Zodra de koude wind ging liggen, de zon doorbrak, zouden de eerste mensen in de zon gaan zitten om te proberen een beetje bruin te worden.

Fleur was een van hen, zo vaak zij in de spiegel keek mopperde ze in zichzelf: ik ben die bleke snoet zat, ik wil een bruin kleurtje!

Toen ze deze ochtend wakker werd dacht ze daar niet aan, maar realiseerde ze zich dat ze lekker kalm aan kon doen, want ze had een vrije morgen. Op maandagochtend was de boekhandel gesloten, om half twee hoefde ze pas op haar post te zijn. Ik ben benieuwd, dacht Fleur toen ze onder de douche stond, of het meisje is aangenomen dat afgelopen vrijdag heeft gesolliciteerd. Zij zou het plekje gaan innemen van een oudere collega die met de vut was gegaan. Ze had de vermoedelijke nieuweling niet gezien, de bedrijfsleider had haar en de anderen verteld dat hij die vrijdag na sluitingstijd een sollicitatiegesprek had. Fleur was niet de enige die nieuwsgierig naar haar was, de andere collega's wilden ook graag weten wie er nieuw in hun team kwam. Voorlopig was het afwachten of ze erbij paste of dat ze de onderlinge goede sfeer zou weten te bederven. Het moest allemaal nog gebeuren, misschien krabbelde ze zelf wel terug en moesten ze wachten op een volgende sollicitant. Eens zou het wel goed komen, geduld is een schone zaak. Bij dat denken schoot Fleur in de lach en murmelde ze: 'Vertel mij wat!' Hierbij dwaalden haar gedachten haast automatisch naar Gideons moeder. Martine Vogelaar, ze had nog altijd medelijden met de vrouw, veel verder was ze echter nog niet gekomen. Doordat zij op zaterdag moest werken, konden Gideon en zij welbeschouwd alleen de zondag maar samen doorbrengen. Niettemin drong zij er vaak bij Gideon op aan om dan toch even bij zijn moeder langs te gaan. Ze vond het de enige manier om de vrouw te laten blijken dat zij van haar niets te vrezen had. Ze voelde zich nog steeds niet thuis bij mevrouw Vogelaar, toch durfde ze inmiddels al ongevraagd koffie of thee in te schenken, een kast open te trekken om er een glas of iets dergelijks uit te nemen. Het had niets te betekenen, het was gewoon stom van haar om het als een overwinning te beschouwen. In feite kwam het erop neer dat Martine Vogelaar geen stap in haar richting zette en dat was best wel een beetje pijnlijk. Soms dacht ze: waar sloof ik me eigenlijk voor uit, bekijk het maar! Maar dan hoorde ze in verbeelding mam weer zeggen dat ze moest volhouden. 'Een doorzetter wint altijd, let maar op!' Mam had onlangs aan Gideon gevraagd of het misschien wenselijk was dat zij eens met zijn moeder ging praten. 'Gewoon voor de gezelligheid?' Daarop had Gideon enkel de waarheid kunnen zeggen, namelijk dat zijn moeder geen prijs stelde op bezoek. Ze had geen contact met haar buren, mensen uit de kapsalon met wie ze toch dagelijks samenwerkte, zag ze louter als collega's die ze niet over de vloer wenste. Fleur zelf had het een keer gewaagd om op een maandagochtend naar haar toe te gaan. Het was haar enige vrije ochtend, ze wist dat de kapperszaken op maandag ook gesloten waren en met louter goede bedoelingen, maar onaangekondigd, was ze naar de andere kant van de stad gereden. Goeie grutten, haar verrassing was beslist niet in goede aarde gevallen. Want toen mevrouw Vogelaar de deur voor haar opende, had zij in eerste instantie gedacht dat de vrouw ter plekke een hartaanval zou krijgen. Zo verschrikt had ze gekeken, ze was helemaal wit om de neus geworden. 'U hoeft niet te schrikken, ik ben het maar!' had zij desondanks vrolijk proberen te doen. In de huiskamer had ze begrepen waarom ze niet welkom was. Op de grote tafel van de eethoek lagen kleertjes en speelgoed uitgestald van een driejarig meisje. Toen ze dat zag, het dieptrieste ervan tot haar doordrong, had ze haar maag tekeer voelen gaan.

Begaan met Gideons moeder had ze gefluisterd: 'Sorry, dat ik u stoor, dit was niet de bedoeling. Het spijt me echt heel erg...' Mevrouw Vogelaar had een van de poppen van de tafel genomen en gezegd: 'Deze pop was Jola's lieveling. Ze sleepte er de hele dag mee en praatte ertegen. Na haar verdwijning is de pop mij dierbaar geworden. Zo vaak ik ermee in mijn handen sta klinkt Jola's lieve stemmetje in mijn oor. Als ik alleen ben, haal ik deze spulletjes te voorschijn en koester ik me in al die dierbare herinneringen. Verklaar me gerust voor gek, ik heb dit gewoon nodig. Het is het enige wat er overgebleven is van het kind dat ik nog dagelijks mis.' Net als de allereerste keer, had ze ook toen in een impuls haar armen om de vrouw geslagen en had ze geprobeerd te troosten. Ze wist niet meer wat ze zelf precies gezegd had, het antwoord van mevrouw Vogelaar stond echter in haar geheugen gegrift: 'Je bent spontaan. Ik wou dat ik zo kon zijn, het wordt me echter verboden. Dat, wat ik denk of voel, ligt diep in mij vergrendeld. Ik kan er niet bij.' Vanzelfsprekend had ze er naderhand met Gideon over gesproken, hij had niet geweten wat hij hoorde. Dit soort uitspraken van zijn moeder kende hij niet en dat kwam omdat hij de enige was die ze in het diepste van zichzelf toeliet. Gideon en zij waren het later eens geweest toen zij hem attendeerde op wat mam eens had gezegd. Zij had alweer gelijk gekregen met haar bewering dat Martine Vogelaar niet alleen twee dierbaren had verloren, maar ook zichzelf. Ze kende zichzelf niet meer, het moest vreselijk zijn om het diepste dat in je zat, niet meer te kunnen verwoorden. Ze had dringend hulp nodig, maar daar wilde ze absoluut niets van weten. Arme vrouw, ik kan nog niet van je houden, maar ik veroordeel je niet meer zoals in het begin. Fleur slaakte een diepe zucht en nu pas drong het tot haar door dat ze abnormaal lang onder de douche had gestaan. Nou ja, bedacht ze laconiek, dan ben ik in ieder geval grondig schoongespoeld.

Niet veel later was ze aangekleed en licht opgemaakt en deed ze in de flat de klusjes die geklaard moesten worden. Tegen de middag nam ze een boterham uit het vuistje en kort daarna fietste ze door de stad naar de boekhandel.

Nadat ze haar collega's, Huub van Keulen en Iris Dirksen, had begroet stelde ze de vraag waar ze eerder die ochtend mee bezig was geweest. 'Weten jullie hoe het is afgelopen en of we al een nieuwe collega hebben?'

Op dat moment voegde de bedrijfsleider, Oliver Oosterhuis, zich bij hen. Hij had Fleurs vraag opgevangen en beantwoordde die door te vertellen dat hij het meisje had aangenomen. Hij corrigeerde zichzelf lachend: 'Eigenlijk mag ik haar geen meisje noemen, want ze is kort geleden getrouwd. Haar meisjesnaam is Lotte Croll, na haar huwelijk heeft ze de naam van haar man aangenomen en noemt ze zich Lotte Hartog. Ze is zesentwintig jaar. De rest zal zij jullie zelf vertellen, want ik heb met haar afgesproken dat ze na sluitingstijd met jullie zal komen kennismaken. Dan drinken we in het kantoor samen een kop koffie, maar nu gaan jullie aan de slag, want ik zie dat er al klanten binnen zijn!'

Het bleef niet bij een paar klanten, het werd een drukke middag die deed denken aan de topdrukte van een zaterdag. Het liep tegen sluitingstijd toen Fleur vergenoegd bedacht dat ze drie literaire werken had verkocht en een paar kookboeken. Van de week- en maandbladen was ze de tel kwijtgeraakt en dat gold ook voor de strip- en puzzelboekjes. Haar eigen lievelingsgenre spande echter weer eens de kroon, want ze had maar liefst zes streek- en familieromans mogen afrekenen! Halverwege de middag had ze van doen gekregen met een lezeres van dat genre die echt een beetje gepikeerd was geweest. Een week daarvoor had ze bij hen een omnibus gekocht met een voor haar nieuwe titel, maar thuisgekomen bleek dat ze alle drie de boeken al in haar bezit had omdat ze al in een andere uitgave stonden.

Zij had vriendelijk uitgelegd hoe het in elkaar stak. 'U mag een ander boek uitzoeken, maar u kunt ook het aankoopbedrag van dit boek terugkrijgen.'

De vrouw had gekozen voor toch maar een ander boek en toen dat verrekend werd, had ze gezegd: 'Sorry, dat ik een beetje uit mijn slof schoot. En bedankt voor de uitleg, het is me nu helemaal duidelijk. Voortaan moet ik gewoon zelf een beetje beter opletten.' Als een tevreden klant had ze vervolgens de winkel verlaten en dat was het belangrijkste van alles.

Fleur had dit incident juist aan een van haar collega's verteld toen de nieuwe verkoopster binnenkwam. Dat begrepen ze doordat Oliver Oosterhuis op haar toeliep en haar meenam naar het kantoortje. Niet lang hierna zochten de anderen dat vertrek ook op en werden ze om beurten voorgesteld aan Lotte Hartog. Zo op het eerste gezicht leek ze een aardig iemand, ze zag er goed uit. Ze had lang, blond haar dat in een nonchalant knotje op haar achterhoofd was vastgespeld. Ze had blauwe ogen, een slank, tenger figuurtje en een volle, praatgrage mond waar geen woord Gronings uitkwam. Dat viel op en Iris Dirksen vroeg dan ook waar Lotte vandaan kwam. 'Ik hoor dat je geen Groningse bent? Wij praten onderling ook Nederlands, maar aan ons accent is duidelijk te horen dat we Grunningers zijn.'

Lotte lachte haar mooie, witte tanden bloot. 'Dat klinkt mij inmiddels al zeer vertrouwd in de oren! Mijn man, Dries, is een rasechte Groninger, zijn ouders en hij praten plat tegen elkaar, zo noemen jullie dat toch? Ik kom uit Rotterdam, ik heb mijn geboortestad verlaten toen ik met Dries in het huwelijksbootje stapte.'

'Heb je geen heimwee, het lijkt me een hele overgang?' informeerde Huub van Keulen. Lotte antwoordde: 'Ik mis mijn vroegere vrienden wel, maar verder heb ik geen aanpassingsmoeilijkheden ondervonden. Zodra ik mijn ouders mis, stappen Dries en ik in de auto en tuffen we naar Rotterdam waar ik dan ook meteen even weer oude vrienden en bekenden ga opzoeken. Nee, het valt allemaal best mee en nu ik weer een baan heb, ben ik helemaal dik tevreden. Ik stond in Rotterdam ook in een boekhandel die echter beduidend kleiner was dan deze. Toen ik op sollicitatiegesprek kwam heb ik even mogen rondsnuffelen van Oliver en ik moet zeggen dat ik onder de indruk was van de vele titels die jullie in huis hebben van binnen- en buitenlandse auteurs!'

Oliver voelde zich gestreeld. Fleur vroeg aan Lotte wat haar man voor de kost deed. En even enthousiast als daarstraks praatte zij ook nu. 'Dries is tweeëndertig jaar, dat was ik nog vergeten te vertellen. Hij is grafisch medewerker op een drukkerij hier in de stad. We hebben elkaar leren kennen toen hij vorige zomer met vakantie in Rotterdam was. Het was meteen raak, je kunt echt spreken van liefde op het eerste gezicht! We wisten gewoon dat we voor elkaar bestemd waren. Leuk, hè?'

Ze moesten allemaal een beetje vertederd glimlachen om dat laatste, Oliver ging erop in. 'Dat jullie van meet af aan wisten wat je aan elkaar had blijkt wel uit het feit dat je behoorlijk snel bent getrouwd. Tussen de vorige zomer en nu is nog geen jaar verstreken!'

Lotte lachte nu niet, maar zei ernstig: 'Feitelijk zouden we al een paar weken eerder zijn getrouwd, maar vanwege een stom ongeluk moest het huwelijk worden uitgesteld. Op de dag van het ongeluk was ik met mijn auto onderweg naar mijn toen nog toekomstige schoonouders die in Delfzijl wonen. Ter hoogte van Ten Boer, merkte ik dat er een auto voor me reed met daarin een jong stel dat tijdens het rijden met elkaar zat te kussen. Niet snel even een zoentje, maar echt langdurig. Ik vond dat onverantwoordelijk, ik weet nog dat ik me erover opwond. Ik vermoed dat ik alleen maar meer oog had voor die twee en toen die voor me rijdende auto opeens begon te slingeren voelde ik dat als gevaarlijk en moet ik in paniek zijn geraakt. Hoe het gebeuren kon, wat ik verkeerd deed weet ik echt niet meer, maar opeens raakte ik de macht over het stuur kwijt en schoot ik het Damsterdiep in. Heel akelig, nu ik eraan terugdenk krijg ik het gewoon weer even benauwd.' Lotte zweeg, ze begreep niet waarom de anderen opeens, als afgesproken, naar Fleur staarden.

Die moest naar adem happen voordat ze over haar spraakvermogen kon beschikken. 'Het Damsterdiep... ter hoogte van Ten Boer?' herhaalde ze. Vervolgens vroeg ze aan Lotte wat voor dag het was geweest en of ze zich de datum nog herinnerde. Toen Lotte daar antwoord op gaf was Fleur zeker van de zaak en zei ze: 'Op die dag, datum en tijdstip, heeft mijn vriend een meisje uit het Damsterdiep van de verdrinkingsdood gered! Dat meisje was jij en als Gideon dit hoort, zal hij me vast niet geloven. Ik kan het zelf nauwelijks bevatten...'

Oliver merkte op: 'Er is destijds ook helemaal geen ruchtbaarheid aan gegeven. Ik heb de maandag erna de kranten erop nageplozen, maar niets kunnen lezen over een held die zijn leven waagde voor dat van een ander.'

Het leek alsof Lotte zich beschaamd voelde, want zo timide zei ze: 'Ik ben de man ontzettend dankbaar, dat is voor mij niet in woorden uit te drukken. Het moment kan ik me niet herinneren, zijn gezicht of wat dan ook, kan ik me niet voor de geest halen, want toen ik op het droge werd gebracht was ik bewusteloos. Dat is me naderhand verteld. Ik heb een paar dagen ter observatie in het ziekenhuis gelegen, maar nauwelijks weer thuis heb ik een oproep in het *Dagblad van het Noorden* laten plaatsen, in de hoop dat ik zodoende mijn weldoener zou kunnen opsporen. Ik kreeg er echter geen enkele reactie op. Heeft geen van jullie het dan gelezen?'

De anderen schudden van nee. Fleur zei: 'Ik heb geen krant, Gideon is geabonneerd op een landelijke ochtendkrant, die ik van

hem krijg als hij hem uit heeft. Heb je er niets aan overgehouden?'
liet ze er meelevend op volgen.
'Ik ben naderhand verkouden geweest en had last van rare spierpijnen, maar dat is allemaal vanzelf weer overgegaan. En jouw
vriend, heeft hij er geen nadelige gevolgen van ondervonden? Dat
zou ik echt heel erg vinden!'
Fleur stelde haar gerust en nadat Lotte een zucht van opluchting
had geslaakt, sprak ze haar liefste wens uit. 'Ik denk nog de hele
tijd aan mijn weldoener van toen, ik zou hem zo vreselijk graag
willen ontmoeten. Om hem te bedanken. Want wat hij deed was
geen kleinigheid. Wil jij mij met hem in contact brengen?'
Fleur schonk haar een open lach. 'Ja, nou, maar wát graag! Wat mij
betreft ga je vanavond meteen naar hem toe, als dat jou schikt, zal
ik Gideon en zijn moeder er van tevoren telefonisch van op de
hoogte stellen. Misschien kom ik nu wat voortvarend bij je over,
maar ik vind dat we hier geen gras over moeten laten groeien.'
'Dat ben ik helemaal met je eens,' zei Lotte, 'maar ik heb vanavond
geen auto. Dries moet naar een vergadering en heeft hem nodig.
Ik weet dat er bussen en treinen rijden, maar dat is zo'n gedoe.'
'O, maar dan haal ik je toch even op en breng ik je bij Gideon! Dat
is voor mij geen moeite, hoor!' Ik wil niets liever dan erbij zijn,
dacht ze er achteraan.
Lotte kon er niet meteen op ingaan, want Oliver nam het woord.
'Jullie zitten nu samen te keuvelen, daar heb ik alle begrip voor,
maar ik wil nu toch wel graag afsluiten en naar huis!' Dat Iris en
Huub er net zo over dachten bleek toen ze meteen hun stoelen naar
achteren schoven en opstonden. Voor hen zat de werkdag én de
kennismaking met Lotte erop. Iris' vriend wachtte op haar, Huubs
vrouw en kinderen op hem. Ze wilden naar huis, ook om te vertellen over de ontknoping van het mysterie drenkeling en redder.
Voordat Lotte op haar fiets stapte en Fleur achter het stuur van
haar auto schoof, zei Lotte zichtbaar onder de indruk: 'Is het niet

frappant dat wij elkaar vandaag moesten ontmoeten? Dit kun je toch haast geen toeval meer noemen?'

'Dat is het ook niet,' zei Fleur overtuigd. 'Dat gaf jij trouwens zelf ook al aan met het gebruiken van het woord moesten! Zal ik dan straks tegen acht uur bij je zijn?' Met een snelle blik op haar horloge liet ze erop volgen: 'We hebben allebei nog net de tijd om snel, snel iets te eten! Nou, tot zo dadelijk dan maar. Dag!'

De beide vrouwen gingen ieder hun weg, thuis warmde Fleur snel een blik soep op. Ze had nauwelijks een hap genomen toen ze haar mobieltje pakte en Gideons nummer intoetste. 'Gideon.'

'Hai, schat, met mij!' Ze had verder willen gaan, maar dat voorkwam Gideon door op te merken: 'Ik hoor dat je zit te smikkelen, wat schaft de pot?'

'Alleen maar een bordje soep uit een blik. Ik had geen tijd om te koken. Hoe dat komt vertel ik je zo dadelijk, want ik ben van plan naar je toe te komen. Ik heb een leuke verrassing voor je, ik neem namelijk iemand mee die jou graag wil ontmoeten. En je moeder hoeft niet te schrikken, zij zal er ook blij mee zijn. Nu heb ik je nieuwsgierig gemaakt en dat was de bedoeling! Tot zo dadelijk. Kusje!' Fleur verbrak abrupt de verbinding.

Gideon dacht: zou je zo'n mens nou niet iets doen? Ze helpt me in de droom maar er niet weer uit.

'Wie belde er, of was het Fleur?' informeerde Martine. Omdat Gideon als geen ander wist hoe Martine op het onverwachte reageerde, besloot hij haar van tevoren niet van streek te maken. 'Ja, het was Fleur, ze wilde mijn stem even horen.'

Martine was tevredengesteld, maar Gideon vroeg zich af wie hem graag zou willen ontmoeten. Hij kon zich er niets bij voorstellen, maar toen de bel van de voordeur overging sprong hij meteen op. 'Blijf toch zitten,' adviseerde Martine, 'het kan enkel iemand zijn met een collectebus en die mag wat mij betreft een deur verder gaan.'

'Zo gevoelloos moeten wij ons maar liever niet opstellen,' vond Gideon. Vervolgens repte hij zich naar de voordeur waar Fleurs gezicht hem tegemoet straalde. Ze wipte op haar tenen, gaf hem een vluchtig zoentje en in de gang schoof ze Lotte naar voren. 'Mag ik je voorstellen: dit is Lotte Hartog, ze zal zelf vertellen wat zij je te zeggen heeft. Dat kan het beste in de huiskamer, dan kan je moeder het ook meteen horen.'

Gideon schudde zijn hoofd en lachte tegelijk. 'Hier begrijp ik dus helemaal niets van!' Hij stak zijn hand naar Lotte uit, waar die van haar in verdween. 'Gideon Vogelaar. En kom nu maar gauw mee naar binnen, ik ben een en al nieuwsgierigheid!'

Martine wist niet wat ze zag toen ze Fleur en een haar onbekende jonge vrouw zag binnenkomen. Ze kreeg geen tijd om zich er nerveus over te maken, want Gideon leidde Lotte naar haar toe. 'Dit is Lotte Hartog. Ik ken haar net zomin als jij, maar ze schijnt ons iets te zeggen hebben. Waar we blij mee zullen zijn. Snap jij het, snap ik het!'

Martine keek van de een naar de ander, ze wist niet anders te zeggen dan: 'Ga er maar eventjes bij zitten. Dat praat gemakkelijker. Lijkt mij.'

Fleur had al gezien dat de koffie voor Gideon en zijn moeder klaarstond. Ze nam twee kopjes uit de kast die ze erbij zette en zonder te vragen schonk ze voor ieder een kopje in. Tot haar verrassing prees Martine haar: 'Daar had ik in de consternatie niet zelf aan gedacht. Dank je wel, voor je hulp.'

'Graag gedaan,' zei Fleur glimlachend, dan spoorde ze Lotte aan: 'Steek maar van wal, de spanning wordt voelbaar!'

Lotte knikte begrijpend, haar blik dwaalde naar Martine tegen wie ze zei: 'Het doet me goed dat ik ook u mag ontmoeten, want omdat u Gideons moeder bent, zult u destijds net zo hevig zijn geschrokken als mijn familie. Dankzij het moedige, kordate optreden van uw zoon zit ik nu heelhuids hier en kan ik persoonlijk tegen u zeggen dat u meer dan trots op hem mag zijn!'

'Dat ben ik zeker, ik begrijp alleen niet wat jij ons met dit gepraat duidelijk wilt maken?' Martine keek haar vragend aan, en Lotte richtte zich tot Gideon. En zacht en ontroerd zei ze: 'Je hebt mijn leven gered! Als jij niet op het juiste moment aan het Damsterdiep was geweest zou ik wis en zeker zijn verdronken.'

Gideons mond viel zowat open van verbazing. 'Was jij het meisje dat ik meer dood dan levend op het droge heb geholpen!? Hoe kan dit bestaan, en hoe heb je mij na al die tijd kunnen vinden! Je zou eens moeten weten hoe goed het me doet jou zo gezond voor me te zien!' Met een gelukkige lach om zijn lippen zocht hij Lottes gezicht af, en zij vertelde. Over haar sollicitatie van vrijdag, de kennismaking met haar toekomstige collega's van vanmiddag. Opnieuw vertelde ze over haar huwelijk en waarom dat destijds even uitgesteld moest worden, en dat ze uit Rotterdam kwam. Ja, werkelijk alles wat ze in het kantoortje had verteld liet ze opnieuw de revue passeren. Ze besloot het lange relaas met: 'Het verging mij net zo, ik wilde jou de hele tijd ook graag leren kennen. Vooral zó vreselijk graag bedanken...' Ze zweeg en nadat ze een aarzeling had overwonnen stond ze op en liep ze naar Gideon toe. Hij ging staan, haar zachte stem ontroerde hem, net als de trouwhartige blik in de ogen die ze naar hem opsloeg. 'Dank je wel dat je mijn leven hebt gered. Je weet niet half wat het voor mij betekent om oog in oog te staan met een ware held...'

Fleur kon haar ogen maar met moeite droog houden en Martine dacht: wat moet het heerlijk zijn om je gevoelens gewoon te kunnen uiten. Vroeger kon zij dat ook, nu niet meer. Niet geheel zonder jaloezie luisterde ze naar Gideon. 'Ach, wat is dit nou, moet je ervan huilen? Alles is toch immers goed gekomen?'

Lotte snifte. 'Ja, dankzij jou, maar dat dringt geloof ik niet ten volle tot je door.' Omdat ze vond dat ze hem nog niet echt officieel had bedankt, stak ze haar hand naar hem uit om die van Gideon nog eens stevig te drukken. Hij negeerde haar uitgestoken hand en deed wat zijn hart hem gebood: hij legde zijn handen om haar gezicht, hief het naar hem op en nadat hij een kus op haar voorhoofd had gedrukt, zei hij bewogen: 'Je moet ophouden me te bedanken, het is goed zoals het gegaan is. Jij was de moeite meer dan waard!'

Nu glimlachte Lotte lief. 'Dat zal ik aan Dries zeggen, ik weet vooruit al dat hij het met je eens is. Maar jij weet nog niet hoe dankbaar Dries jou is! Om daar blijk van te geven stelde Dries voor jullie een etentje aan te bieden. Ik hoop dat je de uitnodiging aanneemt?'

'Maar al te graag!' lachte Gideon. 'Het zal betekenen dat ik je in ieder geval nog eens weerzie en dat is me veel waard. Geef maar een seintje als het zover is!'

Lotte en Gideon gingen er weer bij zitten, en vervolgens praatten zij en luisterden Martine en Fleur. Gideon schoof op het puntje van zijn stoel toen hij Lotte prees. 'Vanwege jouw tegenwoordig-heid van geest kon ik je redden! Op mijn aandringen draaide jij het portierraam open en kon ik je eruit trekken. Dat ging echter niet zonder slag of stoot, het was een gewurm van jewelste! De rare spierpijnen waar jij naderhand last van had, heb je vermoe-delijk aan mij te danken, want ik kon niet zachtzinnig met je om-gaan. Er was haast geboden, voor jou, maar ook voor mezelf, want ik dacht dat ik het niet zou redden. De kracht, het uithoudings-vermogen kreeg ik op dat kritieke moment van God. Daar ben ik van overtuigd en dankbaar voor.'

Lotte knikte beamend en nam het woord over. 'Ik kan me alleen nog vaag herinneren dat ik opeens een gezicht zag, handen die me beduidden dat ik het raam open moest draaien. Dat moet ik toen instinctief hebben gedaan, in ieder geval niet bewust. Want dan zou ik me jouw gezicht later voor de geest moeten hebben kunnen halen en dat was niet het geval. Herkende jij mij daarstraks bij onze ontmoeting wel meteen?'

'Nee, voor mijn gevoel zag ik je voor het eerst. Ik meende me vaag te herinneren dat je lang, blond haar had. Hoewel dat achteraf bezien klopt, was ik zelfs daar toen niet zeker van. Net als jij met het opendraaien van het raam, heb ik waarschijnlijk instinctief gedaan wat ik doen moest. Maar wat doet dat er nog toe, het is goed gekomen en daar kunnen we allebei niet dankbaar genoeg voor zijn.'

Lotte en Gideon raakten niet uitgepraat over de bijzondere gebeurtenis. Totdat Fleur te kennen gaf dat het voor haar tijd werd om op te stappen. Het afscheid nemen verliep warm en spontaan, zelfs Martine zei ongeremd en welgemeend tegen Lotte: 'Het was een genot jou te mogen leren kennen.'

Fleur beet bedenkelijk op haar onderlip, Gideon dacht: ja, makkelijk zat; Lotte vormt voor jou geen 'bedreiging'.

Lotte Hartog had op hen alle drie een goede indruk gemaakt. Geen van hen had echter gemerkt dat zij een paar keer een verbaasd, vragende blik had geworpen op de ingelijste foto op de televisie.

5

Na het vertrek van Fleur en Lotte vroeg Gideon aan Martine: 'Ben je er nu nog boos om dat ik mijn leven in de waagschaal stelde voor het behoud van dat van een ander?'

Martine sloeg haar donkere ogen naar hem op. Er lag warmte in haar blik, niet de normale vertrouwde onrust toen ze zacht bekende: 'Ik moet er niet aan denken dat dit lieve meisje zou zijn verdronken. Ik ben echt heel trots op je. Hoe het komt dat ik er nu opeens zo heel anders tegen aankijk weet ik zelf niet...'

Gideon lachte. 'O, maar dat kan ik je wel vertellen, dat is niet zo moeilijk! Jij sloot Lotte Hartog meteen in je hart, je was helemaal weg van dat meisje en daardoor ben je dankbaar dat ik haar heb gered. Ondanks al het andere wat de nodige indruk op me maakte, heb ik me vanavond over jou zitten verbazen. Je was echt lief, zelfs een beetje tegen Fleur!' Op Martines niet begrijpende blik legde Gideon uit: 'Toen Fleur voor haar en Lotte twee kopjes uit de kast nam en koffie inschonk, bedankte jij haar daarvoor. Weet je nog?'

'Ach, jongen, dat stelde immers niks voor!'

'Juist omdát het niets te betekenen had dat Fleur jou even te hulp schoot, viel het op dat jij haar ervoor bedankte. Jij zou veel vaker je hart op deze manier moeten laten spreken, mam!'

'Daar doe ik mijn best voor, veel meer dan jij denkt...' Na een kort stilzwijgen ging Martine verder. 'Dat meisje, Lotte, heeft iets met me gedaan. Ze maakte me vanbinnen warm en dat prettige gevoel heeft me nog niet verlaten. Zo vaak ik naar haar keek was het voor mij net alsof ze de gedaante aannam van Jola. Bij ieder ander zou ik daarvan zijn geschrokken omdat ik geen ander op Jola's plekje duld, bij Lotte ervoer ik het als zeer aangenaam. Het is zo wonderlijk dat ik er wat beduusd van ben. Kun je dat begrijpen?'

'Nee, en dat komt louter omdat ik mijn best er niet voor wil doen.

Wat ik wil is dat jij je wat liever gedraagt jegens Fleur. Dat verdient zij, ze heeft je nog nooit een strobreed in de weg gelegd. Fleur doet constant haar best voor jou, jij helaas niet voor haar.'

'Het wordt zoetjesaan tijd om naar bed te gaan...'

Door die omzeiling van Martine ontplofte er iets in Gideon dat hem boos deed uitvallen. 'Dit vind ik laf van je! Je wilt duidelijk niet over Fleur praten, maar deze houding van jou hoef ik niet te pikken, hoor mam! Ter zijner tijd wordt Fleur mijn vrouw, daar zul jij niks aan kunnen veranderen! Mam, ik zou je er iets om kunnen dóen, ik kan het niet verdragen dat je zo liefdeloos tegen Fleur doet!'

'Je moet niet zo tegen me schreeuwen, daar kan ik niet tegen...'

'Ik denk dat ik veel en veel eerder tegen jou had moeten schreeuwen, in ieder geval had ik je jaren eerder hardhandig wakker moeten schudden! Deze wijsheid heeft Fleur mij geleerd. Voor de goede orde: zónder er woorden aan vuil te maken!' Toen Gideon zag dat Martine als het ware wegdook in haar schulpje bond hij in. 'Toe mam, zeg dan in elk geval wat je op Fleur tegen hebt. Is het dan zo moeilijk voor jou om haar als je toekomstige schoondochter te zien, als de moeder van je eventuele kleinkinderen? Waarom gun je mij het geluk in de liefde niet? Jij weet immers als geen ander dat je niet zonder kunt, anders zat jij na twintig jaar niet nog steeds te wachten op de man die je nog steeds liefhebt. Precies zo, mam, houden Fleur en ik van elkaar! Dat moet toch niet moeilijk te begrijpen zijn?'

'Dat is het niet... ik ben alleen zo bang dat ik jou kwijtraak en dat ik het in mijn eentje niet aankan. Ik ben je moeder, ík wil jou gelukkig maken. Dat kun je toch niet slecht noemen, Gideon?'

Hij schudde zijn hoofd en moedeloos zei hij: 'Laten we er maar over ophouden, jij bent onverbeterlijk. We gaan nu inderdaad naar bed, morgen moeten we vroeg op en allebei naar ons werk.'

Gideon stond op om de daad bij het woord te voegen, in het voorbijgaan streek hij eventjes langs Martines wang. 'Vergeet maar wat ik allemaal kwaad geroepen heb door aan Lotte te denken. Dan zul jij je hopelijk weer prettig voelen en lekker kunnen slapen. Welterusten, mam, enne... ik blijf niet zeggen dat ik je nooit in de steek zal laten. Dat moet je eindelijk maar eens van me aannemen!'

'Het is goed, mijn jongen, ik zal mijn best ervoor doen,' beloofde Martine. Toen zij kort hierna ook in bed lag volgde ze één advies van Gideon op: ze leidde haar gedachten doelbewust naar Lotte en voelde zich inderdaad weer prettiger. Op de vraag hoe dit in vredesnaam mogelijk was, moest Martine het antwoord schuldig blijven. Omdat ze de wijsheid niet in pacht had en ze niet in de toekomst kon kijken.

De volgende dag was voor iedereen weer een normale werkdag. Gideon vervulde zijn plichten op het kantoor, Martine in de kapsalon, Fleur in de boekhandel. Net als haar collega's en niet te vergeten de bedrijfsleider, lette zij ongemerkt op de manier van doen van de nieuweling, Lotte Hartog. Geen van hen kon echter een wanklank bedenken, want het leek of Lotte hier vandaag niet voor het eerst, maar sinds jaar en dag werkte. Ze trad de klanten vriendelijk tegemoet, en tot tevredenheid van Oliver Oosterhuis liet ze de kassa rinkelen.

Halverwege de middag, toen het even rustig was en het de beurt van Fleur en Lotte was om even een kop koffie te gaan drinken, sprak Fleur Lotte aan. 'Ik geloof dat je het wel gezellig vond gisteravond bij Gideon thuis?'

'O ja! Ik ben echt overgelukkig dat ik mijn redder heb mogen leren kennen! Hij is niet alleen een ware held, maar bovendien een bijzonder aardig iemand. Zijn moeder trouwens ook, om eerlijk te zijn vond ik haar een lief mens. Ik heb Dries het verloop van de avond vanzelfsprekend in geuren en kleuren verteld, hij is er net zo gelukkig mee! We moeten het beloofde etentje maar niet te lang uitstellen, Dries wil graag met jullie allemaal kennismaken. Mag ik je een vraag stellen, Fleur?'

Zij knikte en keek ietwat verbaasd. 'Ja, natuurlijk, waarom niet!'

'Gisteravond zag ik bij Gideon thuis een foto op de televisie staan van een jongeman met een klein meisje op zijn schoot. Mag ik vragen wie dat zijn?'

'De man is Gideons vader, het meisje is zijn zusje.' Als door een ingeving besloot Fleur niet meteen het verhaal over de vermissing van de twee te vertellen. Ze kreeg er de kans overigens ook niet toe, want ze was nauwelijks uitgesproken toen Lotte hoogstverbaasd stelde: 'Je moet je vergissen, dat kan volgens mij niet. Of het zou dubbelgangers moeten betreffen, maar daar heb ik mijn twijfels over.'

'Vind je het gek dat je nu voor mij in raadsels spreekt?' vroeg Fleur. Het raadsel werd nog groter toen Lotte vertelde: 'Ik heb een kennisje in Rotterdam en bij haar in huis staat exact dezelfde foto. Alleen het lijstje verschilt. Gisteravond durfde ik er niet over te beginnen, toch heeft het me naderhand aldoor beziggehouden. Ik ben nog van plan geweest Lianne erover te bellen, maar dat is erbij gebleven.' Hier onderbrak Fleur haar. 'Lianne? Wie is Lianne?'

'Het kleine meisje op de foto is Lianne, de man bij wie ze op schoot zit is haar vader! Ik vind het maar vreemd, want Lianne heeft me nooit verteld dat ze een broer had, wel dat zij enig kind is. Haar moeder is inmiddels overleden, hoe in vredesnaam kan Gideons moeder dan háár moeder zijn?'

'Dat weet ik ook niet,' zei Fleur, maar van opwinding voelde ze haar hart in haar keel kloppen. Ze boog zich naar Lotte over en dempte haar stem. 'Ik denk dat er meer aan de hand is dan wij op dit ogenblik kunnen vermoeden. Gideon en zijn moeder hebben een triest verleden achter zich. Ik was van plan het te verzwijgen, nu voel ik aan dat jij het weten moet. Op mijn beurt zou ik van jou dolgraag meer over een zekere Lianne te weten komen. Kun je na sluitingstijd niet met mij naar huis gaan zodat we ongestoord kunnen praten?'

Lotte dacht hardop: 'Dries moet vanavond sporten, wat dat betreft hoef ik niet per se thuis zijn. Er staat nog een portie nasi in de vrieskist, hij kan zich dus redden. Ja, het is goed, ik ga straks met je mee! Zodra de gelegenheid zich voordoet zal ik Dries bellen en hem ervan op de hoogte stellen. Nu moeten we weer naar de winkel, ik wil niet dat Oliver denkt dat ik de kantjes er op de eerste dag al vanaf loop.'

'Zeg alsjeblieft niks tegen de anderen,' zei Fleur gejaagd, 'het is beter dat dit geheimzinnige vooralsnog onder ons blijft!'

Lotte knikte even begrijpend, van louter spanning keken ze de verdere uren van de middag opvallend vaak vol ongeduld op hun horloge.

Geduld wordt beloond en enkele uren later zaten ze tegenover elkaar in Fleurs huiskamer achter een pizza die Fleur onderweg snel had opgehaald. Met verontschuldigingen aan Lotte: 'Als je alleen woont, kun je geen onverwachte eters uitnodigen, daar is het eenmanspannetje te klein voor.'

'Dat is toch begrijpelijk, het gaat er maar om dat we niet met een lege maag zullen zitten. Een pizza is trouwens voor mij geen straf, ik ben er dol op!'

Dat was te zien, Lotte zat ervan te smullen. Fleur in mindere mate, maar dat kwam omdat zij meer belangstelling had voor die Lianne dan voor een pizza. Toch moest ze even 'doorbijten' want ze hadden afgesproken dat ze het mysterie van de foto na de maaltijd pas zouden aansnijden.

Eindelijk was het dan zover dat ze achter een kopje koffie zaten en Lotte zei: 'Ik heb me inmiddels afgevraagd of ik me niet vergis, maar de foto staat zo helder op mijn netvliezen gebrand dat dat uitgesloten is. Het betreft echt dezelfde foto van dezelfde mensen. Die bovendien dezelfde achternaam dragen, want Lianne heet voluit Lianne Vogelaar. Daar stond ik in eerste instantie niet eens bij stil, er zijn immers massa's mensen met dezelfde achternaam. In verband met de foto die in twee verschillende huizen staat, moet hier echter een plausibele verklaring voor zijn. Denk jij dat ook?'

Daarop opperde Fleur: 'Het kan zijn dat als jij me wat meer over ene Lianne vertelt, er opeens een lichtpuntje ontstaat. Hoe ken je haar, is zij een vriendin van je?'

Met het stellen van deze vraag kon Lotte vooruit. 'Nee, zo kun je het niet noemen! Lianne is drieëntwintig, drie jaar jonger dan ik. We troffen elkaar regelmatig in de buurt-bibliotheek. Dan raakten we aan de praat en zo heeft ze mij een paar keer bij haar thuis uitgenodigd en heb ik de bewuste foto gezien. Ze is best wel een leuke meid, maar toch ook erg afstandelijk. De indruk die ik van haar heb gekregen is dat ze behoorlijk in zichzelf gekeerd is. Om te zien mag je haar gerust een schoonheidje noemen. Ze heeft een perfect figuur, blond haar en grote diepbruine ogen...' Hier zweeg Lotte abrupt en nadat ze Fleur een moment had aangestaard, zei ze beschaamd: 'Ben ik nou zo'n uilskuiken dat ik pas achteraf bij de feiten stilsta? Het is gewoon stom dat ik me nu pas realiseer dat Gideon en Lianne op elkaar lijken. Echt als broer en zus... lieve deugd, wat is er opeens gaande!?'

'Dat weet ik ook niet,' zei Fleur, 'ik weet alleen dat het een niet overeenstemt met het andere. Gideons zusje heet Jola en zij en haar vader worden al jaren vermist.' Hierna vertelde Fleur de hele geschiedenis aan Lotte. Zij hing aan Fleurs lippen en toen die na het lange relaas zweeg, schudde Lotte verbijsterd haar hoofd. 'Wat vreselijk voor mevrouw Vogelaar en Gideon. Ik ben er gewoon ondersteboven van. Maar wat jij al zei: het een rijmt niet met het andere, want Liannes moeder leeft niet meer. En zij heette niet

Martine, maar Maja. Er moet een misverstand in het spel zijn, toch weet ik heel zeker dat ik me niet in de foto heb vergist!'

'Haar moeder is dus dood, leeft haar vader nog wel? En wat doet hij voor de kost? Dit vraag ik omdat Gideons vader touringcar-chauffeur was. Hij heette overigens Thomas.'

'Thomas?' echode Lotte. 'Liannes vader heet ook Thomas! Daar heb je het dus alweer: er zijn meer hondjes die Fikkie heten. Moet dit weer toeval worden genoemd?' Ze zocht vragend Fleurs gezicht af, maar voordat zij haar mond open kon doen besliste Lotte: 'Wij komen er duidelijk niet uit, de enige die ons kan helpen is Lianne. Ik ga haar bellen, drie weten meer dan twee!' Lotte pakte haar mobieltje uit haar tas die naast haar stoel op de grond stond, toetste een nummer in en vervolgens wachtten ze allebei gespannen op wat er volgen zou.

'Met Lianne Vogelaar.'

'Hai, Lianne, je spreekt met mij, Lotte.'

'Hè, wat leuk dat je belt! We hebben al een poosje niets van elkaar gezien of gehoord. De laatste keer dat we elkaar in de bieb zagen vertelde jij dat je naar het hoge Noorden ging. Ik heb je toen mijn telefoonnummer gegeven, herinner ik me. Bevalt het je daar?'

'Ja hoor, het is nergens prettiger wonen dan hier. Maar ik bel je omdat ik met een vraag zit waar jij hopelijk antwoord op kunt geven. Een tijd geleden ben ik met auto en al te water geraakt en door iemand gered die ik naderhand vanzelfsprekend dolgraag zou willen bedanken. Nou, de wonderen zijn de wereld niet uit, want gisteren héb ik hem mogen ontmoeten! Hij heet Gideon, zegt die naam jou iets?'

'Het is geen algemene naam, ik ken niemand die zo heet. Waarom vraag je me dit, je moet er een bedoeling mee hebben?'

'Dat is ook zo. Gisteren ben ik namelijk bij hem en zijn moeder op bezoek geweest. Bij hen op de televisie staat precies dezelfde foto als die bij jou in je slaapkamer. Je weet wel, waar jij bij je vader op zijn knie zit.'

'Ja, die foto is me dierbaar omdat het de enige is waar wij met ons tweetjes opstaan. Dat is later, wonderlijk genoeg, niet meer voorgekomen en aangezien mijn papa mijn maatje is, koester ik het kiekje dermate dat ik hem ingelijst heb en te pronk gezet. Maar heb ik je goed begrepen, is er nog zo'n foto van ons in omloop?'

'Ja, en dat niet alleen, de man die erop afgebeeld staat heet, net als jouw vader, ook Thomas Vogelaar. Het meisje op zijn knie heet echter anders dan jij, zij heet Jola. Denk eens goed na, misschien zeggen die namen je toch iets?'

'Ik laat mijn hersens kraken, echter zonder resultaat. Ik zal het verhaal aan mijn vader voorleggen, hij komt van oorsprong tenslotte uit Groningen en mogelijk dat er bij hem wel een lichtje gaat branden. Misschien zijn de mensen op de foto die jij hebt gezien, verre familieleden van ons? Ik zou het best grappig vinden als zou blijken dat Jola een nichtje van me was. Zodra ik meer weet bel ik je terug, zullen we het zo afspreken?'

'Ja, maar dan moet je niet mij, maar de vriendin van Gideon bellen. Wacht, ik zal je haar nummer geven. Heb je pen en papier bij de hand?' Toen dat in orde bleek te zijn, noteerde Fleur de nummers van Liannes huistelefoon en mobieltje, die Lotte haar dicteerde. Na nog een kort babbeltje kwam er een eind aan het telefoontje en zei Lotte tegen Fleur: 'Nu kunnen we niet meer doen dan afwachten. Hou je me op de hoogte van wat Lianne aan jou zal vertellen?'

'Dat is nogal wiedes, ik moet echter eerst maar eens zien óf ze belt.'

'Daar kun je gerust op zijn, Lianne houdt zich aan haar woord! Bovendien heb ik haar net zo nieuwsgierig gemaakt als wij zijn.'

'Wat doet dat meisje voor de kost, of studeert ze nog?'

'Lianne heeft me eens verteld dat zij na de havo een blauwe maan-

dag op de Kunstacademie heeft gezeten, maar die studie heeft ze niet afgemaakt. Op een gegeven moment is ze gaan schilderen, dat beviel haar beter dan studeren. Ze hoeft overigens niets tegen haar zin te doen, dat geldt voor studeren, een baan zoeken of wat dan ook, want ze is schatrijk. Ze schildert voornamelijk aquarellen, louter voor haar plezier, al verkoopt ze af en toe ook weleens een doek.' Al pratende had Lotte een vlugge blik op haar horloge geworpen, nu zei ze: 'Ik hoop dat je het niet erg vindt, maar ik wil nu graag naar huis. Dries zal er niets van zeggen, maar ik ken hem en weet dat hij het ongezellig vindt om na zijn avondje sporten een leeg huis te moeten binnenstappen. Ik kan nu toch niets meer voor je doen, jij moet gewoon even het telefoontje van Lianne afwachten. Best mogelijk dat ze vanavond nog belt en anders zeer binnenkort. Daar kun je echt gerust op zijn. Dan stap ik nu op en kun jij Gideon gaan bellen, want daar heb jij behoefte aan. Toch?'
'Ik weet het eigenlijk niet,' antwoordde Fleur weifelend. 'Als ik hem vertel dat er ergens in Rotterdam een foto staat van vermoedelijk zijn vader en zusje, zal hij daar niet zuinig van schrikken. Het lijkt me bovendien niet ondenkbaar dat het nieuws hem daarna van zijn slaap zal beroven. Ik weet nog niet wat ik doe, ik zie wel.'
Kort hierna nam Lotte afscheid en zei Fleur welgemeend: 'Ik vind het fijn dat juist jij mijn collega bent geworden, ik hoop echt dat wij niet alleen beroepshalve met elkaar van doen zullen krijgen. Dat verwacht ik ook eerlijk gezegd niet, jij dan?'
'Ik ben blij dat je het zo zegt, ik heb ook een heel goed gevoel over onze kennismaking. Ik hoop dat we goede vrienden worden! We blijven het beste ervan hopen. Nou, dag, hoor!'

Nadat Fleur Lotte had uitgezwaaid was ze geruime tijd in tweestrijd. Moest ze Gideon nu wel of niet bellen? Stel dat alles op een misverstand berustte, dan zou zij voor niets een hoop paniek teweegbrengen. Maar ja, van de andere kant bekeken... Nadat ze daar wat dieper op in was gegaan, pakte ze doelbewust de telefoon en toetste ze het haar overbekende nummer in.

'Gideon.'

'Ja, lieverd, met mij. Zeg luister; in verband met je moeder stel ik je een vraag die jij alleen met ja of nee moet beantwoorden. Is je moeder aanwezig?'

'Nee.' Gideon hield zich keurig aan de instructies, Fleur verzuchtte: 'Gelukkig, dan kunnen we gewoon vrijuit praten. Is je moeder echt niet in de buurt?'

'Nee, ze is zich daarstraks gaan douchen en daarna ging ze met een boek naar bed. Dat doet ze wel vaker, maar wat is dit voor een raar gesprek, Fleur?'

Zij verontschuldigde zich. 'Ik móest gewoon weten dat je moeder niet mee kan luisteren, want wat ik tegen jou zeggen moet, mag zij voorlopig niet weten. Voor haar eigen bestwil. Begrijp je?'

'Nee, natuurlijk niet! Voor mijn gevoel praat jij alsof je een borrel op hebt! Word maar snel "nuchter", dan kun je de dingen hopelijk op een rijtje zetten!'

Daarop vertelde Fleur uitvoerig wat zij van Lotte wist, ze besloot het verhaal met: 'Er moet gewoon een idioot misverstand in het spel zijn, niettemin noem ik het frappant dat de man op de foto in Rotterdam ook Thomas Vogelaar heet! Ik ben er een beetje van in de war en vond dat jij dit hoorde te weten. Wat denk jij ervan, Gideon?'

Het bleef een poosje stil aan de andere kant van de lijn, Gideon nam de tijd om het nieuws te verwerken. Toen zei hij aangedaan: 'Alles wat jij vertelde kan volgens mij onmogelijk op toeval berusten. Hoewel ik het nog niet geloven durf, zegt mijn gevoel me dat we op het spoor zijn gekomen van mijn verdwenen vader en zusje! Het hoe en wat is een groot raadsel dat enkel en alleen door ene Lianne kan worden opgelost.'

'Hoe voel jij je hieronder? Dit nieuws komt natuurlijk wel als een donderslag bij heldere hemel.'

'Daar kan ik op het moment geen zinnig antwoord op geven. Ik heb mijn gevoel niet helemaal onder controle. Net als jij besef ik echter wel glashelder dat we mijn moeder hier voorlopig buiten moeten houden. Als zij dit hoort zie ik haar ervoor aan dat ze het resoluut op een lopen zou zetten, richting Rotterdam. Dat soort paniekerige toestanden moeten we er liever niet van maken, beter is het om alles rustig op ons af te laten komen. Hoor je wat ik zeg, terwijl ik me heel anders voel?'

'Wat dacht je dan! Als geen ander weet ik dat jij een gevoelsmens bent en dat je het nu knap moeilijk hebt. Ik wou dat je bij me was, dan zou ik je lieve gezicht kussen, in elk geval zou ik iets voor je kunnen betekenen. Kun je niet naar me toe komen, Gideon? Je moeder zal toch pas morgenochtend merken dat je niet thuis bent?'

'Je bent een schat, ik kan de verleiding me door jou te laten troosten niet weerstaan. Ja, ik kom eraan, maar ik knijp er niet stiekem tussenuit. Ik zeg tegen mam dat ik naar jou ga en dat zij me morgenavond na mijn werk weer ziet verschijnen. Op deze manier gaat ze hopelijk inzien dat het menens is tussen jou en mij, ze zal toch eens voor het blok moeten worden gezet. Nu heb ik meteen weer met haar te doen en kan ik alleen maar hopen dat we haar binnen afzienbare tijd gelukkig kunnen maken. Als het echt dezelfde foto is, hoop ik dat wat nu nog raadselachtig is, uiteindelijk niet alleen maar teleurstellend zal zijn. Ik maak me opeens grote zorgen en dat komt doordat er te veel tegelijk in mijn hoofd omgaat. Dag, schatje, tot zo meteen...'

Gideon verbrak de verbinding, Fleur kon hem niet meer troosten met de gedachte dat dit weliswaar stormachtig verliep, maar dat elke storm altijd weer afneemt.

Zelf merkte ze dat deze gedachte haar enigszins geruststelde.

6

HET TELEFOONTJE VAN LOTTE BRACHT BIJ LIANNE GEEN ONRUSTIGE gevoelens teweeg, het had haar echter wel nieuwsgierig gemaakt. Voordat ze zich naar haar vader haastte, verzorgde ze eerst nauwgezet haar penselen. Vervolgens waste ze de verfresten van haar handen en bestudeerde ze nog eens het doek waar ze aan werkte. Ik ben er tevreden over, dacht ze en toen pas trok ze de deur van haar atelier achter zich dicht.

In de huiskamer zat Thomas Vogelaar onderuitgezakt in zijn stoel, maar hij kwam met een ruk omhoog toen zijn dochter hem vertelde over het merkwaardige telefoontje van Lotte Hartog. En hij schrok zich echt wezenloos toen Lianne aan hem vroeg: 'Zeggen de namen Martine en Gideon Vogelaar jou iets, pap? Kan het zijn dat het familieleden zijn, die op de een of andere manier mogelijk waarde hechten aan een foto van jou en mij?'

Lianne kreeg niet meteen antwoord. Het ontging haar niet dat haar vader zich een hoedje schrok en verbaasd zei ze: 'Wat doe je nou raar, je kunt mijn vraag toch gewoon met ja of nee beantwoorden?'

Thomas keek strak voor zich uit en mompelde: 'Dat zou kunnen, als jij me tenminste niet de stuipen op het lijf jaagt. Net als onlangs, toen je overwoog om alsnog je rijbewijs te halen.'

'O, maar dat plan heb ik allang weer laten varen, hoor! In een opwelling dacht ik toen dat het wel leuk zou zijn om dat papiertje op zak te hebben, maar ik heb de moeite die eraan voorafgaat er toch echt niet voor over. Ik ben er gewoon te gemakzuchtig voor. Maar waarom zou ik me die rompslomp ook op de hals halen? Frits Akkerman, onze trouwe tuin- en klusjesman, start een van de auto's zodra ik die nodig heb en rijdt me overal naartoe. Lekker makkelijk, maar het wel of niet halen van mijn rijbewijs heeft niets te maken met de vraag die ik je zo-even stelde!'

'Toch wel...' Na een lange adempauze ging Thomas verder. 'Ik hield mijn hart vast toen jij met dat idee op de proppen kwam, want het zou betekenen dat jij een uittreksel van de Burgerlijke Stand nodig zou hebben. Dan zou je erachter zijn gekomen wat ik jarenlang voor je verzwegen heb. Je zou onder meer je werkelijke doopnaam onder ogen hebben gekregen. Je zou eens moeten weten hoe vaak ik in de loop der jaren bang ben geweest dat jij achter de waarheid zou komen. En nu is het opeens zover dat ik open kaart móet spelen. Niet eerder dan op dit moment heb ik zo sterk het gevoel gehad dat ik langzaam maar zeker een loden last van mijn schouders mag laten glijden...'

Lianne sloeg haar donkere ogen naar hem op, haar stem klonk onzeker van datgene, wat ze nog niet bevatten kon. 'Wat is er, pap... je doet het opeens net voorkomen alsof ik niet jouw dochter ben. Laat dat niet waar zijn, ik wil dat jij blijft die je altijd was; mijn maatje. Pap...?'

Tergend langzaam bewoog Thomas zijn hoofd op en neer en aangeslagen zei hij: 'Ik ben je vader, dat vooropgesteld. De namen die jij net noemde zijn mij zeker niet onbekend, ze zijn nooit uit mijn gedachten weg geweest. Jij bent net zo nauw met hen verbonden als met mij. Martine is de vrouw met wie ik nog altijd officieel getrouwd ben, zij is jouw biologische moeder, Gideon is je broer. Ik durf je niet te vragen of je mij kunt vergeven dat ik je bij hen heb weggehaald, want ik besef als geen ander dat mijn daad van toentertijd onvergeeflijk is. Dat heb ik de hele tijd geweten, de last ervan ging almaar zwaarder wegen. Sorry, lieverd, sorry...'

Thomas streek vliegensvlug met de rug van zijn hand langs zijn ogen. Lianne viel verbolgen uit: 'Wat heb ik dáár nou aan! Wat moet ik ermee als ik minder dan de helft snap van jouw gepraat. Je maakt me zonder meer duidelijk dat mam niet mijn moeder was en dan zeg jij enkel sorry? Probeer je liever in te denken wat je ermee bij mij aanricht! In plaats van een verontschuldiging aan te nemen, wil ik alles weten. Hoor je, pap, álles, tot in de kleinste details!'

'Ja, ja, daar heb jij recht op en ik wil ze graag kwijt, al die leugens die me constant op de nek zaten. Het navertellen zal me geen moeite kosten, want alles, maar dan ook alles, staat fotografisch scherp in mijn geheugen gegrift.' Hier zweeg Thomas een moment, totdat hij daadwerkelijk van wal stak. En toen leek het alsof er een film voor zijn geestesoog werd afgedraaid die hij enkel maar hoefde te ondertitelen.

'Als ik op het huwelijk van Martine en mij terugkijk, kan ik niet zeggen dat dat slecht was, wel moet ik erbij vermelden dat het meeste goede van haar kant kwam. Ze was beslist een lieve vrouw, toch stoorde ik me vaak aan haar. Na de geboorte van Gideon werd dat almaar erger, ik vond dat ze hem al haar liefde, zorg en aandacht gaf en dat ik er maar wat bij bungelde. Ik noemde haar een kloek die niet anders deed dan haar kuikens in bescherming nemen. Toen jij geboren werd was Martines geluk compleet, ze merkte niet eens dat ik haar niet meer kon geven waar zij recht op had. Betrekkelijk kort na jouw geboorte kwam er een andere vrouw in mijn leven en aan haar gaf ik wat Martine toekwam. Ze heette Maja, jij hebt haar niet anders gekend dan als je moeder. En zij, op haar beurt, heeft jou een andere naam gegeven. Maja ging jou Lianne noemen, omdat ze vond dat je doopnaam, Jola, te veel bij Martine hoorde.'

Thomas zweeg en wierp een schuchtere blik op zijn dochter. Die blik van hem ontging Lianne niet, toch wilde ze er niet bij stilstaan en zei ze ontdaan: 'Jola, die naam zegt of doet me totaal niets. Op dit moment willen mijn hersenen niet opnemen dat ik niet Lianne heet, niet dezelfde ben als die ik dacht te zijn. Je moet verder gaan, het liefst zonder storende onderbrekingen. Ik wil weten hoe je mam leerde kennen, want zo blijf ik haar noemen.'

Thomas knikte begrijpend en met een monotoon stemgeluid

pakte hij de draad van het verhaal weer op. 'In die tijd was ik touringcarchauffeur. Ik was veel van huis, werkte hard, toch hadden we het niet breed. Op een keer moest ik de leden van een operettekoor naar Parijs brengen. Ik was al vaak in Parijs geweest, kende de stad zowat op mijn duimpje, en het gezelschap dat ik vervoerde was bijzonder plezierig. Ze bleven vier dagen en drie nachten. Totdat het tijdstip voor de terugreis zich aankondigde moest ik mezelf zien te vermaken. Die allereerste avond leerde ik Maja kennen. Ik was meteen verloren, ik vond haar een boeiende vrouw, het tegenovergestelde van Martine. Maja had niets weg van een moeke, ze was een uiterst mondaine vrouw. In eerste instantie sprak ze rap Frans, tot ze in de gaten kreeg dat ik een Nederlander was. Toen zei ze dat ik mijn stuntelige Frans achterwege kon laten, dat ik mijn eigen taal kon spreken, want dat zij die verstond en sprak. Ze vertelde dat haar vader en moeder zich in hun jonge jaren in Parijs hadden gevestigd en dat ze thuis, onder elkaar, altijd Nederlands waren blijven spreken en dat ze haar die taal van kleins af aan hadden geleerd. Ze heette voluit Maja Hooidijk, Nederlandser kon het toen volgens mij al niet meer. In zijn jonge jaren startte haar vader in Parijs een kleding- en parfumlijn die hem geen windeieren heeft gelegd. Op het laatst van zijn leven was de man werkelijk schatrijk, en na de dood van hem en zijn vrouw zou Maja, als enig kind, ook automatisch de enige erfgenaam zijn. Ze erfde vele miljoenen en ik moet zeggen dat ik ook daar behoorlijk van onder de indruk was.' Hier zweeg Thomas en opnieuw onder de indruk van de rijkdom van een vrouw die te kennen had gegeven veel in hém te zien, glimlachte hij niet alleen voor zich uit, maar vergat hij de aanwezigheid van Lianne. 'Toen haar ouders kort na elkaar overleden hadden wij inmiddels al enkele jaren een relatie. Omdat we het liefst bij elkaar wilden zijn, probeerde ik zo veel mogelijk de reizen naar Parijs in de wacht te slepen. Meestal lukte me dat omdat ik de stad goed kende en mijn werkgever dat op de juiste waarde wist te schatten. Soms ruilden mijn collega's en ik onderling onze reizen waardoor ik toch weer richting Parijs kon rijden. Toch was Maja niet gelukkig met de situatie en op een gegeven moment vertelde ze me dat ze Frankrijk wel gezien had en dat ze voorgoed naar Nederland wilde. Naar Rotterdam, om precies te zijn, want daar kwamen haar ouders vroeger allebei vandaan en zij had het gevoel daar een beetje thuis te zullen komen. De voornaamste reden van haar besluit was dat wij dan dichter bij elkaar zouden zijn. In een zeer gegoede buurt kocht ze het majestueuze pand met de vele kamers, de immens grote tuin voorzien van een zwembad, dat ook mijn huis zou worden en waarin ik nog steeds woon. In die tijd, vóór haar verhuizing naar Nederland, had Maja mij een belofte afgedwongen: ze zou alleen naar Nederland komen als ik beloofde Martine te zullen verlaten om verder te gaan met haar. Daar kon ik geen nee op zeggen, daarvoor had ze toen inmiddels te veel voor me gedaan. Ze vervulde veel van mijn wensen, zo kreeg ik een keer een schitterende, zeer luxe uitgevoerde BMW van haar cadeau. Tegen Martine heb ik gezegd dat ik me de wagen had kunnen aanschaffen doordat ik een prijs had gewonnen in een loterij. Voor mijn gevoel was het geen leugen, toentertijd beschouwde ik Maja werkelijk als de hoofdprijs in een loterij die mij in de schoot werd geworpen. Uit dankbaarheid, maar ook zeer zeker omdat ik maar al te graag mee wilde profiteren van haar rijkdom, vervulde ik op mijn beurt haar wensen. Eén daarvan was mijn dochtertje, Jola. Ik had Maja al veel over mijn lieveling verteld, haar foto's van de kleine laten zien en op een keer zei ze dat zij haar zinnen op Jola had gezet. 'Neem dat kleine vrouwtje mee als je voorgoed bij mij komt, ik zal je er eeuwig dankbaar voor zijn. Je doet je vrouw er niet mee te kort, zij mag Gideon houden. De een hoeft heus niet alles te hebben en de ander niets.' Maja was niet anders gewend dan dat alles, wat zij zich wenste, te koop was en ik kon haar niets weigeren. Ze vond het verschrikkelijk, leed er echt onder, dat ze zelf geen kinderen kon krijgen en omdat verdriet voor haar te verzachten beloofde ik haar dat ik Jola mee zou smokkelen. Daar kwam echter ook een flinke dosis eigenbelang bij, want ik moest er niet aan denken dat ik allebei mijn kinderen bij Martine zou moeten achterlaten. Zonder Gideon zou ik het kunnen stellen, wist ik, echter niet zonder jou, Jola, mijn oogappeltje. In die zomer, toen ik Martine verliet, wist zij niet anders dan dat ik het smoordruk had op de bus. Ik was weken, maanden van huis, Martine beklaagde zich er niet over, zonder enige argwaan zei ze dat er niets aan te doen was, er moest immers brood op de plank komen. De werkelijkheid zag er echter heel anders uit, ik had allang ontslag genomen en verbleef de hele tijd bij Maja in Parijs. Daar hadden wij het druk met de voorbereidingen van haar verhuizing en met plannen maken hoe ik Jola mee kon nemen. In die tijd ging ik op gezette tijden even een poosje naar huis, zogenaamd had ik dan weer een lange busreis achter de rug. Hoewel ik niet meer werkte miste Martine mijn vroegere inkomen niet, want dat werd stipt aangevuld door Maja. Toen Maja ingericht en wel in Rotterdam woonde, ging ik terug naar Martine om zogenaamd met mijn gezin van een veertien dagen durende vakantie te genieten. Martine en de kinderen genoten inderdaad, ik wist me geen raad met mijn geweten dat voor de nodige innerlijke onrust zorgde. Ik voelde me jegens haar een slapjanus, een eersteklas verrader. De keuze die ik gemaakt had was onmenselijk moeilijk te volbrengen, want ik hield van Martine. Op de dag dat wij elkaar voor het laatst zagen, heb ik tegen haar gezegd dat ik altijd van haar zou blijven houden, dat ze dat niet vergeten moest. Die boodschap, die ik achterliet, was waar. Helaas werd die overheerst door de vele leugens die ik haar toen inmiddels al op de mouw had gespeld. Arme Martine... Wat heb ik je aangedaan.' Hier leek Thomas Vogelaar uit een diepe droom wakker te schrikken, zo verdwaasd keek hij Lianne aan. 'Ben ik de hele tijd aan het woord geweest? Ben ik dan voor jou niet te veel in details getreden? Lieve deugd, wat is er opeens allemaal gaande...'

Hoewel alles in haar in opstand was gelukte het Lianne om wonderlijk kalm te zeggen: 'Jij liet het verleden voor mij terugkeren zodat ik er een blik op kon werpen. Er is mij akelig veel duidelijk geworden, maar nog niet alles. Voordat ik ergens mijn mening over geef, voordat ik iets verkeerds tegen jou kán zeggen, wil ik weten hoe je mij bij mijn biologische moeder hebt weggehaald. Heb je ervoor gezorgd dat ze afscheid van me kon nemen, dat soort dingen wil ik van je weten. En ja, je trad daarstraks inderdaad in details, ik eis van je dat je dat in het vervolg van je verhaal ook zult doen. Er zijn genoeg leugens geweest, ik wil nu alleen maar duidelijke klaarheid!'

'Ik zal mijn best doen,' zei Thomas schorrig, 'ik ben allang blij dat je niet huilt, dat je mij niet voor van alles en nog wat uitmaakt.' Lianne trok met haar schouders, ze verborg voor haar vader haar gedachten. Zij zou nog wel gaan praten, als ze écht alles gehoord had. Nu kon ze dat niet, de hevige schrik blokkeerde haar volledig. Het kostte haar moeite haar tranen in te houden, voor haar eigen bestwil mocht ze van zichzelf echter niet huilen. Met krachtsinspanning gebood ze zichzelf te luisteren naar dat, wat ze niet horen wilde.

Thomas had er geen idee van wat er in het meisje omging, maar op haar aandringen hervatte hij het verhaal over zijn leven van toentertijd. 'Maja en ik hadden zorgvuldig gepland hoe ik je bij Martine kon wegsmokkelen. Tijdens die bewuste vakantie maakten we dagelijks uitstapjes naar pretparken, zwembaden, een dierentuin en dergelijke. Op een van die dagen zou ik ervoor zorgen dat ik me "even" alleen om Jola bekommerde. Dat kon zijn doordat ze naar het toilet moest en ik dat karweitje voor mijn rekening nam, dat we samen ijsjes gingen halen of wat dan ook. Het verliep anders. Later noemde ik het mijn noodlot, toen vond ik dat het geluk met me was. Op een ochtend toen we weer gezamenlijk een uitstapje zouden gaan maken, ging dat niet door omdat Gideon ziek werd. Ik deed het toen voorkomen alsof ik er gepikeerd over was, om het spel goed te spelen ben ik zelfs tegen Martine tekeergegaan. Ik verweet haar dat de jongen zich aanstelde en dat zij dat weer eens niet doorhad. "Bekijk het maar, ik ga er wel op uit en ik neem Jola mee!" Dat heb ik quasi-kwaad geschreeuwd, vervolgens ben ik er met jou vandoor gegaan. Onderweg heb ik Maja gebeld en haar op de hoogte gesteld van de ontwikkelingen. Ze toonde zich blij dat het eindelijk zover was, ze was al bang geweest dat ik me had bedacht en toch voor Martine had gekozen. Toen konden we ons van tevoren opgestelde plan ten uitvoer brengen. Zoals afgesproken reden we allebei naar Schiphol waar we elkaar op een van tevoren uitgezocht parkeerterrein van de luchthaven zouden ontmoeten. Ik kon me echter niet aan de afgesproken tijd houden omdat ik oponthoud in het verkeer had. Toen ik dan ook voor Maja's gevoel te laat arriveerde, kwam zij in paniek op mijn auto toesnellen. "Waar blééf je nou, je snapt toch wel dat haast geboden is! Voordat Martine zich ongerust kan maken over jouw lange wegblijven, moeten wij hoog en droog in Rotterdam zijn!" Ze gespte jou los uit je zitje op de achterbank en zette je weer veilig vast in haar auto, in het zitje dat ze van tevoren had gekocht. Daarna zijn we er als de wiedeweerga vandoor gegaan, later hoorde ik via de media dat mijn auto gevonden was met wijd openstaande portieren. Ik was dus blijkbaar behoorlijk in paniek geweest, want normaliter zou ik de auto veilig hebben afgesloten. Vooral omdat ik wilde dat die niet gestolen werd, maar gevonden en teruggebracht naar Martine. Ik wilde niet dat zij het na mijn vertrek zonder auto zou moeten doen. Ik wilde haar niet meer afnemen dan ik al gedaan

had. Om die reden heb ik ook geen geld of goed uit huis meegenomen.'

Thomas zweeg opnieuw, nu keek hij Lianne als om begrip vragend aan. Zijn hoop bleek ijdel, want Lianne viel met een stem vol
tranen en een onthutst gezichtje tegen hem uit. 'Als je denkt dat
je een flinke vent was omdat je haar de dure auto en weet ik veel
wat nog meer liet houden, heb je het goed mis, hoor! Ik weet dat
je daarnet de waarheid hebt gesproken, en toch kan ik niet bevatten dat jij zo'n gemenerik was! Je hebt van een moeder haar kind
gestolen! O, pap... hoe kon je dat doen en heb je er naderhand dan
zelf geen narigheid van ondervonden? Zoiets gaat toch warempel
niet zomaar, bedoel ik?' Lianne wiste driftig een paar tranen van
haar wangen die ondanks haar verzet toch ontsnapt waren.
Thomas antwoordde: 'Martine heeft aangifte van vermissing
gedaan, want er verschenen foto's van ons beiden op de televisie
en bepaalde kranten besteedden er ook aandacht aan. En ja, vanzelfsprekend ondervond ik er hinder van. Ik werd erover aangesproken door toenmalige bekenden, op hun vragen moest ik
opnieuw leugens verzinnen. Men was tevredengesteld, ik was
gelukkig met de zogenaamde doofpot, want voorzover ik kon
nagaan werd de zaak daarin gedeponeerd. Ik heb er nooit hinder
meer van ondervonden, toch heb ik destijds lang gewacht voordat
ik ons in Rotterdam durfde laten inschrijven. Toen dat er op een
gegeven moment van moest komen was het geluk aan mijn kant.
De toenmalige beambte was of niet op de hoogte van de kwestie
of hij was het alweer vergeten. In ieder geval werden wij zonder
enige moeite als inwoners van Rotterdam ingeschreven. Ach,
meisje, wat moet jij nu wel niet van me denken...' Thomas keek
haar ongelukkig aan. Lianne trok met haar schouders. 'Ik weet
niet wat ik denk... Ik kan mijn gedachten niet goed ordenen, ze
vliegen als op drift geslagen molenwieken door mijn hoofd. Al die
grove leugens die je ook mij op de mouw hebt gespeld...' Ze nam

een adempauze, slaakte een loodzware zucht alvorens ze verder kon. 'Ik herinner me dat ik jou en mam vroeger een keer vroeg hoe het kon bestaan dat ik donkerbruine ogen had, terwijl die van jullie allebei blauw zijn. Jij hoefde er niet eens over na te denken, achteraf bezien lijkt het erop dat jij die vraag van mij had verwacht, zo vlot zei jij toen: "Mijn grootmoeder was een vrouw met zeer donkere ogen die jij van haar geërfd moet hebben. Het gebeurt wel vaker dat dergelijke kenmerken pas in een derde generatie weer opduiken." Ik vond het een aannemelijke verklaring en ik heb er later ook nooit meer bij stilgestaan. Ik geloofde je op je woord, maar nu besef ik dat ik de ogen van mijn biologische moeder heb. Van ene Martine, een voor mij vreemde vrouw met wie ik me van geen kanten verbonden voel. En zo waren er meer leugens waar ik het nu behoorlijk moeilijk mee heb...' Lianne was blij dat ze haar ogen nu droog kon houden, ze moest echter wel een pijnlijke brok uit haar keel wegslikken. Terwijl zij haar emoties de baas probeerde te blijven, zei Thomas: 'Je moet niets opkroppen, als je ergens mee zit, moet je het aan mij zeggen. Als het in mijn vermogen ligt, zal ik je antwoord geven. Hier doel ik mee op wat jij net zei, dat jij me op meer leugens hebt betrapt. Die herinner ik me namelijk niet?'

'Even wachten...' Lianne stond gehaast op en pas nadat ze een poosje met haar rug naar hem toe voor het raam had gestaan, nam ze haar stoel weer in. Thomas had verschrikkelijk met haar te doen, hij had daarnet gezien hoe haar tengere schouders schokten, hij had haar onderdrukte snikken gehoord. 'Gaat het weer?' vroeg hij bewogen, Lianne knikte. 'Niet eerder, pap, heb jij het me zo moeilijk gemaakt. Er was nooit iets tussen ons, wij waren twee handen op één buik. En nu opeens lijkt dat voorgoed verleden tijd... Ik kan zelf niet liegen, met de leugens van een ander heb ik altijd moeite gehad. Hoe zou ik dan met die van jou kunnen omgaan? Herinner jij je dan echt niet meer dat ik eens vroeg waarom jij en mam niet alsnog gingen trouwen toen mam van mij in verwachting was? Dat leek mij vrij normaal, waarschijnlijk ook fatsoenlijker. Op die en op mijn vraag hoe het kon dat ik niettemin jouw achternaam droeg, zei jij toen dat jullie niet de minste waarde hechtten aan het zogenaamde boterbriefje. Omdat jij graag wilde dat ik toch jouw achternaam zou krijgen, hadden jullie de nodige stappen moeten ondernemen. Je had ervoor naar een notaris gemoeten. Ik hoor het je nog zeggen! En weer geloofde ik je, terwijl het smerige leugens waren. Hoe in vredesnaam kan ik dit allemaal een plek geven, hoe kom ik ermee klaar...' Lianne stond abrupt op, ze was al bij de deur van de huiskamer toen Thomas haar staande hield. 'Wat ga je doen, we zijn toch nog niet uitgepraat?'

Lianne keerde zich naar Thomas toe, er biggelden tranen over haar wangen en naast veel verdriet lag er boosheid in haar stem. 'Ik kan het niet meer verdragen dat jij daar zielig zit te kijken, terwijl je je diep schamen moet. Het is allemaal zo gemeen, zo schandalig gemeen, dat ik er geen woorden voor heb. Wat zal ik hier dan nog doen, ik wil alleen zijn. Proberen helder en nuchter na te denken...' Ze glipte door de deur die ze met een klap achter zich dichttrok. Thomas kromp ineen, werd lijkbleek en fluisterde: 'O, God, sta me bij...' Weer schrok hij, ditmaal van zichzelf; het was zeker twintig jaar geleden dat hij Gods hulp had durven inroepen.

Thomas Vogelaar voelde zich beroerd, Lianne had het echter niet minder moeilijk. Zij had zich inmiddels in haar atelier verschanst waar ze zich languit neerlegde op de rustbank die tegenover haar schildersezel stond. Aanvankelijk kwam ze er niet toe om helder en nuchter na te denken. Ze kon alleen maar huilen. Om dingen die ze wel en niet begrijpen kon. Het duurde lang voordat ze zich weer wat had hersteld en ze met wijd open ogen naar het plafond hoog boven haar staarde. Wie ben ik, vroeg ze zich toen af, en waarom moet het zo pijnlijk hard tot me doordringen dat ik mezelf nooit echt gekend heb? Ze had zich altijd anders gevoeld dan anderen. Ze hoefde daarbij slechts te denken aan vroegere studiegenoten, aan losse vrienden en vriendinnen, waar zij geen band mee had kunnen opbouwen terwijl dat de anderen onderling geen moeite kostte. Misschien hadden de anderen tegen haar opgekeken waardoor ze haar, Lianne Vogelaar, een beetje links hadden laten liggen? Dat ze afweek van het normale was voor haar buiten kijf, want van jongs af aan kende zij niemand die naar school werd gebracht en weer opgehaald, door een soort butler in opvallend dure auto's. Maar kon zij het helpen dat ze uit een zeer gegoed milieu kwam dat in geen enkel opzicht overeenkwam met dat van de jongelui met wie ze in haar hart graag had willen omgaan? Had niemand er dan ooit bij stilgestaan dat een eenzaam opgroeiend meisje als zij was geweest, er zelf niets aan kon doen dat ze anders werd doordat ze zich, te vaak teruggeworpen op zichzelf, anders ging gedragen? Of het bij haar thuis anders toeging dan bij anderen wist ze niet. Ze had geen vergelijkingsmateriaal, want behalve Lotte Croll een paar keer, had ze nooit vrienden of vriendinnen mee naar huis genomen. En zo werd zij ook niet door school- en latere studiegenoten bij hen thuis uitgenodigd. Ze was blij geweest toen ze zonder tegenwerking van pap en mam de Kunstacademie de rug toe had kunnen keren. Van toen af aan hoefde ze helemaal niks meer, kon ze doen en laten wat ze zelf wilde. Het kwam erop neer dat ze niets deed, behalve dan dat ze schilderde. Als alles om haar heen pais en vree was tenminste, want ze had snel last van 'tegenwinden' en dan kon ze geen penseelstreek op het doek krijgen. Tegenwinden, zo noemde ze het als de spanningen thuis weer eens te snijden waren geweest. Pap en mam, ze waren niet getrouwd en in hun relatie was het heus niet alle dagen rozengeur en maneschijn geweest. Ze wist waarom ze bij elkaar bleven. Ze was ervan overtuigd geraakt dat als zij –

Lianne – er niet was geweest, pap en mam allang elk een eigen weg zouden zijn gegaan. Ze bleven bij elkaar om háár en dat was zij hoe langer hoe meer gaan ervaren als een last die schuldgevoelens in haar opriep. En ook dat, bedacht ze nu, was een reden om anders dan anderen te worden. Zonder dat ze zich ervan bewust was dat ze het liet merken, had pap het altijd aan haar gezien of gemerkt als ze verdrietig was en ze zich in haar eenzame schulpje terugtrok. Dan troostte hij haar, verzon hij uitjes om haar op te monteren en kocht hij de gekste cadeaus voor haar. Pap en zij, zo lang ze het zich kon herinneren verstonden zij elkaar zonder woorden. Ze waren één, zij was paps oogappeltje en hij haar allerbeste vriend. Haar maatje, zoals ze hem graag noemde. Met mam had het heel anders gelegen, tussen hen was nauwelijks sprake geweest van een vertrouwensband. Hoewel ze er over en weer hun best voor hadden gedaan, voelden ze elkaar niet aan. Het wilde gewoon niet lukken om het diepste van de ander te bereiken. Ook daar had zij schuldgevoelens over gehad en nu opeens besefte ze waar dat vreemde tussen mam en haar uit voort was gesproten. Er was geen bloedband, mam had haar gewoon als een begeerlijk cadeautje gekregen toen ze drie jaar was geweest. Zij kon en wilde het niet als een cadeautje zien, de waarheid was immers dat zij was gestolen van een vrouw die Martine heette. Het telefoontje van Lotte had haar leven volledig op zijn kop gezet. Wat wreed eigenlijk, want toen Lotte belde was zij echt blij geweest met het belletje. Heb ik dan toch een vriendin zonder het zelf te weten, was het door haar heen geschoten. Mal wicht dat ze was... Lianne veegde werktuiglijk een paar tranen weg. Die waren uitingen van veel, ongekend verdriet in haar. Waar ze niet aan toe kon geven doordat haar gedachten weer volledig bezit van haar namen. Mijn echte moeder heet Martine... Hoe zou die vrouw eruitzien? Had ze een lief karakter of was ze mogelijk een haaibaai? Wat moest ze nou met een mens die zij niet kende, maar die al die lange, vervlogen jaren misschien wel naar haar had verlangd? Ze kon echt bij geen benadering zeggen of ze er behoefte aan had om Martine Vogelaar te leren kennen. Dat lag anders met Gideon. Als ze bedacht dat hij haar broer was, zou ze hem liever gisteren dan morgen willen zien, spreken en leren kennen. Van jongs af aan had ze altijd graag een broer willen hebben. Het had haar fantastisch geleken om een oudere broer te hebben met wie ze leuke dingen zou kunnen ondernemen. Met wie ze zou kunnen ruziemaken en bij wie ze zou mogen uithuilen als dat zo te pas kwam. Nou, wat dat laatste betrof zou Gideon zijn handen aan haar vol hebben gehad. Ze was beslist geen aanstelster, geen huilebalk, ze had zich alleen wel vaak niet begrepen en eenzaam gevoeld. En ja, dan had ze moeten huilen. Ze voelde nu ook weer hete tranen achter haar ogen branden, de brok in haar keel deed gewoon zeer. Maar waarom was alles dan ook plotsklaps zo anders, waarom zei niemand haar hoe ze met al dit nieuwe moest omgaan? Terwijl al die emoties op haar afkwamen, was ze weer alleen. Waar was dan de broer die ze nodig had, de moeder die haar gebaard had, de vader die al deze ellende op zijn geweten had? Het was toch zeker om dol van te worden, knettergek was misschien wel een beter woord. Toevallig dwaalden haar ogen naar de ezel met het half afgemaakte doek. En opeens, zonder zelf te beseffen hoezeer ze een uitlaatklep nodig had, sprong ze op en rende ze op het doek toe. En fluisterend stiet ze uit: 'Staar me niet zo aan alsof je aantrekkingskracht op me wilt uitoefenen! Dom ding, je stelt niks voor, je diende alleen maar voor tijdverdrijf. Ik ben het verwende rijke meisje dat niets hoefde, alles mocht. Dáárom heb ik geen doelgerichte studie gevolgd, dáárom ben ik niets en kan ik niets anders dan wat met verf klodderen. Ik ben als de grote verliezer te voorschijn gekomen uit een duister verleden waar ik goed beschouwd part noch deel aan had. Het is geméén, geméén!' Ze greep een kwast, doopte die in een willekeurige verfpot die openstond en met wilde gebaren van links naar rechts bekladde ze het doek. Waar ze voorheen met liefde aan had gewerkt, dit meisje in nood.

En alsof Thomas dat, in zijn oprechte liefde voor haar, had aangevoeld, zo stond hij op dat moment in het atelier. In één oogopslag overzag hij de situatie en hij sloeg beschermend zijn armen om haar heen. 'Stil maar, rustig nou. Arm kind van me, wat heb ik je aangedaan? Kom maar dicht bij mij.' Nog vaster sloeg hij zijn armen om haar heen en als een klein, verdrietig meisje liet Lianne zich zijn troost welgevallen. Tegen Thomas' borst fluisterde ze: 'Hou je me vast, pap? Ik voel me zó rottig. Kun je niet zeggen dat het allemaal op een flauwe grap berust en dat de wilde stormen in mijn hoofd en in mijn hart ook slechts verbeelding zijn? Pap?'

'Kom maar,' zei Thomas schor, 'we gaan terug naar de huiskamer.' Zijn arm bleef om haar heen toen ze het atelier verlieten en onderweg naar de kamer praatte Thomas hardop in zichzelf. 'De waarheid komt hard aan, ook bij mij. Voor mij doet het er echter niet toe, ik hoop alleen dat ik jou erdoorheen zal kunnen helpen.' Hierna schonk hij voor Lianne een wijntje in, voor de zenuwen. Zelf nam hij een glas cognac. 'Gaat het weer een beetje?' vroeg hij bezorgd nadat Lianne haar ogen had gedroogd en aan haar wijn had genipt.

Zij knikte dapper en hoorde zelf niet hoe vol tranen haar stem nog was. 'De manier waarop is misschien kinderachtig, toch heeft het me goedgedaan dat ik me in het atelier heb kunnen afreageren. Het is nog zo moeilijk te bevatten allemaal. Het is zo verschrikkelijk veel... Voordat ik mijn doek vernietigde heb ik nog wel nagedacht. Bepaalde aspecten kon ik doorgronden, er blijven echter almaar weer nieuwe vragen in me boven komen. Heel afschuwelijk...'

'Stel ze toch maar liever wel, dat is beter dan dat je erover blijft piekeren.'

Lianne knikte en na een aarzeling dook ze toch weer in het verleden van haar vader. 'Jij vertelde daarstraks over de dag toen je mij als het ware ontvoerde. Je planning verliep anders, vertelde jij, doordat Gideon ziek werd. Je vond dat het geluk toen met je was, je zei echter ook dat jij die bewuste dag later als je noodlot beschouwde. Hoe bedoelde je dat eigenlijk?'

Thomas slaakte een moedeloze zucht. 'Naderhand heb ik wel vaak bedacht dat als Gideon die dag niet ziek was geworden, wij net als de dagen ervoor met ons viertjes op stap zouden zijn gegaan. Dan was het nog maar de vraag geweest óf ik de kans had gekregen om er alleen met jou vandoor te gaan. Veel later drong het pas ten volle tot me door wat ik allemaal had gedaan en kreeg ik spijt als haren op mijn hoofd. Van toen af aan kon ik die dag alleen maar meer benoemen zoals die achteraf bezien voor me was: noodlottig.'

'Voor Martine en Gideon of... ook voor jou?'

'Ja, meisje, ook voor mij. Zonder medelijden te willen oproepen, durf ik dat met stelligheid te zeggen.'

'Ben je gelukkig geweest met mam? Deze vraag heb ik niet eerder aan je durven stellen, toch heb ik vaak aan jullie relatie getwijfeld. Ik heb er zelfs een beetje onder geleden...'

'Dat weet ik. Ik zag het aan je, voelde het aan, ook al klaagde jij daarover je nood niet bij mij. En ik wilde me voor geen geld bij jou beklagen. Een man praat niet over de slechte verstandhouding tussen hem en zijn vriendin, zeker niet met zijn eigen dochter. Maar nu heb ik geen keuze, ik voel het tenminste als mijn plicht om al jouw vragen naar eer en geweten te beantwoorden. Het is de enige manier om hopelijk iets voor jou te kunnen goedmaken.'

Hier zweeg Thomas geruime tijd, en hij slaakte een hoorbare zucht toen hij uiteindelijk toch de draad weer opnam. 'Aanvankelijk was ik gelukkig met de keuze die ik had gemaakt. Diep onder de indruk van Maja's persoontje, vooral van haar enorme rijkdom, kon ik niet anders bedenken dan dat elke man in mijn plaats hetzelfde zou hebben gedaan. Ik diende de mammon en verbood het mezelf achterom te kijken. Die wil werd teniet gedaan door het feit dat een mens zichzelf toch altijd weer tegenkomt. Toen ook ik daar niet aan ontkwam en ik mezelf een denkbeeldige spiegel voorhield, zag ik daarin de man die ik was en werd ik gedwongen achterom te kijken. Naar Martine en Gideon, naar mijn gezin dat ik willens en wetens in de steek had gelaten. Ik vraag me nog altijd af welke factoren in mij overheersend waren: die van schaamte of die van heimwee naar vrouw en zoon. Ik ging hoe langer hoe meer naar die twee verlangen en dat deed mijn relatie met Maja geen goed. Het kon haar niet ontgaan dat mijn gedachten, mijn gevoelens, elders waren, terwijl zij vond dat ik er louter voor haar hoorde te zijn. Er ontstonden de nodige strubbelingen die ons beetje bij beetje uiteendreven...'

Thomas schudde zijn hoofd en staarde ietwat verdwaasd voor zich uit. Lianne zag zijn innerlijke strijd, toch stelde ze de vraag die nu in haar opkwam. 'Ik snap almaar niet dat jullie al die lange jaren bij elkaar zijn gebleven, terwijl je elkaar niet gelukkig kon maken. Bleven jullie om mij te beschermen, aan elkaar hangen, pap?'

'Toen we inzagen dat we allebei de verkeerde keuzes hadden gemaakt, was er voor ons geen weg terug meer. Ik mocht jou niet nog eens weghalen bij een moeder, en Maja wilde dat we bij elkaar bleven zodat zij zich niet hoefde te schamen voor vrienden. Ze had al een paar relaties achter de rug en met mij wilde ze laten zien dat er heus wel een man was die van haar kon houden. Om deze redenen besloten we toch samen verder te gaan. Niet meer als man en vrouw, maar als goede vrienden.'

'Wat naar allemaal,' zei Lianne met een bedrukt gezichtje. 'Ik kan me nu wel een beetje voorstellen waarom mam dan ook niet van mij kon houden.'

Dat weerlegde Thomas. 'Maja heeft echt om je gegeven, ondanks het feit dat jij geen moedergevoelens in haar kon oproepen. Dat heeft haar veel verdriet gedaan, vooral omdat ze had verwacht dat als ze jou kreeg, zij zich automatisch moeder zou voelen. Op het laatst van haar leven heeft ze aan mij verteld dat jij haar leven desondanks hebt verrijkt. Ze zei toen letterlijk: "Lianne heeft veel voor me goedgemaakt, ik helaas niet voor haar." Net als ik, zag Maja in hoe verkeerd wij bezig waren geweest.'

Lianne sloeg haar donkere ogen op naar Thomas, haar stem klonk onzeker. 'Ik heb altijd aangevoeld dat mam niet als een moeder van me hield. Ik zocht de schuld ervan bij mezelf en had het daar knap moeilijk mee. Nu de meeste stukjes van de puzzel in elkaar zijn gevallen, vraag ik me toch weer af waarom jullie in vredesnaam bij elkaar zijn gebleven. Als jij zo'n heimwee naar hen had, waarom ging je dan niet terug naar Martine en Gideon?'

Opnieuw leek Thomas diep in gedachten hardop te praten. 'Geen mens weet hoe vaak ik de verleiding heb moeten weerstaan om af te reizen naar Groningen. Toen ik erachter kwam dat ik nog altijd van Martine hield en haar niet missen kon, waren er inmiddels een paar jaar verstreken. Mijn schaamte jegens haar had inmiddels groteske vormen aangenomen, waardoor ik geen contact meer met haar durfde op te nemen. Ik had de drempel te hoog laten worden, er was voor mij geen weg terug. Zo verstreken de jaren, ik probeerde me met mijn lot te verzoenen omdat het louter eigen schuld was. Maar die hele slopende tijd vergat ik geen moment dat Gideon van kind tot man was opgegroeid. Ik durf me niet eens af te vragen hoe hij over mij denkt, want dat kan ik zo wel invullen...'

'Uit jouw verhalen is het mij duidelijk geworden dat noch hij, noch zijn moeder weten wat er van jou en mij geworden is. Samen met mij ben jij uit hun leven gestapt en nu, pap, moet de deksel geopend worden van de doofpot die jij daarstraks noemde. Dat ben je toch wel met me eens?'

'Ik moet er niet aan denken, en toch...' Thomas slikte in wat hij had willen zeggen, en pas toen hij zijn emoties weer onder controle had hervatte hij het gesprek. 'Vroeger durfde ik Martine een kloek te noemen, terwijl ik toen al wist dat ze op en top moeder was en nog is. Voor haar hoef jij niet bang te zijn, ze zal je overgelukkig in haar armen sluiten. Daar kun jij op vertrouwen, want ik ken haar en weet wat ik zeg!'

Met deze geruststelling wilde Thomas Lianne tegemoet komen, zij hield er echter een eigen mening op na. 'Maar ik wil helemaal niet dat die vrouw me in haar armen sluit, misschien wel hysterisch gaat doen! Ze is me zo vreemd, pap, wat moet ik met haar en met de naam die zij me gaf en vermoedelijk weer geven zal. Jola... Het is een naam die niet bij me past, de klanken ervan staan me gewoon tegen. Beloof me dat jij me gewoon Lianne zult blijven noemen!'

'Het is goed, mijn meisje,' zei Thomas schorrig en echt aangeslagen ging hij verder. 'Nu jij van mij weet hoe het allemaal gegaan is, zou ik graag van jou willen weten hoe je nu tegen mij aankijkt. Kun je me nog een klein beetje zien als je maatje van vroeger, of... roep ik enkel afschuw in je op?'

'Wat je gedaan hebt is niet iets waar ik gemakkelijk overheen zal kunnen stappen, dat vooropgesteld! Het was zo min, zo laag bij de grond dat ik er geen goed woord voor over kan hebben. Je mag gerust weten dat ik je fel veroordeel en dat ik me hevig in jou teleurgesteld voel. Het is wel míjn vader die deze misdaad op zijn geweten heeft! Je snapt toch wel hoe pijnlijk het voor mij is om erachter te moeten komen dat de vrouw die mij heeft grootgebracht niet mijn moeder blijkt te zijn? En zij, die dat wel is, wil ik liever niet ontmoeten. Is dat dan niet dubbel, het is toch niet met elkaar te rijmen?'

'Ik voel wat jij voelt,' zei Thomas schorrig, 'de pijn ervan gun ik niemand.' Hij keek zijn dochter peilend aan toen hij van haar wilde weten: 'Je noemde het daarnet een misdaad, zie jij het echt zo?'

Lianne knikte. 'Ja, pap, zo zie ik het. Als een misdaad met voor jou verzachtende omstandigheden.'

'Hoe bedoel je dat?'

'Je bent maar kort gelukkig geweest, daarna werd je voortdurend gestraft door je geweten. Door schuld en schaamte, door heimwee en verlangens waar niet aan tegemoet kon worden gekomen. Ieder weldenkend mens zal beweren dat het allemaal je eigen schuld is en daar ben ik het volkomen mee eens. Maar ik ken je als geen ander en zodoende ben ik waarschijnlijk de enige die op verzachtende omstandigheden durf te wijzen. Ik móet het gewoon voor je opnemen, omdat jij al onmenselijk zware straffen achter de rug hebt. Maar vooral omdat ik... het niet kan stellen zonder mijn maatje van vroeger. Ik kan je niet missen, daarvoor hou ik te veel van je. Ondanks alles...'

Die laatste twee woorden deden Thomas ineenkrimpen. Hij proefde het stille verwijt erin en hij begreep eruit dat Lianne geen woord van alles wat hij haar had verteld zou vergeten. Ze zou het voortaan met zich meedragen, er stil onder gebukt gaan. En desondanks wilde ze dat hij haar maatje zou blijven? Ze kwam er nog wel achter, bedacht Thomas, dat ze te veel van zichzelf vroeg. Jawel, maar toch moesten ze hoe dan ook verder. En wie vertelde hem hoe hij dat moest aanpakken zónder fouten te maken of onvergeeflijke misstappen te begaan? Hij zocht Liannes blik, en zijn stem leek die van een kleine jongen die zacht smeekte: 'Mag ik het weten, vertel je het aan me als je contact gaat zoeken met Martine of Gideon? En als er een daarna komt, hou je me dan ook op de hoogte?'

In plaats van op zijn smeekbede in te gaan verwoordde Lianne haar eigen gedachten en gevoelens. 'Ik zou Gideon ontzettend graag willen leren kennen. Om die wens van me in vervulling te laten gaan zou ik ene Fleur Groeneweg moeten bellen. Lotte gaf me haar telefoonnummer, Fleur is de vriendin van Gideon. Ik heb Lotte beloofd dat ik Fleur zou benaderen zodra ik meer wist over het raadsel van de identieke foto's. Belofte maakt schuld, maar... ik denk dat ik eerst veel in mezelf zal moeten overwinnen voordat ik haar durf te bellen. Ogenschijnlijk zit ik gewoon met jou te praten, diep in mij is echter niets meer gewoon...'

'Het spijt me.'

'Dat is ook wel het minste wat je kunt doen.' Lianne dronk het glas leeg dat Thomas had bijgevuld en stond abrupt op. 'Ik ga naar bed. Er wordt beweerd dat morgen er altijd beter zal uitzien, dat hoop ik dan maar. En áls dat zo is, krijg jij dan ook weer het gebruikelijke nachtzoentje van me. Die kan ik je nu niet geven, het zou me een stortvloed aan tranen kosten. Welterusten, pap...'

'Dank je,' zei Thomas. Hij wenste haar bewust geen welterusten, hij wist dat Lianne van de emoties geen oog dicht zou doen en dat hij daar debet aan was. Hij voelde zich schuldig en dat knagende gevoel werd versterkt toen hij hoorde dat Lianne niet de deur van haar slaapkamer opende en achter zich sloot, maar die van haar atelier. Hij kende het verschil van het geluid van de beide deuren, want het was niet de eerste keer dat Lianne de huiskamer verliet om troost te zoeken achter haar schildersezel. Het was maar al te vaak voorgekomen dat Lianne wegvluchtte voor de gespannen sfeer in huis. Ze waren niet meer te tellen, de keren dat het tussen Maja en hem niet boterde omdat hij met zijn gedachten bij vrouw en zoon was geweest, terwijl Maja hem voor zich opeiste. Maja en hij, ze waren maar kort gelukkig geweest samen. Maja was al snel teleurgesteld geraakt in hem en hij had niet kunnen voorkomen dat zijn liefde voor Martine het boeiende aan Maja deed verbleken. Wat overbleef was een mondain, verwend vrouwtje dat bulkte van het geld, maar met wie hij niet van gedachten kon wisselen. Aan haar sterfbed had hij gehuild. Om het feit dat hij twee vrouwen ongelukkig had gemaakt. Thomas streek met beide handen door zijn haar, op zijn innerlijk gekerm kwam geen antwoord. Wie ben ik dat ik zo kon zijn, waarom joeg ik in mijn jonge jaren de mammon na, geld maakt immers niet gelukkig. Lianne hoopte dat de dag van morgen er beter zou uitzien, zo ver durfde hij niet eens vooruit te kijken.

7

Er waren dagen verstreken, toen Fleur op een zaterdag in de namiddag vanuit de boekhandel naar huis kwam. Daar trof ze Gideon in de huiskamer. En prompt leek de zon toen op haar gezicht te gaan schijnen, blij lachend zei ze: 'Jij weet me nogal eens te verrassen, zeg! Ik had je vanavond na het eten pas verwacht, maar dit is me liever. Het is heerlijk thuiskomen bij een man die op je wacht!' Ze was inmiddels op hem toegelopen en nam uitvoerig de tijd om hem te zoenen. Daarna vertelde Gideon: 'Ik zit hier al vanaf vanmiddag twee uur. Ik heb in het boek zitten lezen dat jij zo prees, mij kon het echter niet boeien. Maar dat zal niet aan het boek liggen, ik kon mijn gedachten er niet bij houden.'

'Hoe kwam dat dan? Zat je te piekeren, over je moeder misschien?'

'Piekeren is een te groot woord, maar ik zat inderdaad aan haar te denken. Dat kan toch ook niet anders na alles wat we te horen hebben gekregen? Ik ben er inmiddels van overtuigd dat we op het spoor zijn van mijn vader en Jola, en hoewel ik er behoorlijk vol van ben kan ik me er thuis niet over uitlaten, want mam mag er voorlopig niets van weten.'

'Daar zie je het nut toch wel van in?'

'Ja, natuurlijk, maar het wordt er niet gemakkelijker door. Waarom belt Lianne jou dan ook almaar niet, dat had ze immers aan Lotte beloofd! Zij laat er doodleuk gras over groeien, terwijl ik het van louter nieuwsgierigheid niet meer uit kan houden. Om eerlijk te zijn ben ik vanmiddag al naar jouw flat gegaan omdat ik hoopte dat ze zou bellen. Nou, mooi niet dus!'

Fleur lachte. 'Ik mag toch hopen dat jij niet de hele avond zo blijft mopperen en zo verongelijkt blijft kijken! Je moet gewoon het geduld opbrengen dat Lianne van je vraagt. Raar eigenlijk, hè, dat we Lianne zeggen, terwijl ze Jola heet. Best verwarrend, áls zij het

tenminste blijkt te zijn. Dat weten we nog steeds niet zeker!'
'Daarom wordt het hoog tijd dat ze belt. Dit is geen gemopper, maar een verwijt aan het adres van, hopelijk, mijn zus.'
'Ik wou dat ik daadwerkelijk iets voor je kon doen, ik kan je nu enkel een drankje voor het eten aanbieden. En dat wordt ook al geen uitgebreide maaltijd. Je zult het moeten doen met een biefstukje, voorgebakken aardappelschijfjes uit een diepvriespak en doperwtjes uit een pot. Na een dag werken heb ik geen zin meer om lang in de keuken te staan.'
'Gelijk heb je,' vond Gideon. Hij voegde eraan toe: 'Als je maar niet dagelijks voedsel uit potten en pakken eet, want dan krijg je gegarandeerd last van vitaminetekorten.'
Fleur gaf gevat lik op stuk: 'Die je uit potjes en pakjes kunt aanvullen!' Ze moest er zelf om lachen.
Een uurtje later zaten ze aan tafel. En om Gideons gedachten te verzetten kletste Fleur druk over van alles en nog wat dat niets te betekenen had. Ze vond dat ze succes boekte, want Gideon noemde niet meer de namen Martine en Jola, maar praatte gezellig met haar mee. Toen ze al een poosje aan de koffie zaten en er eigenlijk al niet meer aan dachten, ging de telefoon toch nog over. Nadat ze elkaar een snelle, vragende blik hadden toegeworpen nam Fleur op. Gideon durfde alleen maar te hopen dat het zijn zus zou zijn, hij hield zijn adem in toen hij Fleur hoorde zeggen: 'Ja hoor, ik ben Fleur, Lotte heeft zich niet vergist in het nummer dat zij aan je doorgaf. We zaten eerlijk gezegd al een poosje te wachten op een belletje van jou!'
'Daar kan ik me veel bij voorstellen, sorry dat ik jullie zo lang in spanning heb laten zitten. Maar jij had het daarnet over "we", daar maak ik uit op dat Gideon ook aanwezig is?'
'Ja! Wacht even, dan krijg je hem aan de lijn!' Fleur legde een hand op de hoorn en fluisterde tegen Gideon: 'Ze is het, je geduld wordt beloond!'

'Met Gideon.'

'Ja, met mij, Lianne, maar dat begreep je vast al wel. Voordat ik de moed vond je te benaderen, heb ik geoefend wat ik aan je zou gaan zeggen. Toen leek het niet zo moeilijk, maar nu weet ik even niet wat ik zeggen moet. Ik klap gewoon een beetje dicht. Ik hoor opeens de stem van mijn broer en dat doet ontzettend veel met me. Wil je dat geloven?'

Gideon kaatste terug: 'Wil jij van mij geloven dat ik niet weet wat ik hoor!? Ja, ik hoopte vurig dat ik je gevonden had, zekerheid had ik alleen tot nu toe natuurlijk niet. En nu klinkt opeens de stem van mijn zusje in mijn oor! Jola, hoe is het met je!?'

'Ja, goed, maar ik weet niet beter dan dat ik Lianne heet en zo wil ik graag genoemd blijven worden. Ook door jou, kun je daar een klein beetje begrip voor opbrengen en rekening mee houden, Gideon?'

'Ik vermoed dat ik nog ontzaglijk veel begrip zal moeten opbrengen,' voorvoelde Gideon. 'Mam en ik, wij hebben al die lange jaren met gruwelijke onzekerheden geleefd. We waren ervan overtuigd dat er iets verschrikkelijks met jullie moest zijn gebeurd. We dachten aan een ontvoering, voor mama's geestesoog verschenen onophoudelijk de meest bangmakende taferelen. En nu duik jij opeens op in Rotterdam, hoe kan dit bestaan, vraag ik me af?'

Hoewel zij er part nog deel aan had gehad, klonk Liannes stem kleintjes van schaamte en schuld. 'Het spijt me allemaal zo voor jullie. De namen Gideon en Martine waren me volstrekt vreemd, hoe zou ik dan gedacht kunnen hebben aan de mensen erachter? Hoe is het met je moeder, Gideon?'

Hij kon niet nalaten haar terecht te wijzen. 'Ze is ook jouw moeder!' Na een onhoorbare, maar daarom niet minder loodzware zucht, ging hij verder. 'Mam heeft jou slechts drie jaar mogen liefhebben en vertroetelen, de jaren daarna heeft ze je verschrikkelijk gemist. Ik was er voor mezelf allang van overtuigd dat jullie niet meer leefden, mam bleef echter halsstarrig volhouden dat jullie eens bij haar terug zouden keren. Op je vraag hoe zij het maakt moet ik eerlijk antwoord geven, namelijk dat ze vanbinnen een beetje beschadigd is geraakt. Vanwege te veel verdriet, doordat ze te lang heeft moeten wachten. Daar kun jij nu een eind aan maken, Jo... ik bedoel, Lianne, door haar te gaan opzoeken. Hiermee vraag ik toch niet te veel?'

'Ik wil jullie graag leren kennen. Maar weet je, het raakt me eigenlijk wel dat jij niet naar je vader vraagt?'

'Als hij de hele tijd "gewoon" in Rotterdam gewoond en geleefd heeft, zonder naar mij en mam om te kijken, lijkt het me vrij logisch dat ik nu niet zit te popelen van ongeduld om hem te ontmoeten. Ik kan me alleen maar zorgen maken om mijn moeder. Zij weet nog nergens van en ik vraag me af hoe we het haar moeten vertellen zonder haar de schrik van haar leven te bezorgen. Begrijp je, kun je je een klein beetje verplaatsen in mijn situatie, Lianne?'

Gideon kon niet zien dat zij heftig knikte, hij hoorde wel haar stem in zijn oor die door de emoties anders klonk dan daarnet. 'Ik denk dat ik niet snel genoeg naar het hoge Noorden zal kunnen afreizen. Van Lotte weet ik dat jij nog bij je moeder thuis woont, ik zou je echter liever eerst zonder haar erbij willen spreken. Denk je dat dat kan?'

'Maar dat is vanzelfsprekend! Het lijkt mij ook goed dat wij eerst samen eens praten, dan kom ik tenminste beslagen ten ijs als ik mam op de hoogte moet stellen. Jij bent hier bij Fleur meer dan welkom, heb je al enig idee wanneer wij jou hier mogen verwachten? Door de week werken we allebei, dus als het kan liefst een weekend?'

'Ik was van plan morgen te komen, als het jullie schikt, ben ik er tegen de middag.'

'O, maar dat is prima! Dan zijn Fleur en ik terug uit de kerk en zorgen we dat de koffie bruin is!'

'O, jullie zijn dus kerks, begrijp ik?'

'Hoor ik het goed, schrik je daarvan?' vroeg Gideon verbaasd, en Lianne antwoordde: 'Schrikken is een te groot woord, ik had er alleen niet bij stilgestaan dat die mogelijkheid er zou kunnen zijn. We zijn erachter gekomen dat we broer en zus zijn, we hebben er echter geen idee van hoe verschillend onze levens eruitzien. Dat voelt opeens zó raar, zó rottig...'

Gideon hoorde de snik in haar stem en troostend zei hij: 'Het wordt de hoogste tijd dat je naar me toe komt, het wordt me namelijk ingegeven dat jij wel een beetje bescherming van je broer kunt gebruiken!'

'Wat lief dat je dat zegt... ik moet ervan huilen.'

'Dat hoor ik, maar het geeft niet. Het is alleen maar gezond, je diepste gevoelens te uiten.' Hij dacht aan Martine toen hij eraan toevoegde: 'Bepaalde mensen hebben daar de grootste moeite mee en zij worden dan ook gegarandeerd ziek. Wat doe je morgen, kom je met de auto of moeten we je van de trein halen?'

'Nee, ik... eh, ik word gebracht.' Ter plekke realiseerde Lianne zich dat ze zich schaamde voor haar privéchauffeur. Ze werd opeens overspoeld door dezelfde gevoelens van vroeger, toen ze voor school werd afgezet en weer opgehaald. In haar verbeelding zag ze weer de gezichten van de andere kinderen, hoorde ze hun gesmoes, hun onderdrukt gegniffel. Ze moest veel wegslikken voordat ze haar stem weer gewoon kon laten klinken. 'Jullie hoeven geen moeite voor me doen, je ziet me vanzelf verschijnen. Nog even voor alle duidelijkheid: ik word niet door pap gebracht, als je dat mocht denken!'

Er klonk een zucht van opluchting in haar oor, dan Gideons stem.

'Jij voelt klaarblijkelijk wat ik voel, bedankt daarvoor! Nou, dan tot morgen, ik verheug me erop je te zien en te spreken.' Gideon verbrak de verbinding.

Fleur zei: 'Ik heb me zitten verbazen, al luisterend naar jullie! Ik had verwacht dat er hoogoplopende emoties losgemaakt zouden worden, het leek echter meer op een ongedwongen, gezellig gesprek.'

Daarop zei Gideon bedachtzaam: 'Als ze in levenden lijve net zo eigen en vertrouwd op me overkomt als haar stem klonk, is het wachten op haar de moeite waard geweest.'

De warmte waarmee zijn gezicht bedekt werd, deed Fleur meer dan goed. Volgens haar was het een vingerwijzing naar de dag van morgen, dat die goed zou verlopen. Ze kon vooralsnog alleen maar hopen dat die stille hint op Gideons gezicht ook mocht gelden voor de toekomst.

Toen Lianne de huiskamer binnenstapte en aan Thomas vertelde dat ze met Gideon had gesproken en dat ze morgen naar Groningen zou gaan, verscheen er op zijn gezicht een donkere uitdrukking. Die Lianne niet ontging en haar deed zeggen: 'Het kan niet anders, pap! Jouw lange zwijgen móet doorbroken worden en dat moeilijke karwei ga ik morgen voor je opknappen.'

'Ja, ik weet het... Jij gaat de kastanjes voor mij uit het vuur halen. In gedachten zal ik bij je zijn. Spaar me niet, want dat heb ik niet verdiend.' Na niet meer dan een adempauze vroeg Thomas: 'Hoe was het om met... je broer te praten. Vroeg Gideon naar mij?'

Omdat Lianne het nut er niet van inzag hem onnodig te kwetsen, zei ze: 'De tijd was te kort om iedereen meteen de revue te laten passeren. Zoals Gideon niet aan jou toekwam, zo heb ik niet met belangstelling naar Martine gevraagd.'

'Morgen zul je haar zien, je moeder. Dat mag ik toch aannemen?' Lianne schudde van nee. 'Ik heb te kennen gegeven dat ik morgen eerst alleen wil zijn met Gideon en Fleur en daar toonde hij begrip voor. Wat ik niet tegen hem heb gezegd is dat ik van plan ben om in ieder geval een paar dagen in Groningen te blijven. Op een van die dagen zal ik Martine dan moeten opzoeken. Ik vind het zo raar van mezelf dat ik daartegen opzie en dat ik haar steeds Martine blijf noemen...' Ze haalde in een hulpeloos gebaar haar schouders op en verontschuldigde zich ervoor. 'Ik kan er niks aan doen! Bepaalde, heel eigen gevoelens, laten zich domweg niet bevechten...'

'Ik heb jou en anderen meer aangedaan dan ik ooit heb kunnen bevroeden,' mompelde Thomas. Hij schudde vertwijfeld zijn hoofd en informeerde: 'Denk je dat je bij Gideon en zijn vriendin zult kunnen overnachten?'

'Daar heb ik expres niet naar gevraagd omdat ik dat niet wil. Ik wil geen mens tot last zijn, vrij zijn in mijn doen en laten. Ik ga zo dadelijk een hotel in Groningen bellen om een kamer te reserveren en ik moet Frits Akkerman bellen of hij me morgen kan brengen. Als dat niet zo is, zal ik met de trein moeten en daar zie ik bij voorbaat tegen op. En daar schrik ik dan weer van, want het betekent niets anders dan dat ik veel te verwend ben grootgebracht waardoor ik een tikkeltje wereldvreemd ben geworden.'

Thomas ging er niet op in, wel liet hij zijn gedachten erover gaan: Maja kon niet anders dan jou opvoeden en grootbrengen zoals haar ouders dat met haar hebben gedaan. Zij en jij werden beschouwd als tere poppetjes wie het aan niets mocht ontbreken, maar aan wie de buitenwereld wel moest kunnen zien dat jullie uit een zeer gegoed milieu kwamen. En ik... ik pronkte nog meer dan Maja met de weelde die ons omringde, terwijl ik er voor geen cent eigen verdienste aan bij heb gedragen. Hoe dom is het de mammon te dienen, hoe slecht om God de rug toe te keren...

'Wat denk je nu allemaal, pap? Je zit maar voor je uit te staren en driftig op je onderlip te bijten?'

Thomas' stem leek van ver te komen. 'Het doet er niet toe wat ik denk of voel, het enige belangrijke is dat Martine jou weer terug zal krijgen. Het kleine meisje waar zij in eerlijke moederliefde zo van hield. Probeer voor haar goed te maken, Lianne, wat ik haar heb misdaan.'

Zij knikte vaag en nu verborg zij voor hem haar gedachten: wat ben jij voor een man, pap Vogelaar, ik heb het akelige gevoel dat ik je van geen kanten meer ken. Ik kan het niet bevatten dat jij opeens vol begrip en berouw bent. Je doet het almaar voorkomen alsof je je kunt verplaatsen in de gevoelens van Martine, Gideon en mij, maar waarom kwam je daar dan niet veel eerder aan toe!? Of speel je weer toneel, zoals je dat al die lange, lange jaren hebt gedaan? Wie ben jij, wie ben ik...?

8

V<small>OL MET VEEL TE VEEL GEDACHTEN EN EMOTIES ZAT</small> L<small>IANNE DE</small> volgende ochtend op de achterbank van de grote auto die richting Groningen reed. Ze kon de moed niet opbrengen om een luchtig, gemoedelijk babbeltje aan te gaan met Frits, de chauffeur, en om dat voor hem te verbloemen zat ze met een boek in haar handen en deed ze of ze geboeid zat te lezen. Slechts af en toe deed ze haar mond open. 'Ik vind het echt geweldig van je, Frits, dat je op je vrije dag voor mij wilde klaarstaan. Dat waardeer ik heel erg en ik wil het nogmaals speciaal tegen je zeggen.'

De man glimlachte om haar eerlijkheid die hem overigens niet vreemd was. Hij mocht haar graag, de dochter van zijn baas. Hoewel hij vond dat er redenen genoeg voor aanwezig waren, had Lianne absoluut geen kapsones. Ze kwam eerder verlegen over en misschien was dat de reden waarom hij altijd een beetje medelijden met haar had. Frits wierp een blik in het spiegeltje boven hem en toen hij zag dat Lianne het boek naast zich neer had gelegd haakte hij in op het compliment. 'Het is aardig van je dat je het zegt, maar nergens voor nodig. Je telefoontje van gisteravond kwam me eerder goed dan slecht van pas, mijn vrouw dacht er net zo over. In een gezin met opgroeiende kinderen kun je zo'n onverwacht extraatje maar wat goed gebruiken!'

'O... Ja, dat kan ik me voorstellen,' jokte Lianne. 'Mijn vader is toch hopelijk niet vergeten jou geld te geven zodat je straks op de terugreis even ergens iets kunt gaan eten?'

'Maak je daar vooral geen zorgen over, dat is net als de vorige keren dik in orde!' Je moest eens weten, dacht hij erachteraan, dat je vader me een bedrag toestopte waar ik uitgebreid van zou kunnen dineren en niet op een wijntje meer of minder zou hoeven kijken. Maar zo gek is deze jongen mooi niet! Hij had erop gerekend dat hij zakgeld zou krijgen en zeer bewust had hij een lunchpakket van huis meegenomen en een blikje cola. Daar kon hij het mee doen, het geld van meneer Vogelaar zou weer terechtkomen in de huishoudknip van zijn vrouw. Een nuttige bestemming dus, bedacht hij vergenoegd.

Niet zo heel veel later zette hij Lianne af bij het door haar opgegeven adres. Ze bedankte hem toen hij haar koffer aanreikte en terwijl zij op de voordeur toeliep, keerde hij de wagen om aan de terugreis te beginnen. Tegelijk vroeg hij zich niet zonder nieuwsgierigheid af wat Lianne Vogelaar te zoeken had in een buurt als deze. O, het was een keurige buurt, daar niet van, maar de flats oogden als armoedige optrekjes vergeleken met het grote huis van zijn baas. Wat had Lianne in vredesnaam helemaal in Groningen te zoeken, op een plek waar hij haar niet eerder naartoe had hoeven brengen? Jammer eigenlijk, dat Lianne onderweg niet wat vertrouwelijker was geweest, dan had hij bij thuiskomst ook eens wat te vertellen gehad. Nou ja, het was niet anders. Erover mopperen had geen zin, hij mocht allang blij zijn dat hij deze baan destijds had weten te bemachtigen. Er waren werkgevers die minder goed voor hun personeel waren dan Thomas Vogelaar. Zo was het wel!

‘Daar is ze dan: het verloren gewaande schaapje,’ zei Gideon bewogen nadat hij de deur voor Lianne had geopend en achter haar had gesloten. In de hal stonden ze een moment onwennig tegenover elkaar totdat Gideon zijn armen om haar heen sloeg en hij zijn hart liet spreken. ‘Je bent zó welkom, zo verschrikkelijk welkom!’

‘Dank je... Ik ben ook ontzettend blij dat ik jou nu in het echt zie. Ik vermoed dat we meer op elkaar lijken dan we zelf kunnen beoordelen, want je komt me heel bekend voor.’

‘Het vergaat mij net zo, ik heb ook het gevoel alsof ik je ken. Is dat nou bloedband?’ Gideon wachtte niet op antwoord, maar zei:

'Kom, dan stel ik je voor aan Fleur. Zij wil je dolgraag leren kennen!'

Kort hierna drukten de beide vrouwen elkaar de hand en moest Fleur zich verontschuldigen. 'Sorry, ik kan er niets aan doen dat ik moet huilen. Dit moment is voor Gideon en jou van zo veel betekenis dat ik mijn ogen niet droog kan houden. Ga ergens zitten, ik verdwijn even naar de keuken.'

Ik ben toch echt geen huilebalk, maar dit werd me gewoon eventjes te veel, dacht Fleur terwijl ze de mokken op het dienblad zette, evenals suiker en melk en de schaaltjes voor het gebak. Gideon en Lianne, broer en zus, ze leken op elkaar. Ze hadden exact dezelfde kleur haar, Liannes ogen waren zo mogelijk nog donkerder dan die van Gideon. Zonder jaloezie vond ze haar toekomstige schoonzus een schoonheid. Ze had een prachtig figuurtje waar niet alleen de mannen naar om zouden kijken, maar ook die vrouwen, vermoedde zij, die minder goed bedeeld waren met uiterlijk schoon. Ze droeg kleren waar de duurte van afstraalde. Het broekpak stond haar echt beeldig, zeer charmant. Ja hoor, Lianne Vogelaar mocht er zijn, zonder moeite zou zij aan elke vinger van haar goed verzorgde handjes een man kunnen krijgen. Ze wist niet of Lianne een vaste vriend had, daar had Lotte Hartog zich niet over uitgelaten. Dan bleef er niets anders over om er straks, bij gelegenheid, zelf naar te vragen.

Zo waren er over en weer vele vragen die gesteld moesten worden. Toen ze koffiedronken, informeerde Lianne naar de werkzaamheden van Gideon en Fleur. Daarop vertelden zij beurtelings over hun werk. Deden ze dat bewust zo uitvoerig om het andere onderwerp waar het toch om ging, nog even te kunnen laten rusten? Ze waren erover uitverteld toen Lianne bekende: 'Ik heb geen idee hoe het is om een baas boven je te hebben die zegt wat je wel of niet moet doen. Het lijkt me wel leuk om collega's te hebben. Hoewel' – sprak ze zichzelf meteen weer tegen – 'je altijd moet

afwachten of het klikt tussen jou en die anderen. Ik denk dat het niets voor mij is, dat ik overal hopeloos uit de toon zou vallen.'
Gideon lachte. 'Gelukkig voor jou dat jij je daar in ieder geval geen zorgen om hoeft te maken! Wij weten dat jij niet hoeft te werken. Lotte heeft namelijk aan Fleur verteld dat jij een rijk meisje bent geworden omdat jij alles hebt geërfd van je... eh, moeder zal ik maar zeggen.'
'Ze heette Maja, noem haar maar zo. Dat is voor jullie gemakkelijker, het is allemaal al verwarrend genoeg.' Ze keek een moment in gepeins voor zich uit voordat ze verder ging. 'Lotte heeft klaarblijkelijk verteld wat zij vermoedde, de werkelijkheid ziet er iets anders uit. Mam heeft mij inderdaad het grootste gedeelte van haar vermogen nagelaten, ze heeft echter ook goed voor pap gezorgd. Hij kreeg het huis met alles erop en eraan, alsmede een bedrag aan geld waardoor hij, net zomin als ik, hoeft te werken om in zijn levensonderhoud te voorzien.' Ik mag hopen dat jullie niet jaloers op me zijn, dacht ze er stil achteraan, het zou echt vreselijk zijn als ik ook in jullie ogen 'anders' zou zijn. Wijs me niet af, bij jullie wil ik horen...
Net zomin als Fleur was Gideon echter begerig naar het geld of goed van een ander. Zijn gedachten waren bezig met iemand over wie hij concludeerde: 'Mijn vader was een gewone werkman, hoe heeft hij zich ontwikkeld onder de weelde die hem in de schoot werd geworpen? Is hij gebleven die hij was of is hij naast zijn schoenen gaan lopen?'
Hij keek Lianne vragend aan en zij zei begripvol: 'Je hebt gelijk, we moeten tot de kern van de zaak komen. Ik zal proberen jullie een helder beeld te schetsen van zijn leven. Als je me niet kunt volgen, hoop ik dat je vragen zult stellen.' Na een zucht stak Lianne van wal. Gideon en Fleur hoefden haar niet te onderbreken, want tot in detail herhaalde zij het verhaal dat Thomas aan haar had verteld. Lianne was lang aan het woord, en zo volledig in

de ban van het verleden dat ze niet eens merkte dat Fleur intussen de koffieboel opruimde en hen van een wit wijntje had voorzien. Daar nipte Lianne af en toe werktuiglijk van en net zo onbewust stak ze een zoutje of een ander knabbeltje in de mond. Op een gegeven moment, toen ze werkelijk alles had verteld, zocht ze beurtelings de blik van Fleur en Gideon. 'Zo heeft pap het aan mij verteld en zo is het gegaan, want ik ken hem en weet dat hij niets mooier of lelijker heeft gemaakt dan het was.'

Fleur was diep onder de indruk van het verhaal dat zij in stilte bizar noemde. Gideons stem klonk zwaar toen hij zei: 'Er is geen woord bij dat ik mooi kan noemen en lelijker dan het was kan het ook al niet. Hij is mijn vader, maar ik heb geen goed woord meer voor hem over. Dat en nog veel meer zou ik het liefst onder vier ogen tegen hem willen zeggen. Mogelijk komt dat er nog eens van, ik kijk ernaar uit!' Het kwam er zo grimmig uit dat Lianne niet kon nalaten te vragen: 'Heb je niet uit mijn verhaal kunnen opmaken dat pap veel spijt heeft en dat hij in ieder geval eerlijk en oprecht is?'

Gideon schudde vertwijfeld zijn hoofd. Fleur zag hoe moeilijk hij het ermee had en tegen Lianne zei ze bewogen: 'Als jij wist wat jouw vader Gideon en zijn moeder heeft aangedaan, zou je die vraag niet hebben durven stellen.'

Lianne bloosde. 'Sorry... Maar dan wil ik nu graag jouw kant van het verhaal horen. Wil je het net zo eerlijk vertellen als ik het aan jou heb gedaan? Beter weten doet beter begrijpen?'

Daarop knikte Gideon bevestigend en nadat hij zijn halfvolle glas in één keer achterover had geslagen stak hij nu op zijn beurt van wal. En net als zijn zus zopas, was hij lang aan het woord. Hij besloot zijn trieste uiteenzetting met de woorden: 'Mijn vader heeft twintig jaar lang enkel mooi weer gespeeld, ik kan en wil het niet anders zien. Mijn moeder daarentegen, heeft al die tijd niet anders dan verdriet gekend. Ze heeft eronder geleden. Zo erg dat ze er een beetje ziek van werd. Met haar heb ik te doen, mijn vader is ronduit een schoft!'

In Liannes donkere ogen blonken tranen die in haar zachte stem weerklonken. 'Je hebt me echt heel erg laten schrikken. Nu ik alles uit jouw mond heb gehoord dringt het pas ten volle tot me door hoeveel ellende pap jullie heeft bezorgd. Toen ik naar de uiteenzetting van pap zat te luisteren zocht ik almaar naar verzachtende omstandigheden voor hem, zoals ik jullie daarstraks heb verteld. Dat deed ik vermoedelijk omdat ik hem zo graag wilde blijven zien als mijn maatje door dik en dun. Maar nu...' Ze haalde in een hulpeloos gebaar haar schouders op en vervolgde: 'Door zijn toedoen groeide jij op zonder vader. Zo klein als je nog maar was, moest je toch al een beetje "man" zijn om je moeder te kunnen opvangen. Het is zo lief van je dat je haar zo onzelfzuchtig hebt beschermd, daar zou ik je voor willen bedanken. Met Martine heb ik diep medelijden. Ik vind het begrijpelijk dat zij zich aan jou vastklampte, dat ze jou met niemand wilde delen uit angst ook jou te moeten verliezen. Arme vrouw...'

Lianne kreeg geen gelegenheid zich over te geven aan de gevoelens die haar bestormden, want Fleur nam het woord. 'Ik probeer begrip op te brengen voor Gideons moeder, maar dat lukt mij minder gemakkelijk dan jou. Gideon tipte het in zijn betoog van daarstraks al aan, ik durf met aan zekerheid grenzende waarschijnlijkheid te zeggen dat zijn moeder een hekel aan mij heeft. In haar ogen ben ik de gemene vrouw die haar haar zoon afneemt. En ze wil niet inzien dat ze er faliekant naast zit. Ze raakt Gideon niet kwijt, ze moet mij er alleen wel bij nemen en me accepteren als haar aanstaande schoondochter. Lieve help, zo moeilijk is dat toch niet!?'

Lianne richtte zich tot Gideon. 'Begrijp ik het goed dat jij nog bij je moeder thuis woont omdat jij haar niet voor het hoofd durft te stoten? Als dat zo is, bescherm jij je moeder volgens mij meer dan

Fleur en dat lijkt me voor haar best een beetje pijnlijk.'

Gideon verdedigde zich. 'Fleur en ik kennen elkaar nog te kort om al te gaan samenwonen, aan trouwen denken we allebei nog niet. In het begin heeft Fleur het heel moeilijk gehad met de houding van mijn moeder, maar we hebben er veel over gepraat. Ook met Fleurs ouders en nu gaat het stukken beter. Ja toch?' vroeg hij aan Fleur. Zij schonk hem een lieve lach. 'Ik zei toch al dat ik mijn best doe! Dat zal ik heus blijven doen totdat voor mij de grens is bereikt. En dan... Ja, dan kan je moeder op haar kop gaan staan, maar dan ontzie ik haar niet langer! Dan gaan we samenwonen of trouwen, want daar is het voor míj niet meer te vroeg voor. We houden van elkaar, weten wat we aan elkaar hebben en hopen dat we samen oud mogen worden. Dat is voor mij voldoende, ik zou niet weten waar we dan nog op zouden moeten wachten. Nou ja, op zijn moeder dus...'

Gideon keek onderzoekend in haar verongelijkte gezicht. 'Wat heb jij ineens, zo opstandig ben je de laatste tijd niet meer geweest?'

Fleur bond in. 'Sorry, het was niet mijn bedoeling zo voor mezelf te praten. Het komt door al die trieste verhalen die jullie uitwisselen. Ik word er echt niet goed van als ik bedenk dat jouw moeder al die jaren in verdriet én doodsangsten heeft geleefd om de man die zij bleef liefhebben, terwijl hij elders zorgeloos van een nieuwe liefde en een nieuw leven genoot. En jij bent er de hele tijd van uitgegaan dat je vader en zus niet meer leefden en nu ligt de waarheid opeens klip en klaar op tafel. Het is toch geen wonder dat ik daar nog even niet mee om kan gaan?'

De anderen toonden begrip en automatisch doken er weer tal van nieuwe vragen op die besproken en uitgediept moesten worden. Er waten lange uren mee gemoeid. Tussen de bedrijven door zorgden Fleur en Gideon eerst voor de lunch, later voor de warme maaltijd. Het was al in de avond toen Fleur langs haar neus weg zei: 'Praten jullie gezellig verder, ik ga het logeerbed even voor Lianne opmaken.' Ze wilde opstaan om de daad bij het woord te voegen, maar dat voorkwam Lianne. Zij struikelde bijna over haar eigen tong, zo gehaast zei ze: 'Nee, nee, doe vooral geen moeite, ik blijf niet slapen! Ik heb thuis telefonisch een kamer gereserveerd bij hotel Mercure. Voorlopig voor twee nachten, en ik kan eventueel een verlenging reserveren. En kijk me nou niet zo aan, daar kan ik niet goed tegen... Probeer te begrijpen dat ik even ergens alleen móet zijn. Om na te kunnen denken over alles, en omdat ik pap heb beloofd dat ik hem zou bellen zodra ik in het hotel ben. Hier bij jullie kan ik voor mijn gevoel niet vrij met hem praten. Bovendien moet ik helemaal alleen zijn om me te kunnen inleven in het leed dat vooral Martine te verwerken heeft gekregen.'

Lianne keek Gideon als om hulp vragend aan en hij knikte. 'Het is goed. Als jij het zo wilt, wie zijn wij dan om ertegen in te gaan?' Lianne slaakte een onhoorbare, opgeluchte zucht. 'Dank je.'

Toen ze meteen daarop een blik wierp op haar horloge zei Fleur: 'Het lijkt alsof je van plan bent om nu meteen op te stappen?' Ze wachtte Liannes antwoord niet af, maar praatte verder tegen Gideon. 'Of zit jij soms ook al op de wip, dan blijf ik wel mooi moederziel alleen achter!'

Gideon schudde zijn hoofd. 'Ik zit te dubben wat ik wel of niet moet doen. Als ik zo dadelijk naar huis ga, houdt dat automatisch in dat mam en ik vannacht ons bed niet te zien zullen krijgen. Daar is het verhaal dat ik haar vertellen moet te beladen voor en daarna zal ze door alle emoties zeker niet kunnen slapen. Ik denk dat ik maar hier bij jou moet blijven en dat ik morgenavond na kantoor naar huis ga. Dan heb ik in ieder geval de tijd gehad om me erop voor te bereiden. Dit bedenk ik met mijn nuchtere verstand, mijn gevoel spreekt een andere taal. Dat maakt me duidelijk dat ik het liefst nu meteen naar haar toe zou willen gaan om haar te vertellen dat haar kleine meisje van toen gezond en wel is teruggevonden. Dat andere, over de man op wie zij almaar in liefde wachtte, zou ik haar dan ook moeten vertellen en daar ben ik nog niet aan toe. Arme mam, ik wou dat ik haar dat kon besparen. Het zou zoveel gemakkelijker zijn als ik tegen haar kon zeggen dat ik het bericht had ontvangen dat hij was overleden. Dan zou zij mogen rouwen en ik... zou waarschijnlijk minder haat in me voelen.' Het ontging Lianne dat Gideon tersluiks langs zijn ogen wreef, Fleur echter niet. Zij streek liefdevol langs zijn wang en zacht zei ze: 'Het is goed dat je bij me blijft, dan kan ik er tenminste voor je zijn.'

De liefde tussen de twee was opeens voelbaar aanwezig, het maakte dat Lianne zich overbodig voelde. Ze grabbelde in haar tas naar haar mobieltje en naar het telefoonnummer van het taxibedrijf dat ze ook thuis had opgezocht en opgeschreven. Intussen zei ze: 'Ik ga vast een taxi bellen, eer die voor de deur staat is er toch gauw weer een kwartiertje verstreken.'

Ze had al twee nummers ingetoetst toen ze schrok van Gideons gebiedende stem. 'Wil je daar even snel mee ophouden, mal wicht! Je denkt toch zeker niet dat ik je met een taxi laat gaan terwijl mijn auto hier voor de deur staat! Jij bent gewend aan een privéchauffeur, nou, dat ben ik deze keer!' Beiden moesten erom lachen, broer en zus Vogelaar.

Een uurtje later lag Lianne in haar hotelkamer in bed. Niet om te gaan slapen, want dan zou ze het licht hebben uitgedaan. Haar ogen dwaalden naar haar mobieltje op het nachtkastje. Ik heb beloofd dat ik hem zou bellen, flitste het door haar heen, maar ik kan er niet toe komen. Wat zou ze tegen pap moeten zeggen, ze kon nu immers alleen maar meer hevige verwijten naar hem toe slingeren. Hij verdiende het niet van haar te horen dat Gideon, ondanks alles wat hij te kort was gekomen, een fijne vent was geworden. Pap zou het vast niet begrijpen als ze tegen hem zei dat zij een beetje jaloers was op het leven van mensen als Gideon en Fleur. Ze had aan alles gemerkt dat die twee oprecht van elkaar hielden, dat de een leefde met de bedoeling de ander gelukkig te maken. Dat was liefde met een hoofdletter waar zij geen verstand van had omdat ze het niet kende. Omdat ze 'anders' was. Daar hoefde ze nu zeker niet meer aan te twijfelen, want toen Gideon en Fleur hadden verteld over hun werk, had zij gevoeld dat ze ook wat dat betrof, alleen stond op de zijlijn. Werken om in je eigen levensonderhoud te kunnen voorzien, zuinig moeten zijn omdat je er ook van moest sparen. Voor de vervanging van de auto als dat nodig was, had Gideon verteld, voor het huren of kopen van een huis als de tijd daar rijp voor was. Zij had er begrijpend op geknikt, maar zich vreselijk dom gevoeld. Het had haar onzeker gemaakt, de confrontatie met het leven van gewone mensen. Toch vertegenwoordigden zij de grote massa, zij die 'anders' waren, vielen bij hen uit de toon.

Ze was echt geschrokken toen Gideon vertelde dat zijn moeder hard had moeten aanpakken na de verdwijning van haar man en dochtertje, dat zij de kost toen had moeten verdienen voor haarzelf en Gideon. En omdat ze het ook nu nog niet zou redden zonder een vast inkomen, werkte ze nog steeds. Kapster was ze, haar biologische moeder. Gideon had verteld dat zij in een zogenaamd rijtjeshuis woonde. Hij had de straat en het huisnummer genoemd en wonderlijk genoeg had ze die gegevens onmiddellijk in haar geheugen opgeslagen. Of mocht ze dat geen wonder noemen omdat het een diepere betekenis had? In de gesprekken van vanavond had Fleur een paar keer overtuigd gezegd dat toevalligheden niet bestonden, maar dat alles door God werd geleid. Ze had er niet op durven reageren, ze had zich opnieuw anders gevoeld. Toen Gideon echter vertelde dat hij van zijn moeder wist dat haar vader vroeger ook gelovig was geweest en trouw elke zondag naar de kerk ging, had zij zich dit keer niet anders, maar ongekend onprettig gevoeld. Gideon had beweerd dat zijn moeder en hij het zonder hun geloof niet gered zouden hebben. Ook daar had zij geen zinnig woord op kunnen zeggen. Pas nu ze alleen was kon ze er in gedachten dieper op ingaan en vroeg ze zich af hoe het zou zijn als je er absoluut zeker van was dat God bestond. Gideon had op een gegeven moment gezegd dat hij God als een vader beschouwde die onvoorwaardelijk van je hield. Die je nooit teleurstelde als je Hem toeliet in je hart. Zoiets had Gideon gezegd, precies wist ze het niet meer. Ze zou er nu opeens wel veel meer van willen weten. Kwam dat nou omdat ze zo graag ergens bij wilde horen? Of omdat ze vermoedde dat Martine vroeger samen met haar zou hebben gebeden en dat haar ontroerde? En wat raar nou weer dat ze haar gedachten niet bij het geloof kon houden, maar afdwaalde naar de naam van een straat die onuitwisbaar in haar geheugen gegrift stond. Toeval bestond niet volgens Fleur, kon het dan een vingerwijzing zijn? Of een onvoelbaar duwtje in de rug? En als dat zo was, betekende dat dan dat zij de hele tijd lang niet zo alleen was geweest als ze aldoor had gedacht en gevoeld?

Ze wist dat kapsalons op maandag gesloten waren, die regel gold voor het hele land. Ze liep dus grote kans dat Martine morgen thuis was. Wat bleef was de vraag of ze het ten uitvoer zou durven brengen, het plan dat in haar opkwam? Met een beetje hulp, een steuntje in de rug? Daar zou ik geen nee tegen zeggen, schoot het door haar heen. Ze zou willen dat ze bij voorbaat zou durven zeggen: dank U wel.

9

De volgende ochtend zat Lianne achter in een taxi die haar naar het adres zou brengen dat ze niet had hoeven opschrijven om het te kunnen onthouden. Met een blik op haar horloge zag ze dat het nog maar net tien uur was geweest. Bespottelijk vroeg nog, bedacht ze, toch had ze het op haar hotelkamer niet langer kunnen uithouden. Na het ontbijt, dat ze zich goed had laten smaken, had ze om de haverklap op de klok gekeken tot ze besloot een taxi te bellen. Ze zou zo dadelijk een eindje rondlopen totdat de tijd er wat fatsoenlijker uitzag. Het was Martines vrije dag, best kans dat ze dan heerlijk lang uitsliep en dat ze nu of nog in bed lag of nog niet aangekleed was.

Terwijl Lianne zo haar gedachten liet gaan, lette ze nauwkeurig op de naamborden van de straten die de taxi insloeg. Op een gegeven moment zei ze gejaagd tegen de chauffeur: 'Stopt u hier maar, ik loop verder.' Ze rekende af, vergat niet de man een fooi te geven en keek rond in de haar vreemde straat. En toch, bedacht ze, ben ik in een van deze huizen geboren. Het was een smalle straat met aan weerskanten dezelfde huizen met kleine voortuintjes die er netjes onderhouden uitzagen. Lianne keek naar het nummer van het huis waar ze voor stond en besefte dat ze aan de overkant moest zijn, bij de oneven nummers. Poe, wat was dit moeilijk, want wat moest ze nou zo dadelijk zeggen of doen om Martine niet meteen de stuipen op het lijf te jagen? Ze kon alleen maar hopen dat ze een klein beetje hulp zou krijgen. Erop rekenen durfde ze niet, erom vragen al helemaal niet. Nou kom, met hier blijven stilstaan schiet ik niets op...

Op het moment dat ze wilde oversteken hoorde ze achter zich een deur opengaan en meteen daarop een paniekerig klinkend kinderstemmetje: 'Mevrouw, mevrouw, wilt u mij helpen?'

Lianne keerde zich om naar een klein, spichtig meisje. Een hummeltje met een ontdaan, betraand gezichtje en schokkende schoudertjes. 'Wat is er aan de hand? Zo te zien ben je behoorlijk overstuur?'

'U moet me helpen,' snikte het kind, 'ik kan zelf de kraan niet meer dichtdoen en nu verdrinkt onze hele keuken. Kom, gauw!' Ze nam Liannes hand, trok haar mee en voordat zij eigenlijk goed en wel besefte wat er gebeurde, stond ze in een deuropening te kijken naar een keuken die inderdaad leek te zullen 'verdrinken'. De gootsteen liep over, de kraan erboven stond kennelijk al een poos open, want van de vloer was geen hoekje meer droog. Na een kortstondige aarzeling kwam Lianne in actie. Ze schopte resoluut haar schoenen uit, rolde de pijpen van haar pantalon op tot aan haar knieën en haastte zich naar het aanrecht. Als eerste draaide ze de kraan dicht, trok de stop uit de gootsteen en schoof de stoel opzij die het meisje gebruikt had om bij de kraan te kunnen komen. Onderwijl praatte ze tegen het kind. 'Ik heb een doek nodig, een dweil of zo en een emmer. Waar vind ik die?'

Het meisje had haar voorbeeld gevolgd, ze had haar schoentjes uitgedaan en op blote voetjes plonsde ze door het laagje water achter Lianne aan. Ze wees met een vingertje naar het onderste deurtje van het aanrecht en nog niet van de schrik bekomen zei ze: 'Ik kon het echt niet helpen, ik wou alleen mijn handjes wassen en toen... en toen zat de kraan vast en kon ik hem niet dichtdoen. Ik wilde de buurvrouw roepen maar toen zag ik jou...'

'Gelukkig dan toch, dat ik net langskwam,' zei Lianne en troostend voegde ze eraan toe: 'Je hoeft echt niet te huilen, het is lang niet zo erg als het eruitziet. Kijk, ik zet de stoelen op de grote tafel en dan dweil ik het water voor je weg. Dan is er niks meer van te zien en krijg jij geen standje van je vader of moeder als zij thuiskomen! Ik begrijp het toch wel goed, jij bént toch alleen thuis?'

'Ja, papa moest boodschappen doen en ik mocht ondertussen nergens aankomen. Maar mijn handjes waren heel erg vies.'

'Ja, en toen moest je wel,' begreep Lianne. Ze vond het wel vreemd dat zo'n klein hummeltje alleen thuis werd gelaten en informeerde: 'Zijn je papa en mama samen boodschappen gaan doen?'

'Mijn mama is doodgegaan toen ik nog heel klein was. Zij is nu in de hemel. Heel, héél hoog ver weg, bij Jezus.'

Gevoelig als ze was werd Lianne overspoeld door medelijden dat haar deed fluisteren: 'Arm meisje, wat naar nou voor je...' Ter plekke drong het tot haar door dat ze zich jegens het kind niet mocht laten gaan en zo gewoon mogelijk praatte ze verder. 'Je bent een lief meisje, hoe heet je en hoeveel jaartjes ben jij?'

'Ik heet Brenda en ik ben al vier jaar! Groot al, hè?'

'Ja, maar dat zag ik meteen, dat jij al groot bent en bovendien ben je een heel dapper meisje, dat zag ik ook! En nu ga ik dweilen, zal ik jou zolang op een stoel zetten die op de tafel staat? Van zo heel hoog kun je dan goed zien wat ik doe, maar je moet beloven dat je heel stil blijft zitten zodat je er niet vanaf kukelt!'

Helemaal in de ban van dit nieuwe vergat Lianne Martine en alles wat met haar samenhing. En ze had er geen idee van hoeveel kletsnatte dweilen ze boven de emmer had uitgewrongen toen ze opeens een stem achter zich hoorde. 'Wat heeft dít in vredesnaam te betekenen! Wie ben jij en wat ben je aan het doen!?' Joost Zondervan keek hoogstverbaasd naar de jonge vrouw met haar opgerolde broekspijpen en haar verhitte gezicht. En dan dwaalde zijn blik weer naar zijn dochter die, nota bene, op een stoel boven op de keukentafel zat. Hij nam het kind eraf en nogmaals stiet hij uit: 'Wat ís dit allemaal!?'

Op de arm van haar vader verborg Brenda haar gezichtje tegen zijn hals en smeekte ze: 'Niet boos zijn, ik kon het niet helpen...' Dit was niet de uitleg waar Joost om had gevraagd. Hij streelde troostend over de dunne, blonde haartjes en vervolgens luisterde hij naar Liannes verklaring. Die zij besloot met: 'Uw dochter was bang dat jullie keuken zou "verdrinken" en om dat te voorkomen heb ik gedaan wat ik volgens mezelf doen moest. Overigens: ik heet Lianne.' Ze stak haar hand uit die Joost vastpakte. 'Ik ben Joost Zondervan, ik heb het onaangename gevoel dat ik me moet schamen. Omdat ik Brenda alleen thuisliet, je moet van me aannemen dat dat nooit of hoogst zelden gebeurt. Ik had gewoon haast en...' Hij hief vertwijfeld zijn handen op en verzuchtte: 'Hoe dom klinkt dit excuus.'

'Het geeft niet, er is immers niets gebeurd. Behalve dan misschien dat ik mijn neus in dingen stak die me niet aangingen?'

'Je hebt Brenda gerustgesteld, daar ben ik je dankbaar voor. De vloer is inmiddels zo goed als droog, de hoeken waar nog water ligt doe ik straks zelf wel. Ik zet de stoelen alvast weer op hun plaats, en dan zou ik je graag een kop koffie voor de moeite willen aanbieden. Of heb je geen tijd, heb je een afspraak?'

'Ja, ik moet hier in de buurt bij iemand zijn,' herinnerde Lianne zich nu weer, 'maar er is geen tijdstip afgesproken. Ik drink graag een kopje koffie met je. Ik mag toch "je" zeggen?'

Joost knikte en lachte tegelijk. 'Bij jou vergeleken ben ik een oude knar, maar vooruit dan maar!' Hij zette Brenda neer en terwijl hij twee mokken koffie inschonk vroeg hij: 'Ik schat jou op een jaar of vijfentwintig, zit ik er ver naast?'

'Ik ben twee jaar jonger, drieëntwintig, om precies te zijn. En jij?'

'Eenendertig. Bij jou vergeleken dus echt een ouwe bok.'

'Dat valt wel wat mee,' vond Lianne. Na een aarzeling zei ze zacht: 'Brenda heeft me verteld dat ze geen mama meer heeft, het zal voor jou niet meevallen, vermoed ik, om de rol van vader én moeder te moeten vervullen?'

Joost trok Brenda op zijn schoot. Met haar duimpje in de mond vlijde zij zich vertrouwelijk tegen hem aan en Joost zei: 'Er wordt niet gevraagd naar wat wel of niet kan, zoiets overkomt je gewoon. En hoe moeilijk het ook is, je hebt geen keus, je moet verder. In mijn geval was mijn kleine meid voor mij een stok achter de deur, vóór alles wilde ik dat zij niets te kort zou komen. Vanaf de schoolbanken heb ik in de bouw gewerkt, totdat mijn vrouw, Anette, mij ontviel. Louter en alleen om er voor Brenda te kunnen zijn heb ik toen mijn ontslag genomen. Ze was toen nog maar twee jaar. Het is dus al twee jaar geleden dat ik alleen kwam te staan met mijn kleine meid. Sindsdien geniet ik een uitkering, zoals dat zo mooi genoemd wordt.'

'Ik neem aan dat het niet mooi is, maar heel moeilijk om daarvan rond te komen?'

Joost Zondervan schokschouderde. 'Ach, alles went. Je moet zogezegd een beetje op de kleintjes letten, vooral op goedkope aanbiedingen. Ik heb toentertijd meteen de auto weggedaan en dat scheelt enorm! Van het geld dat een auto opslokt kan ik een boel andere dingen doen.'

'Was er dan niemand op wie jij na het overlijden van je vrouw kon terugvallen? Familie, bedoel ik.'

'Mijn moeder heeft een aangeboren rugafwijking. Ze zit in een rolstoel, mijn vader heeft zijn handen vol aan haar. Hij kon de zorg voor een kleinkind er echt niet bij hebben. Broers en zussen heb ik niet en mijn schoonouders hebben allebei een baan die ze er liever niet voor wilden opgeven. Dat mocht en mag ik ook niet verlangen, elk mens heeft recht op een eigen leven. Je hoeft geen medelijden met me te hebben, ik red me best, hoor!'

'Hoe is het gebeurd, was je vrouw ziek?'

'Ze had leverkanker, toen het ontdekt werd was het al te laat. Ze was pas negenentwintig toen ze overleed. Veel te vroeg, maar ja...'

Hij zweeg en stond abrupt op. Zogenaamd om nog eens koffie in te schenken, maar Lianne begreep dat hij een adempauze nodig had om opkomende emoties te onderdrukken. Arme man, dacht ze, en wat was er veel leed in de wereld waar zij goed beschouwd geen weet van had gehad. Vanwege haar opvoeding was zij een tikkeltje wereldvreemd geworden, merkte ze weer. Ze zou het niet hardop durven zeggen, maar ze beschouwde dat als háár lot dat ze geen sterveling toewenste. Brenda was via de keukendeur in de achtertuin gaan spelen, Joost was er weer bij gaan zitten. Met de vraag die hij Lianne stelde wilde hij het vorige onderwerp laten rusten. 'Ik ben lang genoeg aan het woord geweest, vertel jij nu eens iets over jezelf! Wat doe jij om je kostje te verdienen?'

Voor geen prijs wilde Lianne het achterste van haar tong laten zien, ze prees zich gelukkig met de inval die ze kreeg en die haar deed zeggen: 'Net als jij ben ik werkloos. Wat dat betreft kunnen we elkaar de hand geven. Maar ik moet nu echt opstappen, zoals ik eerder al zei moet ik bij iemand hier in de buurt zijn.' Lianne stond op, Joost informeerde: 'Bij wie moet je zijn?'

Lianne aarzelde, vervolgens bedacht ze dat het noemen van een naam geen kwaad kon als ze verder maar niets losliet. 'Ik moet bij Martine Vogelaar zijn, ken je haar toevallig ook?'

'Jazeker! Ze is een vriendelijk mens. In die zin dat ze nooit zal vergeten je te groeten als ze je tegenkomt, verder is het een in zichzelf gekeerde vrouw. Hier in de buurt heeft ze met niemand contact en dat schijnt haar het beste te bevallen. Ik kan me daar niet in verplaatsen, 'k mag graag een praatje met deze of gene maken. Het gebabbel met jou heeft me op een bijzondere manier goedgedaan, wat mij betreft is het voor herhaling vatbaar!'

Lianne dacht aan wat er zou kunnen gebeuren toen ze opmerkte: 'Nou, wie weet, kom ik hier in de toekomst vaker langs. Dan zal ik niet schromen bij je aan te bellen, want dan zie ik Brenda tenminste nog eens! Ze is een schatje, ze heeft onmiskenbaar indruk op me gemaakt. Stoor haar maar niet in haar spel, geef haar straks maar een kusje van me!'

'Dat zal ik doen! Verder wil ik je bedanken voor de manier waarop je mijn dochter te hulp bent geschoten. Je hebt je spontaan om haar bekommerd, er zijn er niet veel die je dat nadoen.' Hierna drukte hij stevig de hand die Lianne naar hem uitstak en nadat ze elkaar het beste hadden gewenst wees Joost haar op haar pantalon waarvan de pijpen nog opgerold waren tot onder haar knieën. Hij lachte erom, Lianne bloosde toen ze zich bukte om het zeer oncharmante aan haar kleding te verhelpen. 'Nou zie je eens wat voor een uilskuiken ik ben, ieder normaal mens zou die domme opgerolde pijpen allang hebben gevoeld, ik dus niet. Nou, dag hoor!'

'Hetzelfde en nogmaals bedankt!' Joost Zondervan keek haar lang na, de jonge vrouw die zich in zelfspot een uilskuiken had genoemd. Daar kon hij het van geen kanten mee eens zijn.

Toen Lianne zich van hem verwijderde dwaalden haar gedachten meteen weg van de lange, slanke man met zijn stekeltjeshaar en zijn sprekende, grijze ogen. Ze dacht aan de moeilijke klus die haar te wachten stond en vroeg zich af of ze niet toch maar beter rechtsomkeert zou kunnen maken. Hoe had ze nou toch ook zo eigenwijs kunnen zijn om het varkentje in d'r eentje te willen wassen, waarom had ze het niet overgelaten aan Gideon? Hij kende zijn moeder en zou precies de goede toon tegen haar kunnen aanslaan tijdens het relaas over paps verleden. Ja, natuurlijk veroordeelde ook zij hem fel, maar diep in haar hart was er ook medelijden met hem. Omdat hij al die lange jaren niet gelukkig was geweest. Volgens haar was hij inmiddels al genoeg gestraft, maar zo vergevensgezind zouden Gideon en Martine vast en zeker niet zijn. Martine... Ze zou die voor haar volslagen vreemde vrouw straks zien en spreken. Ze was haar moeder en zij kon zich daar niks bij voorstellen. Was het dan een wonder dat ze het behoorlijk te kwaad had en ze haar hart in haar keel voelde bonken? Twee dingen stonden voor haar echter als een paal boven water: ze wilde óók door Martine Lianne genoemd worden en zij, op haar beurt, zou haar moeder met Martine aanspreken. Niks geen moeder of mam, maar Martine. Ze was niet van plan zichzelf geweld aan te doen en als Martine dat niet begreep had ze domweg pech gehad, vond Lianne opeens behoorlijk recalcitrant. Ze kon zich niet verder overgeven aan al die gedachten, want plotseling zag ze het huisnummer en kon ze niet anders dan met een bevende vinger op de bel drukken.

Het duurde even voordat ze voetstappen hoorde, maar dan stonden ze oog in oog, Martine en haar verloren gewaande dochter. Martine zocht peilend het jonge gezicht tegenover zich af, Lianne keek in een paar bruine ogen waarin ze een vleugje weemoed meende te ontdekken. Op dat moment leek er een te strak gespannen snaar in haar te knappen, in een fractie, minder dan een seconde, flitste het door haar heen dat deze vrouw, met haar ietwat verdrietige oogopslag, haar had gebaard. Haar had liefgehad en met haar had gebeden... Liannes verzet brak, ze was helemaal zichzelf toen ze met vochtige ogen en een trillend stemmetje fluisterde: 'Mam? Ik ben het... Jola.'

Ze had de naam waar ze toch zo afkerig van was geweest, schijnbaar moeiteloos uitgesproken. Ze merkte dat ze tóch Jola wilde heten, Jola wilde zijn vooral. Martine ving de naam op als een streling voor haar ziel. Nu vulden ook haar ogen zich met tranen en leek haar stem die van een ander. 'O, ja... ik zie het, ik voel het. Precies zo had ik me je voorgesteld. Zo groot, zo mooi... Mijn meisje, ze is bij me teruggekomen. Ik wist het, ik wist dat dit eens zou gebeuren...'

Ze spreidde haar armen wijd en toen ze haar dochter tegen zich aanklemde als wilde ze haar nooit meer loslaten, zochten haar ogen de straat af en fluisterde ze de naam van hem, op wie ze net zolang had gewacht. 'Thomas...? Waar is Thomas, of komt hij iets later?'

Jola maakte zich los uit Martines omarming. 'Ik heb u onzegbaar veel te vertellen, maar dat doe ik liever binnen!

Martine schudde verbijsterd haar hoofd en foeterde op zichzelf. 'Hoe kan ik nou zo dom zijn om je buiten te laten staan terwijl ik zo onmenselijk lang naar dit moment heb uitgekeken. Ik ben de kluts volkomen kwijt, het onverwachte heeft op mij altijd een vervelende invloed. Kom gauw binnen, je bent zó welkom!' Ze trok Jola aan een hand naar binnen en sloot de deur achter haar. De smalle gang waarin ze nu stonden, werd gevuld door de snikken van twee vrouwen die elkaar opnieuw omarmden.

Jola was de eerste die bij haar positieven kwam en bewogen zei: 'Ik had me de ontmoeting heel anders voorgesteld. Ik had verwacht dat er tussen u en mij een gapende afstand zou zijn, maar... het voelt heel eigen. Heel wonderlijk vertrouwd...'

Martine streek onophoudelijk over Jola's blonde haar toen ze hevig ontroerd zei: 'Wat jij voelt weet ik niet, ik ben alleen maar dankbaar. Voor het feit dat God jou bij me terugbracht. Niet eerder heb ik Hem zo dichtbij gevoeld.' Ze slaakte een diepe zucht, wreef met de rug van haar hand langs haar ogen en vervolgens nam ze de leiding. 'Kom, lief kind, we gaan naar de huiskamer. Je zult wel trek in een kopje koffie hebben, dat ga ik zo dadelijk zetten.'

'Die moeite kunt u zich wat mij betreft besparen, ik heb pas koffiegedronken bij iemand iets verderop in de straat.' Op Martines vragende blik vertelde Jola hoe zij in het huis van Joost Zondervan was beland. Ze had nauwelijks haar mond gesloten toen Martine zei: 'Hoewel ik het triest voor hem vond dat hij zijn vrouw verloor, ben ik in mijn hart toch ook altijd een beetje jaloers op hem geweest. Hij mocht zijn kleine dochter immers bij zich houden, terwijl ik zo hevig naar die van mij verlangde. Ach, kindje, als je eens wist hoe ik je de hele tijd heb gemist! Maar nu komt alles weer goed, vertel nou eens wanneer ik Thomas mag begroeten. Ik heb hem net zo erg gemist, ik verlang ernaar ook hem te zien!'

Jola kwam er niet onderuit, ze moest Martine teleurstellen door te zeggen dat Thomas niet naar haar onderweg was. Het vertellen van het hele verhaal daarachter kostte haar de nodige moeite. Met horten en stoten, zorgvuldig haar woorden afwegend om Martine én Thomas te beschermen, vertelde ze de levensgeschiedenis van haar vader. Net als bij Gideon en Fleur was ze ook nu lang aan het woord. Martine onderbrak haar niet één keer, ze maakte een lijdzame indruk zoals ze met diep gebogen hoofd het verhaal van de handel en wandel van haar man aanhoorde. Ze schokte pas op toen ze Jola hoorde zeggen: 'Ik ben al een poosje uitverteld, maar u reageert niet?' Toen duurde het nog even voordat Martine de beschikking over haar stemgeluid terugkreeg. 'Ik kan het niet geloven, ik heb het gevoel dat het over iemand anders gaat. Thomas was niet zo... hij zou me dit niet bewust hebben kúnnen aandoen.'

'Ik denk dat u gelijk hebt, pap moet inderdaad een vreemde voor zichzelf zijn geweest toen hij u zo gemeen in de steek liet. Hebt u wel begrepen dat hij al snel spijt kreeg en dat hij al die jaren niet gelukkig is geweest?' Toen Martine niet reageerde omdat alles in haar op slot leek te zitten, praatte Jola verder. 'Pap weet dat ik naar u toe ben en ginder in zijn eentje heeft hij het nu knap moeilijk. Dat weet ik heel zeker, want ik ken hem.'

Tergend langzaam hief Martine haar hoofd op en hoewel haar stem zacht was, was die ook vol fel verwijt. 'Ik stak daarnet mijn hoofd in het zand. Ik wilde de waarheid niet horen, terwijl die toch klaar en duidelijk naar me toe kwam. Jij zegt dat Thomas het moeilijk heeft gehad, daar voel ik echter niks bij. De enige die het moeilijk had was ik. In verlangen naar jullie beiden, in een niet te verwoorden zorg over hoe het jullie verging, heb ik mijn leven én dat van Gideon laten verzieken, besef ik nu. De eerste jaren kon ik op financieel gebied mijn hoofd maar net boven water houden. Later werd het wat gemakkelijker doordat Gideon ging verdienen en kostgeld kon geven. Zo konden we ons samen redden. Het is vreemd, maar nu pas voel ik dat ik Gideon al die tijd te zwaar heb belast met mijn zorgen. Die waren overigens niet denkbeeldig, maar continu tastbaar aanwezig. En al die tijd kon Thomas doen en laten wat hij wilde, want hij baadde in weelde. Heeft hij me dáárom verlaten? Om het geld van een rijke vrouw die hem kon geven wat niet in mijn vermogen lag? O, Thomas, hoe kon je zo wreed zijn...'

Martine sloeg haar handen voor haar gezicht en huilde zoals ze dat niet eerder had gedaan. Jola snelde op haar toe, ze hurkte bij Martines stoel neer en omvatte haar nerveus wriemelende handen in haar schoot. 'Stil maar, rustig nou! Bedenk maar dat u uiteindelijk veel meer hebt overgehouden dan pap. U mag u weer gelukkig prijzen met allebei uw kinderen, pap is nu moederziel alleen.'

Martine vermande zich, de tranen bleven nog wel over haar wangen biggelen. 'Waarom probeer je me almaar duidelijk te maken dat Thomas medelijden verdient? Begrijp je dan niet dat ik dat gevoel nu niet meer voor hem kan opbrengen? Er is opeens zo verschrikkelijk veel boosheid in me, zoveel teleurstellingen die ongekend pijnlijk zijn. Blijf jij gerust van hem houden, ik... haat hem. Even diep en overheersend als ik van hem heb gehouden.'

Jola had haar stoel weer ingenomen, ze had niet in de gaten dat er net zoveel tranen in haar stem waren als in die van Martine. 'Pap moet weten wat hij jullie heeft aangedaan. Hij moet de pijn die jullie geleden hebben zélf voelen. Dat kan alleen maar door hem niet te sparen, maar door hem te confronteren met de harde waarheid. Ik wou dat hij u op dit moment kon zien, dan zou zijn maag in zijn lijf omkeren van het verdriet dat u uitstraalt!'

Martine scheen haar niet te horen, ze staarde voor zich uit in het niets toen ze hardop in zichzelf mompelde: 'Ik weet nog niet hoe ik het moet versieren, maar ik zal hem zien en spreken. Eens zál ik recht in zijn gezicht zeggen hoe ik over hem denk! Het giftige dat nu mijn hart binnendruppelt zal er hoe dan ook weer uit moeten. Maar waarom zou ik me zo opwinden, ik heb immers de belangrijkste troef in handen! Ik heb mijn dochter terug, het is nu zijn beurt om haar te missen.' Martine zweeg, ze sloeg haar ogen op naar Jola en zacht vroeg ze: 'Je bent toch weer voorgoed thuisgekomen, je gaat toch hopelijk niet meer terug naar hem?'

'Ik veroordeel hem net zo fel als u en Gideon, hem haten kan ik echter niet. Ondanks alles voel ik dat ik van hem blijf houden. Dat is de reden waarom ik hem niet aan zijn lot over kan laten en ik naar Rotterdam zal moeten terugkeren. Ik blijf een paar dagen, daarna kom ik u regelmatig bezoeken. Zo moet het, het kan niet anders. Begrijpt u?'

'Ik denk het wel, ik doe mijn best ervoor. Ik zou het overigens op prijs stellen als je me niet langer met u aansprak. Zeg maar jij en jou, dat doet Gideon ook. Het is mij liever, het klinkt vertrouwelijker.'

'Dat ben ik met u, ik bedoel je, eens. Het vertrouwde, het gemoedelijke, past bij jullie. Je bent er als het ware door omgeven. Dat voel ik hier heel sterk, maar ook in het huis van Fleur, zelfs bij Joost Zondervan. Ik vraag me af of het een Gronings kenmerk is of dat het aan de huizen ligt waarin jullie wonen. Die zijn zo knus, ze stralen een bepaalde warmte uit die mij vreemd is, maar die ik me eigen zou willen maken. Nu kijk je me net aan alsof je me niet kunt volgen?'

'Dat is ook zo. Hoe kun je nou verliefd worden op een doodgewoon huurhuis als dit van mij, terwijl je een soortement paleis gewend bent, heb ik uit je verhalen van daarstraks begrepen. Daar ben ik niet jaloers op, ik begrijp alleen niet hoe jij je dan hier bij ons kunt thuisvoelen. We zijn maar eenvoudige mensen, we leven in een milieu dat jij totaal ontgroeid bent. Nu ik dit zeg besef ik dat het allemaal lang niet zo mooi en makkelijk is als ik in eerste instantie had gedacht. Mijn kleine wichtje van vroeger is een dame geworden en dat is haar aan te zien.' Martine schudde vertwijfeld haar hoofd over wat zij in stilte noemde: nieuwe moeilijkheden op haar pad. Jola zei even zacht als betekenisvol: 'Je mag nooit ofte nimmer op de buitenkant van een mens afgaan. Dat ik me hier bij jou en bij Gideon en Fleur zo thuisvoel, komt louter en alleen omdat ik in Rotterdam niet gelukkig was. Juist dóór het milieu waar ik in werd opgevoed, werd ik anders dan de anderen. Ik hoorde nergens echt bij. Dat was best rottig, dat ik dat gevoel hier niet heb is heerlijk. Ik ben... een beetje thuisgekomen, mam, en dat maakt dat ik huilen moet.'

Nu was het Martines beurt om op te staan en troostend de tranen van haar dochter te drogen. Het zou niet de laatste keer zijn dat tranen en troost elkaar afwisselden en daar was niks mis mee. Want doordat ze hun hart voor elkaar open konden zetten en er geen remmingen waren rond hun diepste gevoelens, leerden ze elkaar in korte tijd kennen. In de namiddag waren ze zelfs zo ver dat ze beurtelings anekdotes vertelden waar smakelijk om gelachen werd. En zo, in een ontspannen sfeer, trof Gideon hen bij zijn thuiskomst aan.

Hij keek niet stomverbaasd op van de lach op hun gezichten, maar meer van Jola's aanwezigheid. Als naar adem happend, zo stiet hij tegen haar uit: 'Lianne! Wat doe jij hier in vredesnaam!'

Martine keek met een gelukkige lach om haar lippen van de een naar de ander, en Jola wees Gideon terecht. 'Voor de goede orde, broertjelief, moet ik eerst even zeggen dat de naam Lianne verleden tijd is! Die werd verzonnen, de naam Jola werd me in liefde gegeven. Op je vraag wat ik hier doe kan ik alleen maar zeggen dat ik voor mijn gevoel gewoon even thuis ben. Bij mam...' Ze streek driftig langs haar ogen en zei zacht: 'Ja, nou... sorry, maar het is ook allemaal zoveel. Dat, wat er verborgen ligt in dat ene woordje mam...'

'Tjonge,' verzuchtte Gideon, verbaasd en ontroerd tegelijk, 'alles wat ik had verwacht, maar dit zeer zeker niet. Ik zag er als een berg tegen op om naar huis te moeten met een boodschap die ik zelf nog niet verwerkt heb, en nu blijkt dat jij het karwei al voor me geklaard hebt! Jola... Het doet me goed dat je die naam nu wel wilt dragen en dat je mam zei... Ach, lieve deugd, dat verdient ze zo!' Met een vragende blik keek hij Martine aan. 'Ik neem aan dat jij er inmiddels ook achter bent gekomen wat er precies is gebeurd?'

Martine knikte en opnieuw boog ze haar hoofd. 'Niet eerder heb ik geweten dat de waarheid zo verschrikkelijk wreed kan zijn. Maar nog wreder is het voor mij te moeten beseffen wat ik jou in zelfmedelijden heb aangedaan. Ik zie het nu opeens allemaal zo akelig duidelijk in. Dat ik veel te zwaar op jou steunde, dat ik je beschouwde als mijn bezit dat ik voor geen prijs wilde loslaten. Als excuus kan ik alleen maar aanvoeren dat ik het niet bewust zo verkeerd heb gedaan, ik kón niet anders. Heb je het erg moeilijk met me gehad, lieverd?'

'Nee, ik had alleen maar met je te doen. Van jongs af aan wist ik niet beter dan dat het gewoon bij ons hoorde, het leven dat wij samen deelden. Het doet me wel enorm goed dat jij nu opeens in staat bent om een blik te kunnen werpen in het diepste van jezelf. Deze ommekeer in jou zal Fleur ten goede komen en wat dat voor haar en mij betekent kan ik op dit moment niet in woorden uitdrukken. En verder verbied ik het je om je nog ergens voor te verontschuldigen, de enige die de schuld is van alles wat er gebeurde, is de man die ik geen vader meer kan, noch wil noemen. Als ik hem ooit onder ogen krijg – en dat hoop ik! – zal ik hem Thomas noemen. En dan hoop ik dat ik hem daarmee raak!'

Dat laatste was doorspekt met zoveel haat- en wraakgevoelens dat zowel Martine als Jola er stil van werden. Om de nu weer beladen sfeer te ontvluchten zei Martine: 'Ik verdwijn een poosje naar de keuken, er zal zo dadelijk toch een warme maaltijd op tafel moeten komen.'

Nadat Martine hen alleen gelaten had kon Jola niet nalaten Gideon te waarschuwen. 'Je moet een beetje beter op je woorden letten, want volgens mij deed het haar pijn te moeten horen hoe diep jij je vader haat. Ik kan me zowel in jou als in mam verplaatsen, en toch kan ik het niet best verdragen dat er kwaad van pap wordt gesproken. Ondanks alles wil ik liever niet dat de kroon helemaal van zijn hoofd wordt gestoten.'

Gideon schudde zijn hoofd. 'Vrouwen, ze zijn soms niet te begrijpen!' Daarna omzeilde hij bewust het thema Thomas en volgde er een gesprek dat eigenlijk nergens over ging. Ze waren allebei blij dat Martine weer binnenkwam, maar kort hierna, toen ze aan tafel zaten, sneed zij het onderwerp waar ze nog zo vol van was, toch weer aan. 'Geen mens kan het zich voorstellen, jullie ook niet, hoe rijk ik me voel met allebei mijn kinderen om me heen. Tijdens het koken heb ik dan ook heel wat dankgebeden uitgesproken! En toch, ondanks dit overweldigende geluksgevoel in me, kan ik het nog steeds niet bevatten. Hoe dit goede opeens allemaal tot stand kon komen, bedoel ik.'

Daar haakte Gideon rap op in. 'Dat is anders helemaal niet moeilijk te bevatten, het komt allemaal door mijn duik in het Damsterdiep! Als ik Lotte niet had gered, zou zij niet hier zijn geweest en had ze de foto op de televisie niet gezien. Als, als, als, achteraf bezien heeft het zo moeten zijn, die duik van mij in diep water. En jij bestrafte me ervoor, weet je nog?'

'Ja, maar vergeet niet dat dat in een tijd was dat ik alles alleen maar vanuit een bepaalde hoek kon zien. Dat enge gezichtsveld is in een paar uur tijd opeens een stuk ruimer geworden,' zei Martine zacht. Met dezelfde onzekere stem voegde ze eraan toe:

'Het is een heel wonderlijk gevoel om plotseling weer over je eigen ego te kunnen beschikken...'

'Het is niet alleen wonderlijk,' merkte Gideon droog op, 'het scheelt bovendien een hoop gedoe. Fleur en ik waren het er namelijk over eens dat jij dringend hulp nodig had en dat wij ervoor zouden zorgen dat je die kreeg. Desnoods tegen je wil in! De waarschijnlijk veelvuldige bezoeken aan een therapeut kunnen we ons nu gelukkig besparen. Alweer achteraf bezien, besef ik dat jij slechts één medicijn nodig had en dat was de terugkeer van je dochter!' Hij zond zijn moeder een warme blik toen hij er achteraan zei: 'Het is een ontzettend fijn gevoel, mam, om jou zo gelukkig te zien naast Jola!'

Hoewel Thomas onophoudelijk in haar gedachten was, zond Martine Gideon een warme lach. 'Ik ben gelukkig met haar en ongelooflijk dankbaar. Het is alleen zo jammer dat ze niet voorgoed bij me wil blijven, daar heb ik het knap moeilijk mee.' Toen ze hoorde wat ze zei nam ze onmiddellijk de gelegenheid te baat om aan te tonen dat ze werkelijk tot inkeer was gekomen, daar in ieder geval haar best voor deed. 'Wat zeg ik nou toch, het is immers de normaalste zaak van de wereld dat volwassen kinderen hun eigen weg willen gaan! Neem me niet kwalijk dat ik nog niet helemaal volleerd ben in het doel dat ik voor ogen heb...'

'Ik ben trots op je,' zei Gideon bewogen en in een warm gebaar legde hij zijn hand over die van Martine. Zij hield het gesprekonderwerp vast door aan Jola te vragen: 'Je blijft wel een paar nachtjes logeren, hoop ik? Je kamertje van vroeger is nog net zoals toen je er voor de laatste keer in sliep. Ik heb er niets aan veranderd, niets opgeruimd. Je bent alleen uit het kleine bedje van toen gegroeid, als noodoplossing zul je het even moeten stellen met een vouwbed. Dat kan geen bezwaar zijn?'

'Nee, dat niet, maar, eh...' Jola aarzelde voordat ze resoluut te kennen gaf wat zij wilde. 'Ik ga straks toch liever naar het hotel. Ik had pap gisteren al willen bellen, vandaag zal het er toch echt van moeten komen. Daarstraks realiseerde ik me overigens ook dat jullie morgen allemaal weer aan het werk moeten en wat moet ik hier dan in mijn eentje? Daarom bedacht ik dat ik morgenochtend maar beter weer naar Rotterdam kan gaan. Daarvoor moet ik Frits bellen om te vragen of hij me komt halen.' Hier onderbrak Gideon haar. 'Ik neem aan dat jij die man niet om een gunst hoeft te vragen, maar dat je hem gewoon kunt bevelen dat hij je moet komen halen!'

'Daar komt het feitelijk wel op neer,' bekende Jola. Ze bloosde en haastte zich iets meer uit te leggen: 'Maar op die manier ga ik niet met hem en het andere personeel om. Ik zou me schamen als ik me jegens hen grootser gedroeg dan ik me voel.' Ze vond het een vervelend onderwerp waar ze niet op door wilde gaan en snel richtte ze zich tot Martine. 'Je had het daarnet over mijn vroegere kamertje, mag ik dat zien?'

'O, maar vanzelfsprekend, kom maar mee!' Gideon bleef zitten waar hij zat, en achter Martine aan beklom Jola de smalle trap naar boven. In het kleine kamertje keek ze om zich heen en toen Martine hoopvol vroeg of ze zich er iets van herinnerde, moest ze ontkennend haar hoofd schudden. 'Het is echt een schattig kamertje, maar ik vind geen enkel aanknopingspunt waar ik een tijdsbestek van twintig jaar mee zou kunnen overbruggen.'

Martine pakte een pop die in een piepklein rieten stoeltje zat. 'Hier speelde je het liefst mee, je sleepte de pop zowat de hele dag met je mee. Zoals je ziet staat al het andere speelgoed ook nog op zijn plaats en kijk, in deze kast liggen je vroegere kleertjes. Ik heb ze de hele tijd zorgvuldig bewaard.' Martine verzweeg wijselijk dat zij het speelgoed evenals de kleertjes in weemoedige buien maar al te vaak voor zich had uitgestald om ze te strelen, te voelen, te ruiken. De loodzware zucht die Martine slaakte deed Jola zacht zeggen: 'Dat jij het onmenselijk moeilijk hebt gehad voel ik op een heel aparte manier aan in dit kleine kamertje. Het hangt vol weemoed, vol van het jarenlange verdriet van een moeder. Het is zo jammer dat het allemaal zo moest lopen, het was niet nodig geweest.'

'Zeg je dit soort dingen tegen Thomas als je weer bij hem bent?'

Jola trok weifelend met haar schouders. 'Ik denk dat ik hem zal vragen hoe het heeft kunnen bestaan dat hij jou in de steek liet voor haar, die zich de hele tijd voordeed als was zij mijn moeder. Maja... Net als elk mens had zij haar kwaliteiten, ze miste echter wat jij zo overvloedig uitstraalt: ware moederliefde. Maja miste het lieve, zorgzame, het warme en nu ik jou ken snap ik helemaal niet meer wat pap heeft bezield. Dat hij al snel weer naar jou ging verlangen begrijp ik nu wel, dat kon gewoon niet uitblijven. Zijn spijt kan dan ook niet anders dan oprecht zijn.'

'Ik heb liever dat je zoiets niet tegen me zegt. Ik hoor het niet graag, ik kan er niks mee... Kom, we zoeken Gideon maar weer op.'

Niet lang hierna bracht die zijn zus terug naar het hotel en nadat Jola de vele indrukken van die dag een beetje had verwerkt liet ze zich ter ontspanning in een warm schuimbad neerzakken. Op de rand ervan had ze een glas witte wijn neergezet, daarnaast lag haar mobieltje. Klaar om te pakken. En toen ze dat tenslotte deed leek het alsof Thomas op haar belletje zat te wachten, zo snel nam hij op. Jola had zich nauwelijks bekendgemaakt toen Thomas tegen haar uitviel: 'Daar ben je dan eindelijk! Lieve deugd, had je niet wat eerder kunnen bellen, je kon toch wel nagaan dat ik me hier de hele tijd geen raad weet van de zenuwen!'

'Ik heb liever dat je wat minder opgefokt doet en aan verwijten heb ik al helemaal geen behoefte.'

Thomas bond terstond in. 'Neem me niet kwalijk. Vertel dan hoe het gegaan is, heb je hen ontmoet, Martine en Gideon?'

'Ja, maar daar kan ik door de telefoon niet met je over praten. Wat ik wel alvast kan zeggen is dat ik voortaan weer Jola wil zijn. Wil je daar rekening mee houden, pap?'

'Ik zal mijn best doen. Ik kan me er wel iets bij voorstellen hoe je hiertoe gekomen bent. Het betekent dat Martine een gunstige invloed op je heeft gehad, begrijp ik. Hoe is het met haar, hoe ziet ze eruit? En hoe kwam ze op jou over?'

Jola proefde heimwee in zijn stem, ze raakte erdoor ontroerd. Ze moest iets wegslikken uit haar keel en toen kon ze enkel fluisterend zeggen: 'Als een moeder, als een ontzettend lief mens...'

'Dan is ze niet veranderd.' Na een korte stilte was zijn stem er weer. 'De hele tijd dat jij bij Martine was heb ik me afschuwelijk buitengesloten gevoeld. Dit zeg ik beslist niet om medelijden bij je op te wekken, ik wil alleen graag weten of jij... ondanks alles, ook nog een beetje van mij kunt blijven houden. Of kom ik werkelijk moederziel alleen te staan?'

'Nu geef je zelf al een beetje aan dat je niet op iets goeds van mam en Gideon kunt rekenen. Maar wees gerust, mij raak je niet kwijt. Daarvoor heb ik te lang, te veel om je gegeven. Stuur Frits morgenochtend zo vroeg mogelijk naar me toe, dan kom ik weer bij je thuis en zal ik uitvoeriger verslag uitbrengen. Dag, pap. Kusje...'

'Dag, mijn meisje, mijn alles.'

Nadat de verbinding verbroken was streek Thomas Vogelaar vertwijfeld met beide handen door zijn haar en geluidloos kermde hij: wat ben ik een ongelooflijke sufferd geweest.

Met een doldrieste kop had hij destijds het allermooiste, het kostbaarste wat hij had bezeten, nonchalant van de hand gedaan. Omdat een uiterst mondaine vrouw iets zag in hem, een doodgewone jongen. Met een doodgewone baan en dito inkomen. Verblind door Maja's persoontje, maar vooral door haar rijkdom, had hij zijn gezond verstand verloren. Als hij nu om zich heen keek naar de weelde die hem overal omringde, als hij dacht aan zijn banksaldo, zou hij kunnen huilen. Om dat, wat hij roekeloos weggesmeten had, maar waar de glinsteringen van geld en goed niet tegenop konden. Martines liefde was puurder geweest dan goud zijn kon. Waarom moest spijt altijd te laat komen? Waarom hanteerde het leven deze bikkelharde stelregel?

10

Daar zit ik dan, dacht Thomas, te wachten op dat, wat komen gaat. Zonder enige interesse liet hij zijn blik dwalen door het restaurant waar hij achter een kop koffie zat, zijn gedachten waren bij Jola. Het was inmiddels een week of zes geleden dat hij haar voor het laatst had gezien, sindsdien was er echter veel veranderd. Hij herinnerde zich nog klip en klaar dat ze van haar eerste reis naar Groningen bij hem was teruggekomen. Toen had hij al meteen aangevoeld dat ze niet alleen voor het dragen van haar doopnaam had gekozen, maar dat ze in meerdere opzichten een eigen wil had getoond die hij niet van haar kende. Weer thuis bij hem in Rotterdam was ze onrustig geweest en al na een paar dagen had ze te kennen gegeven dat ze terug wilde naar Martine en Gideon. 'Bij hen voel ik me thuis. Sorry dat ik het zeg, maar het is gewoon zo,' had ze blozend bekend. Natuurlijk had hij daar begrip voor kunnen opbrengen en zo was het ook pijnlijk tot hem doorgedrongen dat hij haar kwijtraakte omdat ze voortaan bij haar moeder wilde zijn. Dit had ze niet met zoveel woorden gezegd, maar bepaalde dingen hoefden niet uitgesproken te worden. Uit Jola's verhalen over haar moeder had hij Martine opnieuw leren kennen en geproefd dat zij dezelfde lieve, zorgzame vrouw was gebleven. Die keer, bij hem thuis in Rotterdam, had Jola geen blad voor de mond genomen. Het had hem ontzettend diep geraakt toen hij uit Jola's mond hoorde hoe moeilijk Martine het de hele tijd had gehad en hoe zwaar zij in haar wanhoop op Gideon had gesteund. Arme Martine, arme Gideon. Jawel, zo dacht hij nu het te laat was. Hetzelfde realiteitsgevoel deed hem nu tevens inzien dat hij zich geen illusies hoefde te maken wat betrof zijn toekomst. Hij had alles verspeeld. Jola had die keer door de telefoon niet aan hem hoeven zeggen dat hij geen goeds kon verwachten van Martine en Gideon, dat was inmiddels al tot hem doorgedrongen. Toch zou hij zowel Martine als Gideon graag een keer willen ontmoeten. Om met eigen ogen te zien wat er van hen geworden was, hoe ze eruitzagen. Die wens had hij toen in een te emotionele bui aan Jola kenbaar gemaakt. Verlegen met zijn sores had zij ietwat hulpeloos met haar schouders getrokken. Ze was de eerlijkheid zelve geweest toen ze tegen hem zei: 'Mam en Gideon zullen een gesprek met jou zeker niet uit de weg gaan, het initiatief ervoor zal echter van jou moeten komen.'

Dat was gemakkelijker gezegd dan gedaan, schuld en schaamte zouden maken dat hij zich geen houding tegenover hen zou weten te geven. Ze waren gelukkig met elkaar, wat voor zin had het dan nog dat hij, de verliezer, zich toonde aan de winnaars? Was het voor hem niet veel beter om te berusten in het lot van een buitengeslotene? Die benaming, door eigen schuld verdiend, kwam niettemin hard aan. Hij wilde het zo graag anders. Hij merkte dat aan zijn eigen blijdschap toen Jola hem afgelopen zaterdag belde en te kennen had gegeven dat zij hem nog wel een beetje nodig had. Met een opgewonden geratel had ze hem door de telefoon voor het blok gezet: 'Pap, luister goed, ik heb iets belangrijks te melden! Ik heb jouw hulp nodig en daarvoor moet jij naar Groningen komen.' Vervolgens had ze de naam genoemd van een restaurant en had ze bedisseld dat ze elkaar daar tegen elf uur in de ochtend van deze maandag zouden ontmoeten.

Bang dat het verkeer op de weg tegen zou kunnen zitten was hij vroeger van huis gegaan dan achteraf bezien nodig was geweest. Hij zat hier nu inmiddels al bijna een uur en almaar op de klok te kijken. Hij was nerveus en vroeg zich herhaaldelijk af welke boodschap Jola voor hem in petto zou kunnen hebben. Ze was weliswaar nog niet weer in Rotterdam geweest, maar door de telefoon hield ze hem gelukkig toch op de hoogte van dat, wat haar beroerde. Zo had ze hem verteld over ene Joost Zondervan, over de komische manier waarop ze elkaar ontmoet hadden en over zijn dochtertje, Brenda. 'Dat kind heeft een onweerstaanbare aantrekkingskracht op me, ik ben zelfs al een beetje van haar gaan houden. Nou, en dat houdt automatisch in dat ik haar elke dag eventjes moet zien.'

Zou het niet zo kunnen zijn, vroeg Thomas zich af, dat ze door de ogen van het kind, van de vader is gaan houden? Jola verliefd, op een werkloze, voormalige bouwvakker. Een weduwnaar die jaren ouder was en een kind had. Een man met een dergelijke reputatie zou hij beslist niet voor zijn dochter uitzoeken. Vroeger zou hij er fel tegen in opstand zijn gekomen, nu kon hij alleen maar bedenken dat het er niet toe deed. Als de man Jola gelukkig kon maken was de rest niet anders dan bijzaak. Als je, zoals hij, door schade en schande wijzer was geworden, kon je de dingen in de juiste proporties zien. Zo deed het hem ook goed te weten dat Gideon gelukkig was met een meisje dat Fleur heette. Hij wist het fijne er nog niet van, maar naar wat hij uit Jola's verhalen had begrepen was Gideon van plan met Fleur te gaan samenwonen. Fleur was hem volstrekt vreemd, maar in hoeverre kende hij zijn eigen zoon eigenlijk nog? Goed beschouwd kende hij, Thomas Vogelaar, sinds kort alleen nog maar meer zichzelf. Kennismaken met jezelf: het was hem overkomen. Het was een keiharde confrontatie geweest die hij geen sterveling gunde.

Thomas zou later niet kunnen navertellen hoe lang hij zo had zitten piekeren en wroeten in zijn diepste zelf. Zijn gedachten werden een halt toegeroepen toen Jola het restaurant binnenstapte. En voordat zij hem kon begroeten flitste het door Thomas heen: het stille geluk dat ze uitstraalt maakt haar mooier dan ooit.

Hij omarmde haar en sprak zijn gedachten uit. 'Ik hoef niet te vragen hoe het met je gaat, het is je aan te zien dat je huidige leventje je gelukkig maakt!'

'Dat is ook zo, ik zit erg lekker in mijn vel. Hoe is het met jou?'

Omdat ze de vraag zowel voor Thomas als voor zichzelf moeilijk vond, praatte ze er gehaast overheen. 'Ik heb daarnet aan een van de serveersters gevraagd of ze zo meteen twee glazen wijn naar jouw tafeltje wilde komen brengen. Ik nam aan dat jij koffie genoeg had gehad en wel zin zou hebben in iets pittigers. Ik ben hier een paar keer eerder geweest, ik keek er echter van op dat de serveerster me herkende en een babbeltje maakte. Het kwam aangenaam op me over!'

'Soms is het prettig herkend te worden, soms ook niet.'

Na die sombere uitspraak van Thomas viel er een stilte die een spanningsveld teweeg zou hebben gebracht, als Thomas niet snel een vraag had gesteld. 'Ik zat me daarstraks af te vragen of Gideon en Fleur al samenwonen of moet dat er nog van komen?'

Blij dat er een gesprek geopend kon worden rebbelde Jola drukker dan haar gewoonte was. 'Toen ik de laatste keer bij je thuis was heb ik je verteld over de vervelende houding die mam ten opzichte van Fleur aannam. Toch?' Thomas knikte bevestigend, en Jola nam de draad weer op. 'Nou ja, en toen, na de ontknoping van onze verdwijning, drong het langzaam maar zeker tot mam door dat zij zich de hele tijd ten onrechte zorgen om jou had gemaakt. Begrijpelijk dat dat veel met haar deed, volgens Gideon heeft ze er zichzelf door teruggevonden. Zo moet het zijn gegaan, want op de een of andere manier lukte het haar toen een blik te werpen in haar eigen binnenste. Behalve de puinhoop die ze daar aantrof – zo formuleerde zij het onlangs – zag ze in hoe verkeerd haar houding jegens Fleur was geweest. Mam heeft Fleur inmiddels duizend excuses aangeboden en hoewel het soms nog wat stroefjes verloopt, is de verstandhouding tussen hen beiden er stukken op vooruitgegaan. Ze groeien nu stukje bij beetje naar elkaar toe en dat doet ons allemaal goed. Maar ik dwaal af, realiseer ik me, hier vroeg jij niet naar. Om jouw vraag dan nu te beantwoorden kan ik je zeggen dat Gideon eindelijk het 'moedernest' heeft verlaten en is uitgevlogen. Hij is een paar weken geleden al bij Fleur ingetrokken en dat was maar goed ook, want anders had het er nu vermoedelijk niet zo leuk voor hem uitgezien!' Jola lachte, en op Thomas' vragende gezicht zei ze: 'Jij kent Fleur niet, anders zou je meteen hebben begrepen wat ik bedoelde. Fleur is namelijk geen doetje, maar een doortastende persoonlijkheid die niet met zich laat sollen! Ze is soms zelfs een kattenkop die fel uit de hoek kan komen. Op die manier gaf zij Gideon te kennen wat zij wilde en stelde ze hem voor de keus: "Nu jouw moeder Jola terug heeft en zij naar hartenlust over háár kan moederen, wil ik je niet langer delen met haar! Ik heb lang genoeg de tweede viool moeten spelen, mijn geduld is op!"

Op deze manier – Gideon heeft mij vanzelfsprekend niet woordelijk verteld wat er tussen hem en Fleur gezegd is – heeft Fleur Gideon te kennen gegeven wat zij wilde. Ze had zich er echter niet zo druk om hoeven maken, want Gideon wilde niets liever dan zijn leven delen met haar, de vrouw die hij liefheeft. Zo zijn ze dus toch gaan samenwonen. Rozengeur en maneschijn was het echter niet meteen, want mam heeft het er erg moeilijk mee. Vanwege haar geloofsovertuiging kan zij zich er niet mee verzoenen dat Gideon is gaan samenwonen. Inmiddels zijn er al vele discussies opgeroepen en uitgevochten. Uiteindelijk zijn Gideon en Fleur mam tegemoet gekomen en hebben ze besloten binnen afzienbare tijd te gaan trouwen. Dat zou er toch van zijn gekomen, dus is dit gewoon een zeer verstandige oplossing.'

'Voor mij betekent het dat Gideon én Fleur om Martine geven, dat ze haar geen verdriet willen doen. Fijn voor Martine dat het zo in goede orde is opgelost en dat zij niet overhoop hoeft te liggen met haar geloof. Dat was vroeger al een houvast voor haar, die grip moet ze liever niet kwijtraken.'

De wijn die Jola had besteld werd gebracht en toen ze weer alleen gelaten werden keek Jola haar vader onderzoekend aan. 'Proef ik weemoed uit je woorden, heb je er soms spijt van dat je het geloof vaarwel hebt gezegd?'

'Vaarwel is een te zwaar beladen begrip, het klinkt te definitief. Ik heb me destijds aangepast aan Maja's leven en daarin was geen ruimte voor het geloof. Je zei me door de telefoon dat jij al een paar keer met Martine naar de kerk bent geweest?'

Jola glimlachte. 'Ik doe mam er een enorm groot plezier mee, zij heeft het gevoel dat ze mij in dezen moet heropvoeden. En daar word ik kennelijk niet minder van, want als ik naast haar in de kerk zit, geeft dat me een ongekend, goed gevoel. Probeer het maar eens uit, ik kan het je van harte aanbevelen!'

'Was dat de boodschap waarvoor je me naar Groningen liet komen, wil je me bekeren?'

'Als dat in mijn vermogen lag, zou ik het niet laten, maar ik ben zelf nog een groentje, ik moet nog ontzettend veel leren. Mam is echter een goede leermeester en bovendien ligt de bijbel bij haar thuis binnen handbereik. Nee, mijn boodschap aan jou is van een totaal andere orde. Ik denk dat ik al voldoende heb laten door-schemeren dat ik niet terug wil naar Rotterdam? Op haar vragen-de blik knikte Thomas. Daarop zei Jola plompverloren: 'Ik ben druk bezig hier in de stad een huis te kopen! Het ontbreekt me bij mam aan niets, ik moet er echter niet aan dénken dat ik nu op mijn beurt onder haar beschermende vleugels zou moeten weg-kruipen! Ik wil vrij en onafhankelijk zijn en zodoende rees het plan in me op om een huis te kopen. Voor mezelf heb ik het al gekocht, ik heb er echter een optie op genomen omdat jouw mening voor mij doorslaggevend zal zijn. Wat kijk je me nou ver-schrikt aan, het is toch normaal dat ik in een nieuwe omgeving voor passende woonruimte moet zorgen?'

'Ik schrik niet, ik verbaas me over de zelfstandigheid die jij plot-seling tentoonspreidt! Zo ken ik je niet, zo was jij niet.'

Jola keek haar vader doordringend aan en zacht zei ze: 'Het is altijd zo geweest dat vóór ik iets uit mezelf kon ondernemen, jullie het al voor me geregeld en opgeknapt hadden. Hier sta ik voor het eerst op eigen benen en ik moet zeggen dat het me goed bevalt, baas te zijn over mezelf!'

Thomas glimlachte er vertederd om, dan probeerde hij haar naar de kern van de zaak te leiden. 'Niettemin heb je mijn hulp ergens bij nodig, begreep ik?'

Daarop vertelde Jola enthousiast over het statige herenhuis aan de Herensingel waar zij haar oog op had laten vallen. 'Gideon is met me mee geweest om het te bezichtigen en op zijn aandringen heb ik een deskundige in de arm genomen die het huis vakkundig inspecteerde. Toen hij mij ervan verzekerde dat het huis geen verborgen gebreken bezat, was dat natuurlijk fijn om te horen. Een prettige bijkomstigheid is dat het al leeg staat en dat ik het binnen de kortste keren kan betrekken. Er is alleen één maar bij...'

'Die ik voor je moet invullen,' begreep Thomas. Jola knikte bevestigend. 'Het is een enorm groot huis waarin ik niet in mijn eentje wil wonen. Nu zeg ik iets wat niet helemaal strookt met de waarheid, die ziet er namelijk iets anders uit: ik zou in dat huis rust noch duur hebben als ik wist dat jij in je eentje in Rotterdam zat te verpieteren. Daarom, pap, wil ik dat jij bij me komt wonen. Zodat we toch een beetje voor elkaar kunnen blijven zorgen en jij aan den lijve zult ondervinden dat je niet moederziel alleen bent komen te staan. Ik kan je niet aan je lot overlaten, daar ben je me te dierbaar voor.'

'Ondanks alles?'

'Niet ondanks alles, maar vanwege het vaststaande feit dat ik al die jaren niets bij jou te kort ben gekomen. Ik heb altijd een fijne vader gehad die van lieverlee mijn maatje werd. Dat goede tussen ons wil ik niet kwijtraken. Doe je het, pap, kom je naar Groningen om dat grote huis met mij te delen?'

'Je vraagt nu natuurlijk te veel ineens, ik zal hier toch heus over na moeten denken,' zei Thomas. Hij verzweeg voor Jola wat het hem deed als hij alleen nog maar bedacht dat hij dan dicht bij Martine zou wonen. En dan had hij het nog niet over Gideon, voor die jongen was er in zijn hart geen stille hoop, alleen maar schuld en schaamte.

Onkundig van zijn gedachten praatte Jola verder. 'Vanzelfsprekend gaan we niet over één nacht ijs, daarom wilde ik juist dat je hiernaartoe kwam. We gebruiken hier strakjes een lunch, heb ik bedacht, daarna hebben we een afspraak met de makelaar. Hij is tegen één uur in het huis en dan verwacht hij ons. Dan kun jij alles rustig bekijken, maar ik weet nu al dat het ook jouw goedkeuring zal wegdragen!' Met blosjes van opwinding op de wangen ratelde ze drukdoend verder. 'En weet je wat voor ons werkelijk ideaal is aan het huis? De vorige eigenaar heeft het nog maar twee jaar geleden dusdanig laten verbouwen dat het geschikt is voor twee gezinnen! Die mensen deelden het huis met hun ouders die op de bovenverdieping woonden. Een van de grote kamers daar is omgebouwd tot een fraaie keuken met alles erop en eraan. Behalve uiteraard een eigen slaapkamer, heb je de beschikking over een paar logeerkamers, een badkamer, een studeer- of hobbykamer en noem maar op! Beneden zijn ongeveer evenveel vertrekken die ik voor mijn rekening neem. Als we er behoefte aan hebben kunnen we gezelschap bij elkaar zoeken, we kunnen elkaar echter ook helemaal vrijlaten. Dat is voor mij van wezenlijk belang, want nu ik zogezegd op eigen benen sta, wil ik mijn toekomstige leven naar eigen goeddunken kunnen invullen. Heb je daar begrip voor, pap?'

'Ik zal aan deze nieuwe dochter van mij moeten wennen. Voor mijn gevoel is ze in een zeer korte tijd volwassen geworden.' Thomas schudde quasi verbijsterd zijn hoofd, zijn ogen lachten echter met zijn mond mee. 'Ik moet het huis eerst zien voordat ik er een mening over kan geven. Dat mijn toekomst jou niet onberoerd laat doet me meer dan ik kan zeggen.' Hoewel hij er moeite genoeg voor deed kon Thomas zijn emoties nu niet in bedwang houden. Hij wreef driftig langs zijn ogen.

Jola voelde aan waar de schoen bij hem wrong en bewogen zei ze: 'Voor mij hoef jij het boetekleed niet aan te trekken. Ik heb dat gevoelige punt inmiddels al ontelbare keren besproken en uitgediept met mam, Gideon en Fleur en zij tonen begrip voor mijn situatie. Het is voor hen gelukkig niet moeilijk te bevatten dat ik heel anders tegenover jou sta dan zij.' Ze verzweeg wijselijk voor Thomas dat Gideon tegen haar had gezegd: 'Als jij je zinnen op dat huis hebt gezet en als je het dan ook nog per se wilt delen met je vader, is dat jouw zaak. Jouw goed recht. Je moet dan alleen wel van tevoren bedenken dat Fleur en ik niet bij jou op bezoek zullen komen. Je kunt zo vaak bij ons komen als je wilt, het zal voor jou echter eenrichtingsverkeer worden.'

Jammer dat het zo moet, dacht Jola, er zat echter niets anders op. Ze kón pap niet aan zijn lot overlaten, ze was ervan overtuigd dat hij er in zijn eentje in Rotterdam aan onderdoor zou gaan. Gideon wilde er niets van horen, zij zag echter hoe pap leed onder schuld, schaamte en spijtgevoelens. Zoals hij ook nu weer in zijn stoel zat, met gebogen schouders, zijn blik gericht op het oneindige, vroeg zij zich bezorgd af wat er allemaal in hem omging. Jola slaakte een onhoorbare zucht, vervolgens probeerde ze Thomas op te monteren. 'Zo dadelijk weet jij echt niet wat je ziet, pap, al moet ik er eerlijkheidshalve bij zeggen dat het een heel ander huis is dan je tot dusverre gewend bent. Het is minder pompeus, minder luxe, het is in veel mindere mate een statussymbool. Daar staat tegenover dat het een huis met een gezicht is waardoor je je er dadelijk thuisvoelt. Er is een diepe achtertuin bij die schitterend is aangelegd, maar vanzelfsprekend wel het nodige onderhoud vergt. En weet je wat ik daarbij bedacht heb!?'

'Nou?' Thomas lachte vertederd om het verhitte gezichtje van zijn dochter die zo'n vurig pleidooi afstak dat het leek als verkocht zij het huis persoonlijk aan hem.

'Nou kijk,' stak Jola opnieuw van wal, 'we krijgen Frits natuurlijk nooit zo gek dat hij Rotterdam verlaat om bij jou in dienst te blijven. We zullen moeten zoeken naar nieuw personeel. Maar wat betreft de tuin en dergelijke, heb ik al iemand op het oog! Joost Zondervan zou Frits' plaats moeten innemen. Dan heeft hij een vaste baan en hoeft hij zijn hand tenminste niet langer op houden voor een uitkering. Dat zit hem dwars, hij heeft er moeite mee. Het is zo'n geweldig fijn gevoel dat ik hem van die zorg kan verlossen!'

Toen Thomas niet meteen antwoord gaf omdat hij in gedachten met iets anders bezig was, viel Jola verontwaardigd uit: 'Je reageert er niet op! Keur je het af dan, dat ik Joost wil helpen?'

Thomas keek haar warm aan. 'Nee, lieverd, ik zit me enkel over jou te verwonderen. Over je humaniteit waar volgens mij echter ook een portie eigenbelang in ligt opgesloten!'

'Wat praat je nou raar, wat wil je me duidelijk maken?'

'Niets, helemaal niks. Ik zat me af te vragen of jij weet dat je verliefd bent op Joost Zondervan?' Thomas bestudeerde het gezicht van zijn dochter dat overdekt werd met een diepe blos. Het was lichaamstaal die zijn vraag al beantwoordde, toch luisterde hij naar Jola's bekentenis. 'Het is altijd al zo geweest dat ik voor jou geen geheimen kon verbergen. Jij doorzag me altijd meteen en dat is nu dus ook weer zo. Ja, pap... ik ben van Joost gaan houden. Hij heeft alles wat een man voor mij moet hebben, maar daar is alles mee gezegd en afgesloten. Het is namelijk liefde die van één kant komt, je kunt toch wel nagaan dat een man als Joost niets in mij ziet! In zijn ogen ben ik een meisje dat net komt kijken, terwijl hij een man is met een verleden. Wat moet zo iemand dan met mij? Voor mij is het van het grootste belang dat hij niet weet wat ik voor hem voel. Moet ik je nog vragen je mond hierover te houden!?'

Thomas glimlachte mat. 'Hoe zou ik jouw geheim aan iemand kunnen verraden? Of was je even vergeten dat ik een buitengesloten ben? Behalve jou heb ik immers niemand aan wie ik mijn zielenroerselen kwijt kan.'

'Hè ja, dat is waar; net als mam, Gideon en Fleur, zal Joost er niet achter komen dat jij in je hart gewoon een hartstikke fijn mens bent. Jawel, met fouten en gebreken, maar die hebben we toch zeker allemaal!'

'Wat gebeurt is valt niet te bagatelliseren,' stelde Thomas vast en daar kon Jola geen weerwoord op vinden. De tijd die volgde werd bijna alleen door haar vol gepraat. Aan het eind van de lunch moest Thomas haar onderbreken. Hij wees op zijn horloge en zei: 'Als we ons aan de afgesproken tijd met de makelaar willen houden, zullen we nu toch heus moeten opstappen! Hoe ben jij hier eigenlijk gekomen en hoe ga je weer terug? Met een taxi, neem ik aan?'

Er schoof een trotse lach over Jola's gezicht waar haar stem zich bij aanpaste. 'Ik ben te voet gekomen, het is maar een halfuur lopen, heen en weer terug. In korte tijd ben ik tot de conclusie gekomen dat je lang niet overal de hulp van een ander bij nodig hebt! Aanvankelijk miste ik Frits heus wel, ik was niet anders gewend dan dat ik maar met mijn vingers hoefde te knippen of hij stond al voor me klaar. Ik geneerde me alleen voor mam als ik telkens een taxi zou moeten laten voorkomen en daarom heb ik me een fiets aangeschaft! En daar ben ik zó blij mee, het is zó gemakkelijk, ik sjees door de hele stad! En dan heb ik nog een nieuwtje! Op aandringen van Gideon ga ik toch rijles nemen, hoe vind je dat?'

'Ik weet niet wat ik hoor, schrikken doe ik er alleen niet van. Niet zoals die keer, toen ik duizend angsten uitstond dat jij een uittreksel van de Burgerlijke Stand nodig zou hebben. Nu ben ik alleen maar trots op je en ik ben Gideon dankbaar dat hij zijn zusje een beetje stuurt en wegwijs maakt in het leven dat haar een tikkeltje vreemd was. Zo heeft alles ook zijn goede kanten.'

Hierna rekende Thomas af en terwijl ze naar buiten liepen adviseerde Jola: 'We kunnen nu maar beter wel een taxi nemen, want met de auto kun je hier in Groningen echt geen kant op! Jouw auto staat in een parkeergarage, neem ik aan?' Thomas knikte bevestigend, Jola zei droog: 'Nou, laat hem daar dan maar mooi staan.'

Niet veel later zaten ze achter in een taxi en toen Jola zelf hoorde hoe druk ze ook nu weer praatte, verontschuldigde ze zich ervoor. 'Het komt gewoon doordat we elkaar veel te weinig zien. Ik heb het gevoel dat ik me haasten moet om alles tegen je te zeggen. Ik moet je ook nog vertellen dat ik morgen een leuk uitje voor de boeg heb! Fleur heeft een vrije dag en nu gaan we morgen samen een dagje naar Duitsland. Naar Bremen, om precies te zijn. Dat wordt dus heel vroeg op en laat weer thuis. Leuk, hé?'

'Ja, mijn meisje, dat is het zeker. Het doet me meer dan goed dat jouw leven zo'n gunstige ommekeer heeft mogen maken. Het eenzame, dat je vroeger zo vaak omringde en waar ik me zorgen over maakte, is bij je weggevallen. En hoe dankbaar ik daarvoor ben kan ik tegen geen sterveling zeggen.'

Jola keek hem van opzij aan en fluisterend, zodat de chauffeur haar niet kon verstaan, zei ze: 'Mensen gunnen zich soms de tijd niet om te luisteren naar wat een ander te melden heeft. Zo is God echter niet! Bij Hem kun je altijd aankloppen, hoor pap! Met echt álles wat je blij of verdrietig maakt!'

Daarop zei Thomas bewogen en even fluisterend als Jola: 'Ik denk dat ik zo dadelijk toch maar ja moet zeggen tegen het huis. Want uit de wijze les die jij me gaf concludeer ik dat als ik bij jou woon, ik kans heb op hetzelfde onderwijs als wat jij van Martine krijgt.'

Later die middag had Jola het huis gekocht en nadat ze de makelaar de hand hadden gedrukt namen zij en Thomas afscheid van

elkaar. 'Goede reis terug, pap, en ik bel je zo gauw mogelijk!'
Thomas kuste haar gedag en verzweeg voor haar dat hij vandaag
niet naar Rotterdam terugging. Thuis had hij al telefonisch een
hotelkamer gereserveerd en hij was van plan die ten minste voor
één nacht te benutten. De reden daarvan ging Jola niet aan, oordeelde hij. Hij was wel blij met het gegeven dat zij morgen de hele
dag niet thuis zou zijn!
Terwijl Thomas het hotel opzocht wandelde Jola op haar gemakje naar huis. Ik moet toch beter oppassen met wat ik doe of zeg,
bedacht ze, want zoals pap aan haar had gemerkt dat ze van Joost
was gaan houden, zo zou een ander ook meer aan haar kunnen
zien dan wenselijk was. Wonderlijk evengoed, dat er zomaar een
mens in je leven kon komen die heel je denken, doen en voelen
ging beheersen. 'Help, onze keuken verdrinkt!' Vanwege die
noodkreet van Brenda was haar hele gevoelsleven veranderd. Ze
dacht aldoor aan Joost, ze benutte werkelijk elke kans om bij hem
naar binnen te kunnen glippen. Als ze bijvoorbeeld wist dat hij in
de tuin bezig was of dat hij in huis een klus aan het doen was,
bood zij gedienstig aan dat ze Brenda wel uit school wilde halen.
Nu was dat niet helemaal een voorwendsel, ze vond het echt heel
leuk om voor de school te staan wachten tot al die kleine, vierja-
rige kleutertjes naar buiten kwamen. En als Brenda dan uitgelaten
op haar toe kwam huppelen, ze haar armpjes spontaan om haar
nek sloeg, voelde ze zich altijd helemaal warm worden. Ze had
opeens een klein hartsvriendinnetje dat haar nam zoals zij was en
bij wie zij zich niet meer 'anders' hoefde te voelen. Pap had het
goed gezien, zij had zich nooit zo goed gevoeld als hier, bij mensen tot wie ze zich sterk aangetrokken voelde. En tot overmaat van
vreugde en geluk was ze nu ook nog de bezitster van een droomhuis! Wat moest ze nou zo dadelijk doen, eerst naar mam gaan om
het grote nieuws aan haar te vertellen, of... genoot Joost voorrang?
In gedachten schudde ze het hoofd, natuurlijk hoorde ze mam er

als eerste van op de hoogte te stellen. Zo kwam het haarzelf eigenlijk ook beter uit, want dan kon ze vanavond een bezoekje brengen aan Joost. Ze zou zorgen dat ze er tegen zeven uur was, dan kon ze Brenda naar bed brengen. Dat was inmiddels al bijna een gewoonte geworden, ze wist niet wie er het meest van genoot, Brenda of zijzelf. Het kleine meisje onderstoppen, knuffelen, haar een verhaaltje voorlezen, het was gewoon een genot. Verhaaltjes voorlezen was niet een sterke kant van Joost, onlangs had hij bij haar zijn nood geklaagd: 'Sinds jij dat sprookjesboek voor haar hebt gekocht wil ze niet gaan slapen voordat ook ik haar eruit voorgelezen heb. Nou, daar zit ik dan over heksen, kabouters en feeën te kletsen terwijl ik al in geen jaren meer in sprookjes geloof. En in plaats van dankbaarheid krijg ik herhaaldelijk van Brenda op mijn kop, want volgens haar doe ik het niet zoals jij. Dan zegt ze hoe het wel moet, dat als ik het over een heks heb mijn stem veel gemener moet klinken, als er een kabouter in de buurt is moet ik zachtjes praten want anders laat ik hem schrikken en bij een lieve fee moet ik een hoge toon aanslaan die ik niet eens bereiken kan!'

Jola glimlachte; arme Joost, wat heb ik je aangedaan? Vanavond neem ik het weer van je over en daarna zul jij me net als al de vorige keren, koffie aanbieden. Die ik niet zal afslaan, want ik verheug me alle dagen op de avonden, op dat ene uurtje dat ik kan samenzijn met jou. Ik hou van je. Niet als het meisje waar jij me vermoedelijk voor aanziet, maar als de vrouw die weet dat ze jou zal kunnen geven waar jij als man recht op hebt. En dat is liefde met een hoofdletter en alles wat daar nauw mee is verbonden.

Ze hadden al heel wat vertrouwelijke gespreken gevoerd, Joost en zij. Bij hem voelde zij zich volkomen op haar gemak. Het had haar dan ook volstrekt geen moeite gekost hem te vertellen hoe ze was opgevoed, hoe haar leven in Rotterdam er had uitgezien. Ze had zelfs niet voor hem verzwegen dat ze zich altijd anders dan anderen had gevoeld waardoor ze geen vriendschappen had kunnen sluiten. Ze had er niets aan kunnen doen dat er een paar tranen over haar wangen waren gegleden toen ze aan Joost vertelde hoe eenzaam ze zich altijd had gevoeld. En nooit zou ze vergeten hoe hij toen spontaan zijn armen om haar heen had geslagen en haar tegen zich aan had getrokken. 'Stil maar, niet huilen,' had hij bewogen gezegd. 'Het komt allemaal wel goed. Het is immers allemaal al veel beter voor je dan toen?' Hij had haar losgelaten en hoofdschuddend gemompeld: 'Je bent ook nog maar zo'n klein vrouwtje. Het is te hopen dat je naasten beseffen dat jij bescherming nodig hebt.' Zo lief was hij toen geweest dat ze er opnieuw tranen van in de ogen had gekregen. Die Joost behoedzaam had weggewist. Jawel, toen had ze zich geweld moeten aandoen om niet veilig bij hem weg te kruipen. Het is je eigen schuld dat ik van je ben gaan houden. Ik heb geen bescherming meer nodig, met jouw liefde zou ik volmaakt gelukkig zijn...

Zo, met gedachten vol stille verlangens, leek de afstand korter dan die was, want voordat Jola er erg in had was ze thuis.

Martine had al een poosje naar haar uit zitten kijken, ze had zich de hele middag onrustig gevoeld. En dat kwam niet door de vraag of Jola het huis wel of niet zou kopen, maar omdat ze had zitten worstelen met het gegeven dat Thomas vandaag in de stad was. Zo dichtbij was hij opeens en toch zo ver weg.

Jola had zich nauwelijks op de bank laten neerploffen toen Martine haar gejaagd aanspoorde: 'Nou, vertel, hoe is het gegaan?' Ze doelde op de ontmoeting tussen Jola en Thomas, maar ze kreeg het verhaal over het huis te horen. 'De koop is gesloten! Pap was er tevreden over, en dat andere waar ik mee in de maag zat is ook opgelost: we gaan het huis samen bewonen. Hij biedt het huis in Rotterdam te koop aan en dan zien we vanzelf hoe het verder gaat. Het betekent wel dat ik jou, net als Gideon, binnenkort ook ga verlaten. Maar daar was jij al op voorbereid. Toch?'

Martine glimlachte. 'Wees maar niet bang dat ik er moeilijk over ga doen, ik heb onderhand genoeg leergeld betaald. Toch zal ik je niet zuinig missen, het was heerlijk om je weer helemaal bij me thuis en voor mezelf te hebben.'

'Je zult het kostgeld missen dat je eerst van Gideon, later van mij kreeg. Heb je daaraan gedacht?'

'In mijn eentje zal ik overal minder van nodig hebben. Ik red me wel.'

'Je bent soms best wel eigenwijs, hoor mam!' zei Jola bestraffend. 'Je hóeft helemaal geen geldgebrek meer te hebben! Ik wil je zo verschrikkelijk graag helpen, je wat toestoppen zodat je in ieder geval niet langer buiten de deur hoeft te werken, maar daar wil jij almaar niks van weten.'

'Ik ben echt heel blij dat jij het zo goed hebt en dat ik me wat dat betreft geen zorgen om jou hoef te maken. Voor jou is het eerlijk verkregen geld, ik heb er echter geen recht op. Nee, lieverd, ik kan en wil er geen cent van aannemen. Als je je in mijn situatie verplaatst, begrijp je waarom ik het niet wil.'

Koppig en eigengereid als meisjes van haar leeftijd kunnen zijn, nam Jola Martines raad niet aan, maar ging ze stug door. 'Het mooiste van alles zou zijn dat jij je met pap zou willen verzoenen en dat jullie samen op de bovenverdieping gingen wonen. Dán pas waren echt alle problemen opgelost!'

Martine bloosde en van louter schrik stotterde ze: 'Kind toch, je weet niet wat je zegt! Na alles wat er gebeurd is kan het tussen hem en mij nooit meer worden zoals het eens was. Je hebt hem vanmiddag toch hopelijk niet op dit zotte idee gebracht!?'

'Nee, natuurlijk niet.' Nadat ze een poosje gezwegen had sloeg ze haar mooie ogen trouwhartig naar Martine op en zacht zei ze: 'Ik heb me wel herhaaldelijk over hem zitten verbazen. Ik kán het gewoonweg niet bevatten dat hij jou en Gideon toentertijd zo laaghartig heeft behandeld. Pap is in alle opzichten een fijn, een goed mens. Ik kan geen enkel minpunt aan hem ontdekken en met de beste wil van de wereld niet begrijpen dat hij jullie zoveel verdriet heeft kunnen aandoen. Natuurlijk zien jij en Gideon hem als een slechterik, ik ken hem echter enkel als een lieve goedzak. Is het dan een wonder dat ik medelijden met hem heb en niets liever wil dan dat jullie het hem zouden kunnen vergeven? Hij staat zo alleen, hij straalt zoveel triestheid uit. Sorry, ik weet dat ik dit soort dingen niet tegen jou mag zeggen...'

'Het geeft niet,' zei Martine, 'een te vol hart moet af en toe gelucht worden.' Ze gaf het gesprek handig een andere wending door te zeggen: 'Ik heb je geloof ik nog niet verteld dat ik morgen vrij ben? De schoonmoeder van de baas is overleden, morgen wordt ze begraven en uiteraard wordt de salon dan gesloten. Het is wel gek: een begrafenis is natuurlijk vooral droevig, maar wij zijn allemaal blij met een vrije dag! Ik weet nog niet hoe ik de dag ga invullen, waarschijnlijk ga ik niet anders doen dan heerlijk luieren!'

Martine kon niet weten met welke plannen Thomas rondliep en hoe zij daar ongewild mee geconfronteerd zou worden.

Jola keek minder ver vooruit, zij hield nauwlettend de klok in de gaten. Tegen half zeven vroeg ze aan Martine: 'Vind je het erg, mam, als ik nog even naar Joost Zondervan ga om Brenda in te stoppen en een verhaaltje te vertellen?'

Vroeger zou Martine over iets dergelijks lelijk hebben gedaan: hoe kun je míj alleen laten? Dat ze werkelijk een bepaalde leerschool had doorlopen en er wijsheid had opgedaan, bleek toen ze zei: 'Nee, natuurlijk niet, je moet gewoon je gang gaan! Je doet er immers goed mee! Ik weet als geen ander wat een kind mist zonder haar moeder!' Martine wierp Jola een veelzeggende blik toe die zij beantwoordde. 'Ik heb je al meerdere keren uitgelegd dat ik jou al die jaren niet heb kúnnen missen, vanwege het simpele feit dat ik niet van je bestaan af wist. Pas nu ik je heb leren kennen besef ik wat ik als kind heb gemist. Daarom heb ik ook zo met

Brenda te doen, zij en haar moeder zullen helaas niet herenigd kunnen worden.'

'Ga dan maar gauw naar haar toe en probeer iets goed te maken voor dat kleine hummeltje.'

Voordat Jola de huiskamerdeur achter zich dichttrok vroeg ze: 'Wil jij Gideon en Fleur zo dadelijk voor me bellen en vertellen dat de koop van het huis gesloten is? Ik ben bang dat ik er te enthousiast over zal doen en dat Gideon dat niet zal kunnen waarderen. Hij gunt mij het huis van harte, hij kan het echter moeilijk verkroppen dat pap er ook komt wonen.'

Martine beloofde het belletje te zullen plegen en stil dacht ze er achteraan: Je kunt het hem niet kwalijk nemen, Gideon haat Thomas. Zoals ik hem logischerwijs zou moeten haten.

11

Joost Zondervan keek verrast op toen Jola via de achter-deur bij hem binnenstapte. 'Hè, wat gezellig dat je even komt aan-wippen! Ga zitten, de koffie is bruin.'
In plaats van zijn advies op te volgen, bleef Jola staan en teleurge-steld merkte ze op: 'Ik zie dat ik te laat ben, jij hebt Brenda al naar haar bedje gebracht.'
'Daar hoef je niet zo sip van te kijken, ga gerust naar boven. Ze kan nog niet in slaap zijn gevallen, want ik kom net bij d'r van-daan.'
'O, mooi, dan ga ik haar nog snel even een knuffeltje geven!' Jola verliet gehaast de huiskamer, ze merkte niet dat Joost haar even later geluidloos volgde.
Ze boog zich over het kinderbedje. 'Hallo, schatteboutje, slaap je nog niet?'
'Nee, want ik hoorde dat jij beneden met papa praatte en toen dacht ik dat jij nog bij mij kwam om een verhaaltje te vertellen.'
Lenig als een katje schoot ze rechtop en smeekte ze: 'Doe je het, Jola, een verhaaltje vertellen zo uit je blote hoofd?'
'Vind je dat leuker dan uit het boek?'
'Ja, want vanuit je hoofd vertel jij altijd over een meisje dat net als ik vier jaar is en soms heet zij ook Brenda. Dat vind ik héél leuk!'
'Ja zeg, wat gek, hè, dat het meisje uit het verhaaltje dat ik de vori-ge keer vertelde, net zo heet als jij!' Hoe heerlijk is het, dacht ze vertederd, om kind te zijn en niet altijd in staat om fantasie en werkelijkheid van elkaar te onderscheiden. Ze ging op de rand van het smalle bed zitten en nadat ze even had nagedacht begon ze te vertellen. Over een meisje van vier jaar dat zonder toverstokje toch heus kon toveren. Als zij graag iets wilde hebben, hoefde ze daar alleen maar sterk aan te denken. Ze moest dan wel haar oog-jes heel stijf dichtknijpen en twee keer in haar handjes klappen.

Nou, en dan werd haar wens zomaar vervuld. Maar het was geen hebberig kind, ze wenste bijna nooit iets voor zichzelf. Veel liever toverde ze voor arme en zieke kindertjes zodat die weer gelukkig werden. Jola fantaseerde er lustig op los. Brenda hing geboeid aan haar lippen, en op de overloop keek en luisterde Joost mee door de openstaande deur. En terwijl hij dacht: waar háált ze het vandaan, breide Jola een slot aan het vertelseltje. Daarna sloeg ze haar armen om Brenda heen, kuste haar en zei: 'Zo, en nu ga jij lekker slapen. Morgen ga ik een dagje uit en dan neem ik een cadeautje voor je mee. Hoe vind je dat?'

'Dan is het net alsof ik een beetje jarig ben, want dan krijg ik van papa altijd een cadeautje!' Dat het verhaaltje toch meer indruk op haar had gemaakt dan een in het vooruitzicht gesteld presentje, liet ze blijken door te zeggen: 'Ik wou dat ik het meisje uit het verhaaltje was, dat ik echt kon toveren! Maar dan toverde ik ook een keertje iets voor mezelf, hoor!'

'Dat zou ik waarschijnlijk ook doen,' speelde Jola mee, 'weet je soms ook al wat je dan voor jezelf te voorschijn ging toveren?'

'Ja, want ik wil heel graag een nieuwe mama voor papa en mezelf. Onze eigen mama is bij Jezus, zij kan niet meer bij ons zijn. Als ik kon toveren, dan toverde ik dat jij mijn nieuwe mama werd. Want ik vind jou hééi lief!'

'Ach, schatje toch...' Jola trok het kleintje ontroerd tegen zich aan. Ze liet haar hart spreken toen ze fluisterde: 'Ik zou maar wat graag zo'n lief klein dochtertje als jij bent willen hebben... Maar wij kunnen niet toveren en jij moet nu echt gauw lekker gaan slapen.' Ze stopte het meisje behoedzaam onder, drukte een kus op haar voorhoofdje en rechtte haar rug. En toen pas merkte ze Joost op. Hij stond tegen de deurpost geleund, maar toen hun ogen elkaar vonden keerde hij zich abrupt om en gehaast daalde hij de trap af. Jola volgde hem en in de huiskamer concludeerde ze dat ze het gênante moment van daarnet niet uit de weg kon gaan. Het kostte haar moeite het te laten voorkomen als meende ze elk woord dat ze uitsprak. 'Ik wist niet dat jij daar stond en meeluisterde. Wat Brenda over mij zei moet je beschouwen als kinderpraat. Maar dat andere, haar wens weer een moeder te willen, daar mag jij gerust eens diep over nadenken, hoor Joost! Als jij je weer een vrouw zocht, zou je Brenda er overgelukkig mee maken!' Zo móet ik praten, bedacht ze, louter en alleen om mezelf niet in de kaart te laten kijken.

Joost liet zijn lichte ogen van haar wegdwalen en mompelde: 'Ik kan moeilijk met iemand in zee gaan alléén omdat mijn dochter een moeder nodig heeft. Voor mezelf hoef ik geen moeite meer te doen. Ik heb mijn hart namelijk al verloren aan een vrouw. Maar zij is voor mij onbereikbaar.'

Jola schrok van die bekentenis, ze moest naar adem happen voordat ze zo neutraal mogelijk kon zeggen: 'O, ik... eh, wist niet dat jij verliefd was? Is het een aardige vrouw? Waarom is ze onbereikbaar voor jou of gaat dat mij niet aan?'

Joost haalde zijn schouders op. 'Ik zou jou er alleen maar mee belasten als ik je over haar vertelde. Misschien dat ik een puntje van de sluier voor je kan oplichten, maar meer ook niet.' Joost zweeg als had hij hiermee alles gezegd, en Jola spoorde hem gejaagd aan: 'Vertel dan wat je aan me kwijt wilt!'

Joost glimlachte om wat hij noemde, haar ongeduld. Hij koos zorgvuldig zijn woorden toen hij haar advies opvolgde. 'De vrouw van wie ik ben gaan houden, kent mijn gevoelens voor haar niet. En dat moet maar liever zo blijven, want tussen haar en mij zal het niets kunnen worden. Ik ben te oud voor haar, verder verschillen we qua milieu zoveel van elkaar dat ik niet eens tegen haar zou durven zeggen hoeveel ik om haar geef. Begrijp je?'

'Nee, natuurlijk niet! Want wat jij zegt kan onmogelijk de liefde in de weg staan. In de eerste plaats doet leeftijd er absoluut niet toe en het andere verschil dat jij noemde is eveneens van nul en generlei waarde. Wat geeft het nou wat je bent, het gaat er toch enkel om wie je bent en wat je voor elkaar voelt? Om een voorbeeld te noemen: jij en ik, wij komen ook uit verschillende milieus, maar daar merken we toch niks van als we bij elkaar zijn!' 'Jij niet, ik wel.'

Jola's gezicht veranderde op slag in één groot vraagteken; vanwege het beladen onderwerp had Joost niet in de gaten dat hij zijn gedachten hardop uitsprak. 'Denk je nou heus dat ik ook maar een moment vergeet dat ik bij jou vergeleken maar een arme sloeber ben! Ik moet er toch echt niet aan denken dat de mensen zullen denken, mogelijk hardop durven zeggen, dat ik achter jouw geld aanzit. Niets is minder waar, ik hou van je zoals je bent. En...' Joost keek haar schaapachtig aan en bromde: 'Lieve help, wat zeg ik nou toch allemaal!'

Hoewel Jola het nog niet zo snel kon bevatten lag er een klein jubeltje in haar stem. 'Het leek erop dat jij mij... je liefde verklaarde.'

Joost schudde zijn hoofd. 'Oen die ik ben! Dit was niet de bedoeling, wat je gezegd hebt kun je echter niet meer inslikken. Ja, ik ben van je gaan houden, maar stoor je er alsjeblieft niet aan, ik zorg er wel voor dat het snel weer overgaat. Tjonge, hoe kon ik me nu zo schandalig vergalopperen...'

'Je moet het niet over laten gaan, maar het juist laten groeien. Totdat het bij dat van mij past. Want ik hou veel meer van jou dan jij van mij kunt houden!' Hoewel Jola's stem zacht was geweest klonk die als feestelijk trompetgeschal in Joosts oren. En vol ongeloof fluisterde hij schorrig: 'Dat meen je niet! Je zit me een verhaaltje te vertellen, daar ben je namelijk goed in!' Joost was nauwelijks uitgesproken toen hij een paar armen om zijn nek voelde, een warme mond op die van hem. 'Ik ben geen fee uit een verhaaltje, maar gewoon een vrouw die van je houdt. Ze heeft geen leeftijd en geen geld, alleen maar een eerlijk hart dat ze aan jou wil schenken. Ik hou van je, Joost...' Nadat ze hem nogmaals had gezoend veegde ze driftig langs haar ogen en met een gesmoorde stem zei ze: 'Het zou me niks verbazen als je het niet aandurft met zo'n huilebalk als ik...'

Joost trok haar nu ongeremd tegen zich aan en niet minder ontroerd zei hij: 'Ik heb inderdaad al eens eerder tranen van je lief gezichtje moeten vegen. Toen sprak ik de wens erbij uit dat ik hoopte dat je naasten je in bescherming zouden nemen, herinner ik me. Niemand van hen hoeft daar nu nog moeite voor te doen, voortaan zorg ik er persoonlijk voor dat er jou niets gebeuren kan. Ach, meisje toch... dat jij ook van mij houdt, hier durfde ik niet eens van te dromen. Het is lang geleden dat ik me vanbinnen zo licht voelde. Zo blij, gelukkig en dankbaar.' Joost schaamde zich niet, hij trok alleen een beetje hulpeloos met zijn schouders toen hij nu op zijn beurt te kampen kreeg met een paar lastige tranen. Die vertederden Jola en deden haar zeggen: 'Ik waardeer het buitengewoon in een man als hij zijn diepste gevoelens durft te tonen. Van mij mag een man huilen.'

'Van mij niet!' Joost had zich vliegensvlug weer hersteld en hij sprak uit, waar Jola vanwege de emoties nog niet bij stil had gestaan. 'Brenda's allerliefste wens wordt vervuld. En dankzij jou zal haar toekomstig leventje eruitzien als een sprookje. Dit goede... het is gewoon nog niet te bevatten!'

Jola liet haar hoofd vertrouwelijk rusten tegen zijn borst en dromerig praatte ze voor zich uit. 'Te zijner tijd zullen we samen in mijn droomhuis wonen. Als een echt gezinnetje.' Ze veerde op toen ze zei: 'Ik heb nog niet eens verteld dat ik het huis vanmiddag heb gekocht!'

'Gefeliciteerd, ik had trouwens niet anders verwacht. Jij was er zo vervuld van dat de koop gewoon gesloten moest worden,' vond Joost. Hij voegde eraan toe: 'Het is anders niet niks, beslag te kunnen leggen op een huis dat aan een van de singels staat!

Dat feit alleen al bewijst dat jij in goeden doen bent!'

'Nu zeg je iets wat ik liever niet horen wil. Het maakt me een beetje bang, het geeft me het vervelende gevoel dat ik in jouw ogen opeens weer "anders" ben. Laat me zijn die ik zo graag wil zijn, Joost. Alleen maar jouw toekomstige vrouw, verder niks?'

'Rustig maar, het is al goed, lieverdje!' Hij grinnikte toen hij zei: 'Jij hebt je al eens eerder met mij willen vereenzelvigen! Hierbij hoef ik alleen maar terug te denken aan de keer toen wij elkaar voor het eerst ontmoetten. Op een uiteenzetting van mij zei jij toen zonder blikken of blozen dat jij, net als ik, ook werkloos was. Dat nam ik toen zonder meer aan, later hoorde ik bij stukjes en beetjes wie jij in werkelijkheid was. Geen zielig meisje dat net als ik nauwelijks rond kon komen, maar een welgestelde jongedame! Het is nog steeds een heel bijzonder gevoel dat zij haar hart aan mij verloor!'

'Ik heb de dingen toen heel bewust een beetje verdraaid. En dat komt omdat ik me vaak schaam voor wat ik bezit. Daar kán ik niet trots op zijn, ik heb er immers niets voor hoeven doen. Ik heb het allemaal gewoon gekregen en dat plaagt mij meer dan iemand kan vermoeden. Jij zult het waarschijnlijk niet eens kunnen geloven.'

'Dat kost me inderdaad moeite,' gaf Joost toe. 'Ik zie en merk nu voor het eerst aan je dat je er echt mee zit. Maar dat is nergens voor nodig, neem gerust van mij aan dat geld niet vies is. Ook veel geld niet! Nee, het menselijk geluk hangt er zeker niet van af, maar het is zeker mooi meegenomen. En hoe de mensen over mij zullen denken of praten wat betreft jouw bezittingen, is mijn zorg nu al niet meer. Ik ben alleen maar blij met jou, de rest is bijzaak.'

'Zit je ook niet meer met mijn leeftijd in je maag?'

'Nee, integendeel! Dat ik op het verschil tussen onze leeftijden wees kwam louter omdat ik bang was dat jij mij te oud zou vinden. Nu dat niet zo blijkt te zijn, ben ik alleen maar blij. En apetrots op mijn toekomstige, jonge vrouw!'

'Trots? Ik beschouw mezelf als een hopeloze klungel. Een niksnut. Jullie hebben allemaal een beroep, of een doel in het leven waar je je voor moet inzetten. Ik fladder gewoon een beetje stom rond. Nou, wees daar dan maar eens trots op!'

'Ieder mens heeft unieke, heel eigen kwaliteiten,' weerlegde Joost. 'Je hebt me eens verteld dat je schildert en dat noem ik een prestatie!'

'Ach, dat geklodder van mij stelt helemaal niets voor. Ik had al het geluk van de wereld toen ik een keer twee doeken kon verkopen, dat overkomt me vast niet nog eens. Sinds ik hier ben heb ik trouwens nog geen penseel weer in de hand gehad en dat bewijst al dat het schilderen geen passie van me was, maar louter een beetje tijdverdrijf. Maar nu we het over schilderen hebben schiet mij iets te binnen! Mijn nieuwe huis moet hier en daar een beetje worden opgeknapt. Alles is geverfd in kleuren die niet mijn smaak zijn. Dat geldt zowel voor de buiten- als de binnenkant. Zou jij dat voor me willen doen? Als je er geen zin in hebt, is het ook goed, dan neem ik gewoon een vakman in de arm. Maar het lijkt mij zo leuk om samen het huis op te knappen waar we later samen zullen wonen.'

'Ik wil alles voor je doen, als je er maar niet van uitgaat dat ik de rol overneem van die Frits, over wie je me hebt verteld! Het werk van een soort butler is niks voor mij, daar zul je dus een ander voor moeten inhuren. Ik peins er trouwens niet over om in welke vorm dan ook jouw knecht te worden, maar dat wist je denk ik al?'

Jola bloosde licht toen ze bekende: 'Eerlijk gezegd heb ik al met pap besproken dat jij de plaats van Frits zou kunnen innemen. Toen wist ik echter nog niet dat jij ook van mij hield en uiteraard is alles daardoor veranderd! We zullen dus toch moeten uitzien naar een nieuwe tuinman die tevens andere voorkomende klussen wil doen.'

Joost keek bedenkelijk toen hij de vraag stelde waar hij zijn hoofd al vaker over gebroken had. 'Ik zit me af te vragen of jouw vader twee linkerhanden heeft. Je hebt me eens verteld dat hij nog maar net vijftig is, of heeft hij een of andere ziekte, waardoor hij het kalm aan moet doen?'

'Nee, pap is kerngezond. Hij is alleen een beetje gemakzuchtig aangelegd. Hij ziet niet in waarom hij zijn handen nog vuil zou maken, zijn rug zou krommen, nu hij het om het geld niet meer hoeft te doen. Zo zijn pap en ik allebei een beetje verwend, moet ik helaas bekennen. We zijn eraan gewend geraakt dat we over personeel kunnen beschikken dat ons het werk uit handen neemt. Ik hoor nu zelf hoe bekakt dit klinkt, ik mag hopen dat jij me niet opeens een arrogante tante vindt?'

Joost schoot in de lach om het bange gezicht dat ze trok, hij was de ernst zelve toen hij zijn mening over haar gaf. 'Arrogant of hoogmoedig ben jij in geen geval. Als dat wel zo was geweest, zou ik niet verliefd op je zijn geworden. Ik kan me er wel iets bij voorstellen hoe mensen in jullie situatie leven. Maar daar zal ik mij niet of heel moeilijk bij kunnen aanpassen. Ik wil niets liever dan weer aan het werk, mijn vroegere baas heeft indertijd gezegd dat ik altijd bij hem kon aankloppen en daar heb ik de hele tijd op vertrouwd.'

Jola staarde hem met grote, verbaasde ogen aan. 'Ben je van plan weer in de bouw te gaan werken? Maar dat hoeft helemaal niet, had je dat nog niet begrepen dan?'

'Jawel, toch luister ik liever naar de stem van mijn hart en die vertelt me klaar en duidelijk wat ik moet doen. Ik ben er de man niet naar om afhankelijk te zijn van een vrouw. In ons geval zou ik me dan een klaploper voelen en dat wil ik maar liever voorkomen. Maar we lopen nu behoorlijk op de dingen vooruit, want zover is het nog lang niet. We kennen elkaar nog te kort om al over trouwen of samenwonen te praten, ik denk dat we eerst maar eens een jaartje of zo voorbij zullen moeten laten gaan. Toch?'

'Dat ben ik met je eens, maar ondertussen kan ik toch wel alvast voor Brenda zorgen? Ik wil me zo graag een beetje nuttig maken en ik hou zoveel van haar.'

'Het is voor Brenda's welzijn van groot belang dat ze weer wordt bemoederd door een vrouw die haar niet alleen af en toe naar bed brengt, maar die ook een stukje van haar opvoeding op zich wil nemen,' zei Joost ernstig. 'De enige aan wie ik haar toevertrouw ben jij! En dankzij jou kán ik binnenkort weer op de steigers klimmen! Kom dus morgenochtend maar vroeg naar ons toe, dan kun je Brenda ook eens uit haar bedje halen. En alvast een beetje moedertje gaan spelen.'

'Morgen kan ik niet, dan ga ik samen met Fleur een dagje winkelen in Duitsland. De dagen daarna zul je me elke morgen zien verschijnen! Vertel je morgen aan Brenda wat er tussen ons is ontstaan, Joost?'

Hij knikte en zei: 'Dat kleine dondersteentje van mij heeft geen toverkunstjes nodig om haar liefste wens in vervulling te laten gaan.'

'Ik kan het nog niet zo goed met woorden omschrijven, maar ik voel hetzelfde als jij. Het kan gewoon geen toeval zijn geweest dat jouw keuken die keer dreigde te zullen "verdrinken" en dat ik toen net langskwam. Wij zijn bij elkaar gebracht en dat idee alleen al maakt dat ik me klein voel. En heel dankbaar! Fijn, hè Joost, dat wij drietjes elkaar gelukkig mogen maken?'

'Ja, mijn schat, jij bent het mooiste wat me na Anette is overkomen.'

'Heb je nog verdriet om haar?'

'De scherpe kantjes zijn door de tijd weggeslepen, maar vergeten zal ik haar vanzelfsprekend niet. We zijn gelukkig geweest, we mochten samen een prachtige dochter krijgen. Ik hoop dat Anette weet dat ik jou heb mogen leren kennen en dat Brenda weer een lieve moeder zal krijgen. Ik wou dat dát al verwezenlijkt kon worden!'

'We moeten geduld hebben, lieverd!'

In twee paar ogen, naar elkaar opgeslagen, lag naast stille beloften en liefde, het verlangen naar de toekomst.

Zoals ze hadden afgesproken stopte Fleur de volgende ochtend tegen zeven uur bij Martine voor de deur om Jola op te pikken. Zij stond haar al op te wachten en terwijl ze naast Fleur in haar auto schoof zei ze: 'Rijd maar gelijk weg, we hoeven niet naar mam te zwaaien, want zij ligt nog in bed. Geef haar eens ongelijk, zo vaak heeft ze geen extra vrije dag!'

Fleur gaf gas en terwijl ze de stad achter zich lieten en richting Duitsland reden vertelde Jola over de spontane liefde die er tussen Joost en haar was opgebloeid.

In de loop van de morgen werd Gideon op kantoor door Lotte Hartog gebeld. Eerst verontschuldigde zij zich: 'Sorry dat ik je op je werk bel, maar ik had geen keus. Ik wist namelijk niet dat Fleur vandaag vrij had genomen, dat hoorde ik toen ik vanochtend op mijn werk verscheen. Kan ik verder praten of heb je liever dat ik je in de middagpauze terugbel?'

'Nee hoor, zeg maar wat je op het hart hebt! Ik word wel vaker op kantoor gebeld, daar doet men hier niet moeilijk over. Als de kosten tenminste niet bij kantoor terechtkomen, maar daarom heb ik mijn mobieltje bij me!'

'Nou, luister, het gaat om het volgende: Dries en ik hebben jullie destijds een etentje aangeboden, en dat schiet er almaar bij in. De ene keer paste het jullie niet, een andere keer was onze agenda overvol en zo kwam er telkens iets tussen. Dries en ik hebben nu een datum kunnen prikken, aanstaande woensdagavond. Wat denk je, kunnen jullie dan van de partij zijn? De uitnodiging geldt nu uiteraard ook voor Jola!'

'Fleur en ik hebben voor woensdag nog niets afgesproken, wat ons betreft is het dus prima. Maar ik kan niet voor mijn moeder spreken, dat begrijp je.'

'Ja, maar daarom bel ik je juist! Om te vragen of jij tussen de middag niet even bij je moeder kunt langsgaan om het met haar te overleggen. En als je mij daarna dan even een belletje geeft weten Dries en ik waar we aan toe zijn en kunnen we een tafel reserveren.' Ze noemde de naam van een restaurant en zei: 'Zonder afspraak kun je daar echt niet terecht!'

'Ik weet er alles van,' zei Gideon, 'maar van mij mag je gerust een wat eenvoudiger gelegenheid uitzoeken. Het is niet de bedoeling om jullie op kosten te jagen, hoor!'

'De man die mij het leven heeft gered moet flink onthaald worden. Dries en ik zijn het nog niet vergeten, hoor Gideon, wat voor heldendaad jij hebt verricht!'

Gideon grinnikte en grapte: 'Nu je het zegt herinner ik me dat ik eens een bijna "verzopen katje" op het droge heb geholpen! Dat is echter geweest en daar hebben we het maar liever niet meer over. Ik ga tussen de middag even naar mijn moeder. Ik zou niet weten waarom zij woensdagavond bezet zou zijn, maar je weet maar nooit. Jola kan geen afspraken hebben gemaakt, de enige die zij hier kent is een buurman die een eind verderop in de straat woont en bij wie zij regelmatig gaat buurten. Dat doet ze dan woensdag maar een keer niet. Laten we het zo afspreken, Lotte: als het mam uitkomt, is de afspraak gemaakt en bel ik je niet terug, in het andere geval wel. Goed?'

Lotte vond het prima. 'Ik ga er bij voorbaat vanuit dat het ditmaal kan doorgaan, dan treffen we elkaar tegen acht uur in het restaurant. Ga nu maar snel weer verder met je werk. Dat geldt overigens ook voor mij, mijn baas heeft me al een paar keer een schuin oogje toegeworpen. Er is echter geen klant in de winkel en hem kennende ziet hij in dit geval wel iets door de vingers. Dag Gideon!'

De verbinding werd verbroken en allebei gingen ze weer volop aan de slag.

Hoewel er voldoende huishoudelijk werk op Martine lag te wachten peinsde zij er niet over om de handen uit de mouwen te steken. Zoals ze zichzelf had beloofd ging ze fijn een dagje luieren. Wat was er nou mooier, vond ze, om ongestoord te kunnen nadenken over wat was gebeurd en nog komen zou. Gisteravond, toen Jola haar in geuren en kleuren vertelde wat er tussen haar en Joost Zondervan was ontstaan, had zij haar oren nauwelijks durven geloven. Het was haar in de voorbijgaande tijd niet ontgaan dat Jola de man bijzonder graag mocht, ze had echter geen seconde aan de mogelijkheid gedacht dat er sprake zou kunnen zijn van liefde. Jola en Joost, Gideon en Fleur. Het was een heerlijk gevoel dat zij nu echt kon meegenieten van het goede dat haar kinderen overkwam. Hoe had ze vroeger in vredesnaam zo anders kunnen zijn, zo anders kunnen wórden. Op die vraag paste slechts één antwoord in de vorm van een naam waarin al haar waaroms besloten lagen: Thomas. In diepe gedachten verzonken nam de naam de gestalte aan van de man die zij onvoorwaarlijk lief had gehad en die, als zo vaak, ook nu weer uren van haar tijd in beslag nam.

Thomas Vogelaar had er geen idee van dat Martine in gedachten bezig was met hem, hij had te stellen met heel eigen sores. Hij had zijn auto geparkeerd en wandelde de straat verder in. Het was een lange straat die hij nog op zijn duimpje kende. Halverwege stond het huis waarin hij gelukkig was geweest met zijn toen nog jonge vrouw en twee kleine kinderen. Hij kon zich het huis moeiteloos voor de geest halen en toch wilde hij het met eigen ogen nog een keer zien. Hij hoefde niet bang te zijn betrapt te zullen worden, want hij wist dat Martine overdag werkte en dat Jola er vandaag met Fleur tussenuit was. Hij kon het huis dus ongestoord in zich opnemen. Hij moest het erop wagen, alleen op deze manier kon hij tegemoet komen aan het verlangen in hem. Eenmaal de nostalgie proeven, eenmaal stilstaan voor het huis dat hij met een doldrieste kop de rug had toegekeerd. Zo dadelijk zou hij zichzelf geweld aandoen, want hij wist bij voorbaat dat hij overspoeld zou worden door schuld en schaamte. Thomas schudde vertwijfeld zijn hoofd en voortslenterend keek hij om zich heen. Het waren allemaal dezelfde huizen, zeer kleine optrekjes vergeleken bij zijn huis in Rotterdam en bij het huis dat Jola had gekocht. Daarin bood zij hem een plekje zodat hij niet moederziel alleen zou komen te staan. Lieve Jola.

Op dat moment bleef Thomas pardoes staan. Hier is het, schoot het door hem heen. In een flits, korter dan een seconde, herbeleefde hij het moment van die dag, toen hij de deur van dit huis achter zich dichttrok en met Jola in het niets verdween. Schuld en schaamte waren toen voor hem niet relevant geweest, nu voelde het alsof de last ervan te zwaar werd voor zijn schouders. Een loodzware zucht ontsnapte aan zijn lippen en nadat hij als een dief in de nacht om zich heen had gekeken en hij geen mens had gezien, besloot hij de stap te wagen. Hij liep het tegelpad naar de voordeur op, daarnaast was het raam van de woonkamer. Daar móest hij een blik in werpen, gewoon om te zien of hij er nog iets herkenbaars van vroeger in kon ontdekken. Nostalgie opsnuiven, schuld en schaamte voelen; wat deed hij zichzelf aan?

Terwijl Thomas zich dat afvroeg liep hij over het grasveld naar het raam toe en gluurde hij naar binnen. De adem stokte in zijn keel toen hij recht in het gezicht keek van de vrouw die hij na al die lange jaren onmiddellijk herkende.

Martine zat in een diepe stoel, ze liet haar benen rusten op een haardbankje dat ervoor stond. In gedachten was zij nog steeds bij de man wiens gezicht zich nu aan haar vertoonde. Een korstondig moment dacht ze een geestverschijning te zien, maar toen de realiteit tot haar doordrong leek het alsof ze geen lange, tergende jaren van verdriet en onzekerheid had gekend. Haar bevende, lachende mond vormde verrast de naam Thomas, haar donkere ogen glansden als oplichtende sterren. Het was slechts een momentopname, dat bleek toen het blijde, de warmte, haar ogen abrupt verliet en ze vol schrik een hand voor de mond sloeg. Haar allereerste reactie was Thomas echter niet ontgaan, het schonk hem de moed om vragend op de voordeur te wijzen. Martine verstond zijn onuitgesproken vraag, ze kwam overeind en opende de deur voor hem. En dan stonden ze opeens tegenover elkaar. Twee mensen, eens zo heel nauw met elkaar verbonden, nu staarden ze elkaar onwennig aan. Net als Martine was Thomas hopeloos verlegen met de gang van zaken, toch was hij de eerste die de beschikking over zijn stem terug kreeg. 'Sorry dat ik je op deze manier overval, dit was niet de bedoeling. Ik ging van de veronderstelling uit dat jij naar je werk zou zijn en dat ik onbespied even naar binnen zou kunnen kijken.'

'Ik heb onverwacht een dag vrij gekregen.'

De stilte die hierna viel werd gevuld door blikken vol ongeloof, elkaar aanstaren en aftasten.

Het was opnieuw Thomas die zijn mond opendeed. 'Nu ik er dan toch ben, mag ik misschien heel even binnenkomen?' Martine knikte. En wezenloos, alsof het niet tot haar door wilde dringen wat er opeens gaande was, keerde ze zich om en liep de gang in. Thomas sloot de deur achter zich en volgde haar. In de huiskamer wees Martine hem met een handgebaar op een stoel, woorden wilden er nog niet over haar lippen komen.

Thomas begreep dat hij haar op dit ogenblik veel aandeed en dat hij de leiding moest nemen. Hij moest zijn keel schrapen voordat hij zeggen kon: 'Ik voel me een indringer, toch doet het me goed dat ik nu persoonlijk tegen je kan zeggen dat ik nog onverminderd van je hou en onzegbaar veel spijt heb...'

Haar stem kwam van ver toen ze voor zich uit mompelde: 'Dat, wat altijd te laat komt... Wat heb ik eraan, wat moet ik ermee?' Ze slaakte een hoorbare zucht en zonder het te willen of te weten vroeg ze: 'Wil je een kop koffie?'

'Als het niet te veel moeite is?'

Hoe dom drukken we ons uit, dacht Martine terwijl ze koffie inschonk, en hoe kom ik ertoe om hem koffie aan te bieden. Ik zou hem de huid vol moeten schelden, deze man die mijn leven heeft geruïneerd. Daar hoor ik hem om te haten, ik wíl hem haten, maar... ik kan het niet. Thomas; zoals hij daar zat leek hij niet op de boosdoener die hij was, maar op een kleine jongen die wist dat hij 'stout' was geweest en billenkoek verdiende. Wat moest ze nou doen, wat moest ze zeggen? Het leek warempel net alsof ze van binnen helemaal hol was.

Thomas voelde haar tweestrijd aan en om de geladen sfeer te doorbreken zei hij: 'Je ziet er goed uit, je bent een mooie vrouw geworden.'

Voor het eerst sloeg Martine haar ogen naar hem op en zocht ze zijn blik. 'Ik heb echt geen behoefte aan complimenten, hoor Thomas!'

'Ik begrijp het. Sorry.' Hij nam een slok van de koffie, en toen hij het kopje terugzette op het schoteltje trilde zijn hand. 'Ik heb gehoord dat Jola jou de hele belabberde situatie heeft uitgelegd. Ik vraag me nu vertwijfeld af wat ik er nog aan toe moet voegen.'

'Niets, Thomas, helemaal niets! Jola was uitvoerig genoeg, ze trad in details die ik liever niet nog eens wil horen. Gisteravond vertelde Jola me overigens nog een nieuwtje waar jij volgens mij nog niet van op de hoogte kunt zijn. Zij en Joost Zondervan hebben elkaar in liefde gevonden, ze gaan elkaars leven delen.'

'Zo? Daar hoor ik van op, nee, dat wist ik nog niet. Het is goed nieuws waar ik blij mee ben! Onze dochter doet het hier in Groningen goed, moet ik zeggen! Wonderlijk evengoed dat Jola hier in korte tijd de man van haar dromen vond, terwijl ze in Rotterdam niet naar de mannen omkeek!'

'Er gaat niets boven Groningen, dat gezegde ken je toch?'

Thomas knikte en ernstig zei hij: 'Ik was een stommeling, ik verloor mijn zinnen toen ik meende dat ik het elders beter zou kunnen krijgen. Ik ga al lange jaren diep gebukt onder de pijnlijke last van schuld en schaamte. Wat moet ik doen, Martine, om jou daarvan te overtuigen?'

Nu vermeed zij oogcontact. 'Die moeite kun jij je besparen.'

Thomas' stem klonk schor van de emoties. 'Ik snap je reactie, het is begrijpelijk dat mijn gevoelens er voor jou niet toe doen. Je haat me en toch... draag je mijn ring nog!'

'Ja... nu je het zegt...' Ze bloosde en na een adempauze wees ze met een hoofdknik op zijn rechterhand. 'Jij hebt hem afgedaan. Lang geleden al, vermoed ik.'

Thomas glimlachte mat, en met een snel handgebaar haalde hij vanonder zijn overhemd een ketting te voorschijn waaraan zijn trouwring bungelde. 'Op deze manier, op mijn blote borst, heb ik de ring altijd gedragen.'

Daarop schamperde Martine: 'En daar had zij geen moeite mee, de vrouw voor wie je mij inruilde!? Dat maak je mij echt niet wijs en het stoort me dat jij kennelijk denkt dat ik een groentje ben dat alles voor zoete koek slikt!'

'Ik schat jou hoger in dan mezelf, hoger dan wie ook,' weerlegde Thomas. 'Ik ben heus niet van plan jou leugens op de mouw te spelden, wat ik over de ring zei is niets dan de zuivere waarheid. Maja en ik... Wel, we kwamen er indertijd al heel snel achter dat we niet bij elkaar pasten, dat we hopeloos verkeerd bezig waren geweest. Van toen af aan leefden we als broer en zus naast elkaar en in een dergelijke relatie zie je niet wat de ander op zijn of haar blote lijf draagt. Begrijp je wat ik je hiermee duidelijk probeer te maken?'

Tergend langzaam bewoog Martine haar hoofd op en neer en zacht zei ze: 'Toen jullie tot inkeer kwamen was er geen sprake meer van intimiteit. Dat wist ik al, Jola heeft het me uitvoerig verteld. Wat ik de hele tijd niet begrepen heb is waarom jij toen, zo heel in het begin, niet naar mij terugkeerde. Dan had ik je ongetwijfeld met open armen ontvangen en hadden we het weer goed kunnen maken. Daar is het nu te laat voor. Niemand zou het immers kunnen begrijpen als ik na alles wat er tussen ons is gebeurd, ja zou zeggen tegen jou.'

Het drong tot geen van beiden door dat Martine met dat laatste een klein stukje van haar diepste gevoelens blootgaf.

Thomas had het niet in de gaten omdat hij niet wist hoe snel hij zich moest verontschuldigen. 'Toen het grandioos misliep tussen Maja en mij had ik inderdaad vergiffenis aan jou moeten vragen. Ik wilde niets liever dan terug naar huis, terug naar vrouw en zoon, maar de bekende drempel was inmiddels al torenhoog. Ik durfde jou toen al niet meer onder ogen te komen, daarvoor waren de gevoelens van schuld en schaamte te groot geworden. Kun je dat een klein beetje aanvoelen, Martine?'

Zij trok met haar schouders. 'Het enige wat voor mij vaststaat is dat jij ook nu weer mijn geluk in de weg staat.' Op zijn vragende blik verduidelijkte ze: 'Als Jola straks in haar prachtige nieuwe huis woont, zal ik daar niet vrij in en uit kunnen lopen. Het idee dat jij daar ook woont en dat ik je ongewild tegen het lijf kan lopen, maakt dat voor mij onmogelijk. Hetzelfde geldt voor Gideon en Fleur. Zij hebben al openlijk tegen Jola gezegd dat ze niet bij haar op bezoek zullen komen. In plaats van dat ik het verleden achter me kan laten krijgt het een staart waar ik allesbehalve gelukkig mee ben.'

'Misschien zou ik dan maar beter in Rotterdam kunnen blijven?' Toen Martine daar niet op reageerde, praatte Thomas verder. 'Ik doe niet anders dan het jou moeilijk maken, jij doet voor mij het tegenovergestelde. Het zou normaal zijn als jij als een furie voor mij zou staan, maar niets is minder waar. Jij gedraagt je groots waardoor wij een min of meer gewoon gesprek kunnen voeren. Daar ben ik je dankbaar voor!' Nadat er weer een stilte was gevallen zei Thomas: 'We zijn nog steeds getrouwd, ben je van plan van mij te scheiden nu ik boven water ben gekomen en jij op de hoogte bent van de miserabele geschiedenis?'

'Net zomin als ik er ooit bij stil heb gestaan om de trouwring van mijn vinger te schuiven toen ik niet langer meer op je hoefde te wachten, heb ik tot dusverre aan een scheiding gedacht. Onverklaarbaar dom misschien, het is echt zo. Voor bepaalde zaken is het echter niet te laat, wat dat betreft moeten we...' Verder kwam Martine niet, want op dat moment stapte Gideon de huiskamer binnen. Thomas en Martine hadden hem niet horen aankomen en geen van beiden hadden ze erbij stilgestaan dat de tijd was verstreken en het inmiddels al half een was geweest. Gideons blik dwaalde van de een naar de ander en toen hij iets meende aan te voelen stiet hij uit: 'Wat heeft dit te betekenen!?'

Daarop haastte Martine zich te zeggen: 'Gideon, dit is... je vader!'

'Zo, zo, daar ben je dan eindelijk, Thomas Vogelaar!' Gideons ogen boorden zich in die van Thomas. Hij was opgestaan en het deed hem meer dan iemand zou kunnen vermoeden dat Gideon zijn uitgestoken hand negeerde. Niettemin kon hij niet nalaten te zeggen: 'Ik ben je vader.'

Gideon hield de blik van de ander vast en ijzig koud zei hij: 'O ja, ben jij mijn vader? Waar was je dan toen ik klein was en ik je nodig had? Waar was je, al die keren als mam huilde om jou en ik haar moest troosten!? Je hebt ons doodgewoon laten barsten, man! En nu zit je daar alsof het zo hoort en attendeer je mij erop dat je mijn vader bent? Vergeet het maar, ik zal je hooguit aanspreken met Thomas en zelfs dat kost me moeite! Wat doe je hier overigens, ik kan me niet voorstellen dat mam je heeft uitgenodigd?'

Hij richtte zich tot Martine. 'Of heb ik het mis en vergis ik me in jou?'

Martine schudde haar hoofd om de drift die uit Gideons ogen spoot. 'Rustig nou, jongen, je moet je niet meteen zo opwinden. Nee, ik heb je vader niet gevraagd naar hier te komen, het is anders gegaan en dat vertel ik je nog. Maar waar kom jij vandaan, je komt tussen de middag nooit zomaar even aanwippen?'

Gideon vertelde over het belletje van Lotte en nadat Martine te kennen had gegeven dat ze de uitnodiging voor woensdagavond graag aannam, zei Gideon met een onheilspellende blik op Thomas: 'Dan ga ik er nu als een haas weer vandoor, want ik kan niet zeggen dat ik me hier op mijn gemak voel.'

Voordat hij de daad bij het woord kon voegen bedisselde Martine: 'Daar komt niets van in, je zult in ieder geval iets moeten eten voor je weer naar je werk gaat!'

Martine wilde alvast naar de keuken lopen, maar Gideon weer-hield haar ervan. 'Doe nou niet zo moeilijk, mam! Ik ben al thuis geweest, Fleur had een bakje nasi uit de vriezer voor me klaargezet, dat heb ik snel weggewerkt en vervolgens ben ik weer op mijn fiets gesprongen om Lottes boodschap aan jou over te brengen. Als ik van tevoren geweten had wie ik hier zou treffen, had ik me wel drie keer bedacht om naar hier te komen! Maar wie weet, misschien ook niet...' zei hij erachteraan. Hij keerde zich om naar Thomas en recht in zijn gezicht zei hij: 'Nu kan ik tenminste per-soonlijk tegen je zeggen dat ik je haat! Dat ik je niet in dit huis duld en zeker niet in de buurt van mijn moeder! Daar is de deur, verdwijn er alsjeblieft zo snel mogelijk door, man!'

Gideon had zijn gif gespoten, Martine sloeg een hand voor de mond en Thomas stond onmiddellijk op. Hij vermeed oogcontact met zowel Martine als Gideon toen hij zichtbaar aangeslagen pre-velde: 'Dit was niet de bedoeling van mijn komst. Vergeef me...'

Vervolgens haastte hij zich naar de deur en even later zagen ze hem het tegelpad aflopen. Het viel alleen Martine op dat hij opeens jaren ouder leek. Nog dieper raakte het haar toen ze zag dat hij zich als een geslagen hond uit de voeten maakte. Ze had het gevoel dat ze het uitschreeuwde, in werkelijkheid was er alleen maar een kermende stem binnen in haar die hem een boodschap na stuurde: zoek in vredesnaam hulp bij God! Je redt het niet in je eentje, je bent ook maar een mens.

Daarna richtte ze zich tot Gideon en met een onderdrukte snik in haar stem zei ze: 'Moest je nou per se zo bikkelhard tegen hem zijn? Met iets minder had hij ook wel begrepen wat jij bedoelde.'

Gideon staarde haar een moment perplex aan. 'Wat is dit nou dan weer! Neem jij het op voor die lapzwans, ben je dan vergeten wat hij vooral jou heeft aangedaan? Kom mam, gebruik je gezonde verstand, die man is het niet waard dat we nog één woord aan hem vuilmaken.' Hij zocht peilend Martines gezicht af en toen hij meende dat het verdriet daarop voor hem herkenbaar was, sloeg hij zijn armen om haar heen en trok hij haar beschermend tegen zich aan. En met een stem vol medelijden troostte hij: 'Die ongelooflijke rotzak heeft je weer helemaal van streek gebracht, zie ik. Stil maar, lieve mam, huil maar niet om hem. Hij is je tranen niet waard. Het spijt me dat ik hoognodig naar mijn werk moet, ik zou nu maar wat graag bij je willen blijven. Net als vroeger, toen jij het in je eentje ook niet aankon en je mij nodig had. Weet je nog, mam?'

Martine maakte zich los uit zijn armen en vermande zich. 'Ja, lieve jongen, tot mijn spijt moet ik bekennen dat ik alles nog weet uit de tijd die ik zo graag uit mijn geheugen zou willen schrappen. Ten opzichte van jou heb ik onherstelbare fouten gemaakt, dat spijt me verschrikkelijk. Ga nu maar, ik ben gelukkig niet meer de moeder van toen. Door schade en schande heb ik geleerd het nu in mijn eentje wel aan te kunnen, jij moet je zorg nu aan Fleur besteden.'

Gideon glimlachte vertederd. 'Je bent groots, mam!' In alle ernst voegde hij eraantoe: 'Beloof me dat je Thomas nooit meer binnen zult laten!'

Martine omzeilde een belofte door hem een duwtje in de rug te geven. 'Ga nu maar, straks kom je nog te laat op kantoor!'

Voor het raam zwaaide ze hem na totdat hij uit haar gezichtsveld was verdwenen. Daarna liet ze zich in haar stoel zakken en gaf ze zich over aan gevoelens en gedachten die elkaar als wildemannen in haar hoofd na leken te jagen. Lieve Gideon. Hij had haar groots genoemd. Hoe kon de jongen ook weten dat zij nog dagelijks werd gekweld door de fouten die ze jegens hem had gemaakt? Thomas had het gehad over schuld en schaamte, zij wist exact wat hij erbij voelde. De pijn ervan was niet gering. Laat hem nooit meer binnen... Met die woorden had Gideon haar een belofte willen afdwingen die ze hem echter niet had kunnen geven. Ze zou het geen sterveling kunnen noch durven zeggen dat Thomas' aanwezigheid haar goed had gedaan. Vanavond, voordat ze in bed stapte, zou ze als gewoonlijk een gesprek aangaan met God. Tegen Hem zou ze zeggen dat ze ondanks alles nog onverminderd hield van de man wiens ring ze niet van haar vinger kon doen. Door het dragen van de trouwring had ze het gevoel nog een beetje met Thomas te zijn verbonden. Ze hadden elkaar daarstraks met geen vinger aangeraakt, niet eens een hand gegeven. Zijn lichaamsgeur had echter in haar neus geprikkeld en uit elk woord van hem had zij geproefd dat zijn spijt oprecht was. Net als zij was Thomas al die tijd niet gelukkig geweest. Wat deden de voorbijgaande jaren er nog toe als de toekomst er voor hen allebei beter zou kunnen uitzien? Ze kon Thomas niet haten, wel weer liefhebben net als toen. Jola zou hiermee in de wolken zijn, Gideon echter niet. Door niet toe te geven aan haar gevoelens voor Thomas, kon ze nu eindelijk daadwerkelijk iets goedmaken voor Gideon. Ach, maar ook zonder dat zou ze het niet opnieuw aandurven met

Thomas. Ze zou immers door alle vrouwen nagewezen en beschimpt worden. Niemand zou haar beweegredenen kunnen begrijpen, ze zou massaal voor gek worden verklaard. Een vrouw als zij, die zo schandalig door een kerel was vernederd, enzovoort, enzovoort. O ja, ze kon alles haarfijn invullen wat haar dan te wachten zou staan, maar al die mensen met vooroordelen hadden er geen idee van wie zij vandaag had gezien. Een man die diep gebogen ging onder de last van schuld en schaamte, die zich als een geslagen hond gehaast uit de voeten had gemaakt. Arme Thomas. En ik kan je alleen maar in gedachten vergeven, hardop uitspreken kan ik het niet. Omdat ik Gideon daar ongekend veel pijn mee zou doen en omdat ik het oordeel van de mensen vrees.

12

DAGEN EN WEKEN HADDEN ZICH AANEENGEREGEN TOT MAANDEN. Deze laatste dag van oktober stond voor Jola in het teken van feest. Vanochtend had ze haar rijbewijs gehaald, het 'papiertje' was voor haar gevoel een bewijs van zelfoverwinning. Ze had eindelijk iets gepresteerd, vond ze, en het leed geen twijfel dat ze er verschrikkelijk blij mee was. Ze had iedereen inmiddels al gebeld en allemaal hadden ze haar uitbundig gefeliciteerd. Net alsof ze plotseling een bul op zak had. Van Joost had ze een schitterend boeket bloemen gekregen. Nadat hij haar die overhandigd had en hij haar had gekust, had hij bedenkelijk gezegd: 'Ik mag toch hopen dat jij je een niet al te protserige auto aanschaft, want een bak van een wagen past niet bij een eenvoudige vent als ik.'

Joost had niet zo moeilijk hoeven te doen, want voordat zij haar rij-examen aflegde had ze haar oog al laten vallen op een ruime, middenklasse auto. Ze hoefde de garagehouder alleen maar meer een belletje te geven dat de koop gesloten was en hij de auto afleveringsklaar kon maken. Ze was gelukkig met de nieuwe aanschaf, want net zomin als Joost begeerde zij rond te rijden in een opzichtig statussymbool. Ze wilde zeker geen afgunst wekken, veel liever wilde ze gelijk zijn aan de mensen die haar dierbaar waren.

In de afgelopen maanden was er veel veranderd en leek het geluk van alle kanten naar haar toe te komen, vond Jola. Ze woonde inmiddels al een aantal weken in haar nieuwe huis, ze voelde zich er thuis als een vis in het water. Dat kon ook immers niet anders, oordeelde ze, want in tegenstelling tot vroeger kon ze de dagen nu zinvol invullen. Ze had een paar ochtenden per week een hulp voor de huishouding omdat ze daar zelf geen kaas van gegeten had. Zonder Jopie, een bijzonder aardige vrouw, zou haar nieuwe home er binnen de kortste keren verwaarloosd, of in ieder geval groezelig uitzien. Vergeleken bij vroeger had ze het gewoon druk, ze moest Brenda twee keer per dag naar school brengen en weer ophalen. Als ze bij haar thuis was, had het meisje recht op haar aandacht, liefde en goede zorgen. Daarnaast zocht ze mam elke dag even op en in de weekenden brachten Joost, Brenda en zij regelmatig een bezoekje aan Gideon en Fleur. Zo was hun tijd best wel bezet, oordeelde ze, en daar kwam nog bij dat ze de ouders van Joost inmiddels ook goed had leren kennen en dat ook zij niet vergeten mochten worden. Het waren echt lieve mensen, Stijn en Noortje Zondervan. Ze vond het verschrikkelijk jammer dat Joosts moeder door haar rugafwijking aan een rolstoel gebonden was en afhankelijk was van haar man. Voor allebei die mensen was klagen kennelijk een begrip dat hun vreemd was, ze sloegen zich er samen dapper doorheen. Toen zij haar bewondering daarover eens had uitgesproken had Stijn gezegd: 'Met klagen is geen mens gebaat, veel verstandiger is het om je zegeningen te tellen. En die zijn er wis en zeker, het is voor ons een bewijs dat God meer dan goed voor ons is.' Noortje had daar toen aan toegevoegd: 'We hebben Hem al ontelbare keren bedankt dat jij in het leven van Joost mocht komen! We zijn ontzettend blij met jou, wat jij geeft aan Joost en Brenda ligt niet in ons vermogen. En ze hadden het zo nodig; de liefde van een vrouw, de liefde van een moeder.' Het was fijn om zoiets te mogen aanhoren, het gaf haar een gevoel dat ze vroeger niet had gekend: eigenwaarde. En daardoor deed ze waarschijnlijk nog beter haar best, want tussen de bedrijven door verzorgde ze de was, die ze ook zelf weer wegstreek en koken deed ze tegenwoordig ook. In het begin had ze weleens iets laten aanbranden of was een maaltijd zelfs helemaal de mist in gegaan, maar al doende leert men. De laatste tijd kreeg ze dikwijls complimenten van zowel Joost als pap. Die deden haar goed en als ze zo lekker bezig was, voelde ze zich de vrouw des huizes. Dat ze zich daarnaast volop moeder voelde wist iedereen onderhand al.

Ze hield echt waanzinnig veel van Brenda, een eigen kind zou haar gevoel voor Joosts dochter niet kunnen overtreffen. Bij het inrichten van het nieuwe huis had ze Brenda zo veel mogelijk vrijgelaten in haar keus voor de inrichting van haar kamer. Het was een schattige meisjeskamer geworden, waar Brenda trots op was. Dat bleek uit het feit dat ze haast dagelijks kindertjes uitnodigde om bij haar te komen spelen. Dit tot groot genoegen van Jola zelf, want zij was niet vergeten hoe eenzaam zij vaak was geweest in Rotterdam. Ze deed er dan ook alles aan om te voorkomen dat Brenda zich 'anders' ging voelen of gedragen. Dat kwam gelukkig niet aan de orde, het meisje accepteerde de grote veranderingen in haar leventje als vanzelfsprekend. Dat lag iets anders voor Joost. Hij had moeten ondervinden dat zijn liefde voor haar zijn leven totaal had veranderd. Hij kende geen geldzorgen meer en dat hij dat niet als vanzelfsprekend beschouwde had hij laten blijken. Toen het huis geverfd en gesausd was in de kleuren naar haar smaak en er meubels gekocht moesten worden om de vele kamers in te richten, had hij verbluft gezegd: 'Jij kiest en koopt erop los zonder op de prijzen te letten, dit gaat mijn bevattingsvermogen te boven! Jouw geldbuidel lijkt een bodemloze put waaruit je naar hartenlust kunt scheppen. Ik weet niet of ik daar wel blij mee kan zijn, bijbenen kan ik het in ieder geval niet.'

Dat Joost in de eerste plaats zichzelf wenste te blijven bewees het feit dat hij inmiddels alweer volop in de bouw werkzaam was. Bij zijn vroegere baas die hem als het ware met open armen had ontvangen. 'Het doet me deugd, Joost, dat het tij voor jou is gekeerd, dat je opnieuw gelukkig mocht worden. Dat je de zorg om je kleine dochter over kunt geven aan een vrouw die over haar moedert mag je gerust als een zegen beschouwen! Wij kerels kunnen nog zo goed ons best doen, de moederrol zullen we nooit ofte nimmer kunnen vervullen.'

Zo gunde iedereen op zijn of haar manier Joost het geluk. Jola prees nog steeds de dag dat Joost zich gewonnen had gegeven en hij en Brenda voorgoed bij haar waren ingetrokken. Joost vond het huis mooi, de inrichting ervan was ook zijn smaak. Op een keer had hij gezegd dat hij het merkwaardig vond dat zij van een van de vele kamers geen atelier had gemaakt. Het was dat Joost haar erop attendeerde, zelf had ze er geen moment bij stilgestaan. Achteraf bezien was het volgens haar zo, dat zij destijds met het vernielen van haar laatste doek, een punt had gezet achter het schilderen. Ze had er totaal geen behoefte meer aan, zonder atelier zag het huis er tot haar volle tevredenheid uit. Op de bovenverdieping woonde haar vader, weer te midden van zijn eigen spullen. Joost en zij deden hun best hem zo veel mogelijk te betrekken bij het goede dat hun te beurt was gevallen. Dat ging overigens niet altijd vanzelf, pap stribbelde vaak tegen als zij hem riep dat hij beneden moest komen om met hen aan tafel te schuiven. 'Ik heb een eigen keuken, ik kan heus mijn eigen potje wel koken en anders laat ik een maaltijd bezorgen.'

'Ja, maar het is toch veel gezelliger om met ons samen te eten dan dat je in je uppie zit te kauwen!'

'Dat wel, maar... Nou ja, ik wil niemand tot last zijn. Het zit me al zo verschrikkelijk dwars dat Martine hier vanwege mij niet naartoe durft te komen. En dan heb ik het nog niet eens over Gideon en Fleur. Ik had in Rotterdam moeten blijven, dan hadden jullie met elkaar een goed leven gehad...'

Op een gegeven moment had zij werkelijk alle zeilen moeten bijzetten om pap over te halen uit Rotterdam weg te gaan en bij haar te komen. 'Alles wás immers al in kannen en kruiken! Je kunt niet meer terugkrabbelen, je huis is al in handen van een makelaar, er is zelfs al een optie op genomen! Waarom doe je nou opeens zo moeilijk? Of komt het doordat je mam een keer gezien en gesproken hebt en je het vervelend vindt dat zij niet bij Joost en mij op bezoek kan komen? Daar hoef jij je geen zorgen over te maken, Joost en ik zorgen er heus wel voor dat zij geen kans krijgt om ons te missen! Wij zoeken haar wel op, hetzelfde geldt voor Gideon en Fleur. Als jij nu op de valreep afhaakt en in Rotterdam blijft, zal ik niet gelukkig kunnen zijn in mijn nieuwe huis. Toe nou, pap, je weet toch dat wij elkaar nodig hebben?'

Thomas had zich toen gelukkig gewonnen gegeven, maar later had Joost haar erop geattendeerd dat haar vader een afschuwelijk leeg leven leidde. 'Die man doet de hele dag niets! Daar zou ik echt knettergek van worden, volgens mij wordt je vader er ook niet vrolijker van! Het is hem aan te zien dat hij loopt te tobben en verre van gelukkig is. Hij moet iets om handen hebben, dat is voor hem echt van groot belang!'

Zij had hulpeloos gezegd: 'Ik weet niet anders dan dat pap renteniert. Dat hoort gewoon bij hem. Het is mij dus niet eens opgevallen dat hij inderdaad veel op zijn kamer zit en zich nauwelijks laat zien. Jawel, hij gaat elke dag, veelal in de namiddag, trouw even de stad in, dat zal hij wel uit verveling doen. Maar wat kunnen we eraan doen, het is zijn leven dat hij naar eigen goeddunken mag invullen. Toch?'

Daar was Joost het niet mee eens geweest. 'Volgens mij heeft hij een duwtje in de rug nodig. Laat mij maar even begaan. Ik heb een plan in mijn hoofd, ik kan vooralsnog enkel hopen dat het me lukt dat ten uitvoer te brengen. Jouw vader heeft hulp nodig, dat staat voor mij als een paal boven water!'

Joost had het niet bij woorden gelaten, hij had zich daadwerkelijk voor Thomas ingezet. Zo was hij een keer in de tuin bezig geweest en had hij bij Thomas aangeklopt. 'Kun je me niet een poosje komen helpen, ik kom er gewoonweg niet door. Ik heb alleen 's avonds de tijd en op zaterdag, om die joekel van een tuin te onderhouden, een beetje hulp zou niet gek zijn.'

Aanvankelijk had pap hem gewezen op het aannemen van een

tuinman, maar toen noch Joost, noch zij daarvan wilde weten had pap geen keus gehad. Het eind van het liedje was dat ze hem nu regelmatig in de tuin aantroffen. En wonderlijk genoeg was het hem aan te zien dat hij aardigheid kreeg in het wieden, schoffelen en dergelijke. En vanaf de tijd dat hij zich in de achtertuin vertoonde, had hij automatisch ook meer notitie genomen van Brenda. Daar had het parmantige vrouwtje in alle onschuld zelf aan meegewerkt. Als zij op de schommel zat, op de glijbaan of als ze in de zandbak aan het spelen was en ze riep hem enthousiast dat hij moest komen kijken, kon Thomas daar vanzelfsprekend niet onderuit. Dan duwde hij de schommel, bakte hij zandtaartjes, speelde hij een kinderspel mee. En ja, dan lachte zijn mond. Zijn ogen lachten echter nooit mee.

Jola maakte zich zorgen om haar vader, Thomas oordeelde zelf in alle stilte dat het leven bepaald geen lolletje was. Sinds hij die keer, maanden geleden alweer, bij Martine was geweest, was zij geen moment meer uit zijn gedachten. Hij hield van haar, hij zou er alles voor overhebben om haar terug te krijgen. Het mocht slechts een zoete droom zijn, een zeepbel die telkens uiteenspatte. Heel af en toe, als het hem allemaal te veel werd, durfde hij zichzelf wijs te maken dat Martine nog om hem gaf. Want waarom anders hadden haar ogen op lichtende sterren geleken toen hij die keer bij haar voor het raam stond en ze elkaar na al die jaren weer zagen? Hij had het zich toen niet verbeeld, er had ontegenzeglijk blijdschap in haar mooie ogen gelegen. En de lach die om haar bevende mond had gespeeld had er ook niet om gelogen. En waarom anders droeg ze zijn ring nog, waarom was ze tot dusverre niet teruggekomen op de scheiding die ze had aangeroerd, maar waar ze niet op door hadden kunnen gaan omdat Gideon opeens in de kamer had gestaan? Deze vragen zouden onbeantwoord blijven, hij wist niet wat er in Martine omging, want ze hadden elkaar daarna niet meer getroffen. Louter en alleen omdat hij haar gewoon zien móest, ging hij elke dag eventjes naar de stad. Altijd tegen sluitingstijd van de kapsalon. Op een afstand en verdekt opgesteld, zag hij haar dan naar buiten komen. Hij kende haar handelingen inmiddels uit zijn hoofd: ze liep naar de stoeprand, keek naar links en rechts voordat ze de zeer drukke verkeersweg overstak. Aan de overkant stond het bushokje waarin ze gelaten en in gedachten verzonken, zo leek het, wachtte tot de bus kwam. En nadat ze daarin was gestapt reed ze van hem weg. Altijd van hem weg. Het was een regelrechte zelfkwelling, want vanaf de afstand die hij veiligheidshalve in acht diende te nemen, kon hij de details van haar lieve gezicht niet onderscheiden. Het zat hem verschrikkelijk dwars dat Martine buiten de deur moest werken om in haar levensonderhoud te kunnen voorzien. Ze was geen achttien meer, het werk moest haar zwaar vallen, dat kon volgens hem niet anders. Hij zou haar wat graag financieel tot steun zijn, hij durfde het onderwerp echter niet aan te roeren. Gegarandeerd zou er dan immers, en zeer terecht, gezegd worden dat hij haar twintig jaar lang had kunnen helpen, maar dat willens en wetens had verzuimd. Schuld en schaamte... Jawel, maar daar kon hij niet mee te koop lopen. Gideon had er überhaupt geen oren naar. Gideon, zijn zoon... Na die ene ontmoeting vreesde hij de scherpe tong van Gideon, die was snijdend geweest. De jongen haatte hem en daar kon hij zich alles bij voorstellen. Hij had zichzelf leren kennen en was er niet trots op. En hoe moest hij omgaan met het feit dat hij niet welkom was op de trouwdag van Gideon en Fleur? Over enkele weken stapte zijn zoon in het huwelijksbootje, iedereen zou mee mogen genieten van het geluk van het bruidspaar, alleen hij niet. Hij was niet uitgenodigd, zo ging dat met iemand die buitengesloten werd. Hij wist bij voorbaat dat het een afschuwelijke moeilijke dag voor hem ging worden. Erover klagen mocht hij alleen een beetje in zichzelf. Niet hardop tegen anderen en al zeker niet tegen God. Jegens Hem was hij enkel dankbaar.

Sinds enige tijd durfde hij weer te bidden en naar de kerk te gaan. En elke keer als hij deemoedig zijn handen vouwde, schuld bekende en om vergeving vroeg, ervoer hij dat hij niet afgewezen werd. God sloot hem niet buiten en dat te mogen voelen was wonderbaarlijk. Het wekte ongekende emoties in hem op. En zo was er meer waardoor het niet werkelijk pikkedonker om hem heen was. Hij hoefde maar aan Joost Zondervan te denken om het zo te durven stellen. Onlangs op een avond toen Jola naar Martine was gegaan, was er tussen Joost en hem een gesprek ontstaan. Hij had willen weten of Joost hem, net als zovelen, niet ook fel veroordeelde. Joost had niet over de plotselinge vraag na hoeven te denken. Hij had beslist van nee geschud en gezegd: 'Wat er is gebeurd is niet niks, het was echter voor mijn tijd. Ik heb je leren kennen zoals je nu bent en ik moet zeggen dat ik niks op je aan te merken heb. Ik mag je graag en het spijt me dan ook niet dat jij in de toekomst mijn schoonvader wordt.'

Zoiets deed goed. Het gaf je gebogen rug weer een beetje de kracht zich te strekken. Ach, en dan was Brenda er nog. Dat kleine, parmantige vrouwtje trok hem steeds meer aan. Als ze bij hem op schoot zat, ze vertrouwelijk tegen hem aanleunde en ze met dat lieve mondje van d'r zei: 'Ik vind jou lief,' raakte ze daarmee een gevoelige snaar. Het was een puur menselijk trekje, opperde Thomas in diepe gedachten verzonken, dat je graag aardig en lief gevonden wilde worden. Hij was geen uitzondering op die regel, het beroerde was dat die regel niet meer op hem van toepassing was. Als je bepaalde regels met voeten trad moest je de gevolgen ervan accepteren. O ja, verstandelijk kon hij de zaken op een rijtje zetten, zijn gevoel wilde daar echter niet altijd aan meedoen. Ook nu hoorde hij weer een stem in zich die klaagde: hoe lang moet ik nog boeten? Of bestaat er voor mij geen horizon meer waaraan stille beloften opdoemen?

Fleur was een aandoenlijk bruidje in het wit. Zij had er zelf geen idee van hoeveel stille beloften zij uitstraalde naar Gideon toen ze naast hem in de kerk zat waar hun huwelijk ingezegend werd. Ze pinkte een traantje weg toen ze naar hem opkeek en ze alleen verstaanbaar voor hem, fluisterde: 'Ik hou van je!'

'Ik ook van jou.' Gideon streelde haar hand en met een half oog zag hij dat er meer tranen van ontroering weggewist werden. Mam en Jola hadden hun zakdoek nodig, maar ook zijn kersverse schoonmoeder, Olga Groeneweg. Vrouwen uiten hun emoties met tranen, zijn hart leek opeens te klein om het overweldigende geluksgevoel te kunnen herbergen. Fleur, mijn vrouw... Gideon sloot zijn ogen toen hij in stilte zei: duizendmaal dank voor de vrouw die mij door U gegeven werd.

Op het moment dat de predikant naar het bruidspaar toe kwam en hij op beider hoofd een hand legde en zijn zegen uitsprak, klonk Brenda's heldere kinderstem door de kerk: 'Papa, ik en Jola gaan ook trouwen! Misschien gisteren wel! Of kan dat niet?' vroeg ze aan Jola. Zij was niet de enige die vertederd glimlachte, ze legde een vinger tegen haar lippen. 'Even stil zijn nog!'

Tijdens de receptie werd Joost door menigeen geplaagd met de uitlating van Brenda. 'Je hebt het gehoord, je dochter is eraan toe, waar wachten jullie dan nog op?'

In een onbewaakt ogenblik fluisterde Joost tegen Jola: 'Het was een goede vraag, want waar wachten wij eigenlijk nog op?'

Jola antwoordde in volle ernst. 'Op de tijd die voorbij moet gaan. Omdat "men" zal oordelen dat wij elkaar nog te kort kennen om al aan trouwen te mogen denken. Wat een nonsens, niet dan?'

'Dat zouden we aan onze laars moeten lappen,' vond Joost. Op dat moment werden ze afgeleid doordat Lotte en Dries op hen toe kwamen. 'Wat een gezellige boel, hè,' zei Lotte, 'wij genieten ervan, jullie ook?'

Ze schoven aan een tafeltje waar ze een gedeelte van de tijd vol babbelden.

Toen iedereen het bruidspaar geluk had gewenst en overladen met cadeaus en bloemen, nam Martine de gelegenheid waar en liep op Gideon en Fleur toe. 'Ik heb jullie in de kerk al gefeliciteerd en omhelst, toch heb ik de behoefte jullie allebei nog even een knuffel te geven.' Ze sloeg haar armen om Gideons nek, trok zijn gezicht naar zich toe en nadat ze hem een zoen had gegeven, fluisterde ze ontroerd: 'Veel geluk, lieve jongen! Beloof me dat je in de toekomst geen moment zult vergeten Fleur gelukkig te maken!' Gideon keek lachend op haar neer. 'Je bent een lieverd om mij juist die boodschap mee te geven. Hoorde je wat ze zei, Fleur?'

Voordat die erop kon reageren voelde zij Martines armen om haar heen, haar stem klonk even zacht als daarnet tegen Gideon. 'Ik ben zo blij met jou, lieverd... Zó dankbaar en blij.' Martine moest een paar lastposten van tranen wegvegen voordat ze er met een lachje aan toe kon voegen: 'Iets dergelijks zou ik vroeger niet over mijn lippen hebben kunnen krijgen, nu komt het spontaan vanuit mijn hart.'

Daarop sprak Fleur een heel eigen mening uit. 'Vroeger is verleden tijd, daar hebben we voorgoed afscheid van genomen!'

Nee, meisje, zo is het voor mij niet, dacht Martine terwijl ze zich verwijderde om de ouders van Fleur op te zoeken. Mijn verleden heet Thomas en van hem kan ik zelfs in gedachten geen afscheid nemen. Tijdens de plechtige, indrukwekkende kerkdienst had ze aldoor aan hem moeten denken en ook nu kon ze hem niet uit haar gedachten bannen. Ze had met hem te doen, hij moest het vandaag ontzaglijk moeilijk hebben. Hij zat nu helemaal alleen thuis, er moest verschrikkelijk veel in hem omgaan. Dat kon volgens haar niet anders. Tijdens de voorbereidingen van de trouwdag had zij Gideon een keer voorzichtig gepolst. 'Stuur je Thomas ook een uitnodiging?' De jongen had haar verbaasd aangezien. 'Je denkt toch niet dat ik gek ben! Alleen al vanwege zijn aanwezigheid zou de mooiste dag van mijn leven voor mij een ramp worden. Ik kan me niet herinneren dat ik ooit een vader heb gehad, zou hij er dan nu opeens wel kunnen zijn? Hoe verder hij uit mijn buurt is, hoe liever het mij is!'

Kon ik maar zo denken, dacht Martine terwijl ze zich tussen groepjes pratende mensen door wurmde, het zou alles zoveel gemakkelijker maken. Ze had Thomas na die ene keer niet meer gezien of gesproken, desondanks voelde ze dat haar liefde voor hem niet doofde, maar groeide. Ze was zelfs zo met hem bezig dat ze zich al een paar keer had verbeeld dat ze hem had gezien. Ze had op de bus staan wachten toen ze aan de overkant van de straat de gestalte van een man had waargenomen. Zomaar een wildvreemde man, maar voor haar gevoel was het Thomas geweest. Het was gewoon absurd, het leek wel alsof ze bij tijd en wijle geestverschijningen zag! Ze mocht wel oppassen, het moest niet gekker met haar worden! Martine schudde haar hoofd, en op dat moment zag ze Niek en Olga Groeneweg samen aan een tafeltje zitten. Ze haastte zich naar hen toe en informeerde of ze even bij hen mocht komen zitten. 'Graag zelfs!' zei Olga lachend. 'Niek en ik hadden ook al naar jou uitgekeken. We hebben elkaar hiervoor nog maar één keer ontmoet, we moeten nodig even bijpraten.'

Martine nam plaats, Niek Groeneweg verontschuldigde zich. Niet met een smoesje, maar open en eerlijk. 'Waar twee vrouwen zich naar elkaar toe buigen om een gesprek aan te gaan, voelt een man zich overbodig. Ik ga mijn benen strekken, kijken of ik een manspersoon kan aanklampen voor een praatje!'

Niek maakte zich uit de voeten, en Olga zei verwonderd: 'Ik had eerlijk gezegd meer mensen verwacht, jij niet?'

Martine trok weifelend haar schouders op. 'Je moet niet vergeten dat Gideon en Fleur allebei geen hordes vrienden hebben. Hun collega's zijn er met hun aanhang, verder zie ik verschillende gezichten die ik niet thuis kan brengen omdat ik de mensen niet ken. Ik vind het wel gezellig, zo'n besloten club. Het is mij liever dan een mensenmenigte waar je als het ware tussen verdwaalt. Hoe is het anders met Niek en jou en gaat het met de zaak ook goed?'

'Jij hebt het over de zaak, het is anders maar een doodgewone viswinkel, hoor! Ja, het gaat goed. Rijk zullen we er niet van worden, maar dat begeren we ook niet.' Olga boog zich vertrouwelijk naar Martine toe, ze dempte haar stem toen ze verder ging. 'Het is voor ons geen geheim meer, Fleur heeft aan ons verteld waardoor jouw dochter Jola een vermogende vrouw is geworden. In doen en laten is ze gelukkig eenvoudig gebleven, ze loopt beslist niet van hoogmoed naast haar schoenen. Dat siert haar en zo waarderen Niek en ik het ook bijzonder dat Jola Fleur en Gideon zo'n mooi cadeau heeft aangeboden! Het is geweldig, we wisten echt niet wat we hoorden!'

Martine lachte gelukkig. 'Het deed mij deugd dat Gideon en Fleur het zonder problemen aannamen, dat ze Jola niet voor het hoofd stootten. Daar was ik namelijk een moment bang voor. Ja, het is geweldig dat Gideon en Fleur een huwelijksreis naar Amerika van Jola kregen aangeboden. Inclusief vliegreis en meer dan ruim zakgeld. Ze vertrekken morgenochtend en over een week of vijf komen ze pas terug. Wat een weelde, nietwaar?'

Olga knikte instemmend. 'Zeg dat wel! Ze kunnen er zo lang tussenuit omdat ze hun vakantie van de zomer niet hebben opgenomen. Toen wisten ze al dat ze tegen deze tijd samen op reis zouden gaan, echter nog niet dat het hun geen cent zou kosten. Lief hoor, van Jola!'

'Zij is gewoon een schat,' zei Martine niet zonder trots. Ze dacht aan wat Gideon tegen haar had gezegd over het cadeau. 'Als we er nee tegen hadden gezegd, zouden we Jola daarmee diep gekwetst hebben. Zij gunt het ons zo van harte en bovendien, mam, is het

eerlijk geld. Waar voor ons geen luchtje aan zit. Begrijp je?'
Natuurlijk had ze begrepen wat Gideon ermee zeggen wilde. Het
geld kwam immers van Jola, alleen aan dat van Thomas zat voor
Gideon een onaangenaam luchtje. En voor haar, hoe dacht zij
erover? Op die vraag was er voor Martine maar één antwoord
mogelijk: alleen Thomas telt voor mij, de rest is bijzaak.
Martines gedachten werden een halt toegeroepen door de stem
van Niek Groeneweg. 'Zijn de dames uitgepraat?' Hij nam zijn
stoel weer in, Martine schonk hem een open lach. 'We namen
even een adempauze, maar nu jij Olga weer gezelschap houdt, ga
ik de ouders opzoeken van Joost: Stijn en Noortje Zondervan. Wij
zien en spreken elkaar vandaag nog wel weer!'
Martine stond op en nadat ze onderweg met deze en gene een
praatje had gemaakt liep ze doelbewust naar Stijn en Noortje
Zondervan. Vanwege de ruimte die de rolstoel nodig had, zaten zij
een beetje verlaten, vond Martine, achter in het zaaltje. Ze gaf
eerst Noortje een hand en vroeg meelevend hoe ze het maakte,
daarna was Stijn aan de beurt. 'Met u ook alles goed, meneer
Zondervan?'
Stijn hield haar hand vast toen hij zei: 'Wat hoor ik nou? Of ben
je vergeten dat we onlangs, op Joosts verjaardag, hebben afgesproken dat we elkaar zouden tutoyeren!?'
'Dat is waar ook!' lachte Martine, 'neem me mijn vergissing niet
kwalijk. Het is nog maar kort geleden dat we elkaar voor het eerst
ontmoetten, daarna volgden er vanwege de trouwerij drukke tijden. Alles was echter de moeite waard, want ze zijn zichtbaar
gelukkig, Gideon en Fleur. Ik kan bijna geen oog van hen afhou-
den, maar dat zal mijn moedertrots wel zijn!'
'Koester die maar gerust,' adviseerde Noortje glimlachend, 'ik doe
hetzelfde! Ik zit de hele tijd op Jola te letten, en vol bewondering
moet ik zeggen! Ze is nog zo jong, jouw dochter, niettemin
gedraagt ze zich met onze kleindochter als een volleerd moeder-

tje. Dat doet ons toch zo goed, weet je.' Ze wees met een hoofd-
knikje in de richting waar Jola zich ook nu weer vol zorg om
Brenda bekommerde. 'Zie je, hoe ze Brenda geen moment uit het
oog verliest, hoe ze haar overal bij betrekt en met alle geduld
Brenda's vragen beantwoordt? Zo doet ze altijd, je mag gerust
weten dat Stijn en ik er vanbinnen vaak warm van worden.'
Noortje zweeg, en Stijn nam het woord van haar over. 'Dat komt
doordat we het soms nog niet helemaal kunnen bevatten dat het
leven van Joost er in betrekkelijk korte tijd zoveel beter is gaan
uitzien. Noor en ik, we zijn nog niet vergeten hoe moeilijk onze
zoon het had na het overlijden van Anette. Alle dagen waren voor
hem een aaneenschakeling van zorgen, een man is er nou eenmaal
niet tegen opgewassen om de zorg voor een kind alleen te dragen.
En wij konden hem niet helpen, hoe graag we dat ook wilden.
Tegenwoordig zien we Joost weer lachen en horen we hem zin-
gen. Het is weer goed gekomen, dankzij Jola!'
'Ik word er een beetje verlegen van,' bekende Martine, 'of hebben
jullie niet in de gaten dat je het over mijn dochter hebt?'
'We weten precies over wie we het hebben!' verzekerde Stijn haar.
'En ik durf er ook rond voor uit te komen dat we maar wat blij
zijn dat Joost juist Jola mocht leren kennen! Ze is werkelijk een
schat van een meid, en dat ze bovendien een centje achter de hand
heeft zien wij als mooi meegenomen. Geen zorgen om geld te
hoeven hebben, wie gunt dat zijn kinderen niet?'
Martine ging er niet op in, ze boog zich naar Noortje. 'Het lijkt
me verschrikkelijk om alle dagen pijn te moeten lijden. Gaat het
op het moment een beetje, kun je het volhouden?'
Noortje schonk haar een ontwapenende lach. 'Je hoeft niet zo
bezorgd te kijken, hoor! Met pijn leer je niet leven, er gelukkig
wel mee omgaan. Ik heb goede pijnstillers, die slepen me wel door
de dag heen. Ik heb dit nu eenmaal, een ander heeft weer iets
anders.'

'Je bent een dappere vrouw,' zei Martine welgemeend. Ze had er iets aan toe willen voegen, maar dat voorkwam Stijn. Hij kon op dat moment niet nalaten op te merken: 'Precies zo denken Noor en ik over jou!' Op de vragende blik die Martine hem toewierp, verduidelijkte hij zich: 'Je begrijpt wel dat wij inmiddels door Joost en Jola op de hoogte zijn gesteld van jouw voorgeschiedenis. Je hebt het zeker niet gemakkelijk gehad en deze dag, de trouwdag van je zoon, is voor jou gedeeltelijk overschaduwd. Want volgens mij moeten jouw gedachten vandaag, meer dan anders misschien, bij de vader van Gideon zijn. En dan durf ik ook nog te stellen dat Thomas het momenteel evenmin gemakkelijk zal hebben. Als ik hiermee iets zeg wat ik beter voor me had kunnen houden, kan ik me alleen maar verdedigen door te bekennen dat ik met jullie allebei te doen heb.'

Martines ogen werden verdacht vochtig, haar mondhoeken trilden en zacht zei ze: 'Behalve Jola ben jij de enige die aan Thomas denkt. De enige in ieder geval, die zijn naam hardop durft uit te spreken. Dit doet me goed, Stijn...'

Hij zond haar een bemoedigende blik, en Noortje zei: 'We zijn nogal onder de indruk van Jola's verhalen over jou en haar vader. Volgens Jola geven jullie allebei nog om elkaar, het lijkt mij onmenselijk moeilijk om zo verder te moeten.'

'Het is ook niet gemakkelijk,' bekende Martine, 'maar het kan niet anders. Ik heb geen keus.'

'Maak jij je dat zelf wijs of heb je er een verklaring voor?' Stijn keek haar zo indringend aan dat Martine ervan bloosde. En hakkelend zei ze: 'Daar hoef ik toch geen uitleg over te geven, dat snap je immers zo wel?' Ze nam een korte adempauze en daarna sprak ze voor het eerst hardop diep liggende gevoelens uit. Tegen Stijn Zondervan, een integere man. 'Ieder gezond denkend mens zou me zonder meer vierkant voor gek verklaren als ik zelfs maar mijn medelijden met Thomas zou durven tonen. Onlangs heb ik

mijn bazin er in de salon heel voorzichtig over gepolst. Zij hoefde geen moment na te denken voordat ze ongezouten haar mening gaf: als jij het nu hebt over Thomas en jou – wat ik me niet kan voorstellen! – kan ik alleen maar zeggen dat een dergelijke breuk tussen twee mensen niet hersteld kán worden! Een vent die zijn vrouw zo schandalig bedriegt en vernedert zal dat gegarandeerd opnieuw doen. Zodra het hém van pas komt zal hij je weer diep kwetsen. Om de doodeenvoudige reden dat zijn karakter niet deugt. Tussen jullie is een kloof ontstaan die onmogelijk meer overbrugd kan worden. Ik hoop niet voor je dat het zo is, maar áls jij in overweging neemt het opnieuw met die man te proberen, mag jij je bij voorbaat schamen. Voor veel te weinig zelfrespect, bedoel ik! Zo praatte mijn bazin,' vervolgde Martine zacht, 'en zo zal iedereen erover denken. Het was ook niet niks, wat er is gebeurd, er waren maar liefst twintig lange jaren mee gemoeid.'
'In bepaalde gevallen is het wenselijk het tellen der jaren gewoon achterwege te laten,' vond Stijn. 'Ik moet wel zeggen dat Thomas destijds inderdaad een behoorlijke scheve schaats heeft gereden. Ik zit me nu echter af te vragen hoeveel huwelijksbootjes rustig voortkabbelen over rustige, stille wateren. Het antwoord daarop is dit: niet één!' Hij schoot ongewild in de lach toen Martine hem aanstaarde met ogen op steeltjes, maar hij was de ernst zelve toen hij verder ging. 'Ja, Martine, dit durf ik rustig te stellen, want ik weet waar ik het over heb. Noortje en ik hebben vroeger ook stormen moeten trotseren voordat wij in rustig vaarwater aankwamen. Ik heb het er verschrikkelijk moeilijk mee gehad toen Noortje almaar minder kon, ze op den duur in de rolstoel belandde en ze afhankelijk werd van mij. In onze verkeringstijd en in de eerste jaren van ons huwelijk had ze vaak rugpijn, maar daar stonden we geen van beiden echt bij stil. Dat het langzaam maar zeker steeds erger zou worden wisten we niet. En toen ze werkelijk invalide werd had ik het daar moeilijker mee dan Noor zelf. Ik

begeerde een gezonde vrouw, ik wilde niet aan handen en voeten gebonden zijn. In die tijd van pure radeloosheid, heb ik maar al te vaak overwogen om bij haar weg te gaan. Ik heb het niet gedaan en nog vaak vraag ik me af hoe Noortje mij die harde houding jegens haar toentertijd heeft kunnen vergeven. Het was haar liefde voor mij, desondanks had ook ons scheepje door mijn toedoen vroegtijdig kunnen stranden. Begrijp je wat ik je duidelijk probeer te maken?'

Martine knikte, maar weerlegde: 'De situaties zijn niet met elkaar te vergelijken. Jij zag je fouten tijdig in, Thomas liet mij willens en wetens in de steek. Iedereen zal denken of hardop zeggen dat dat nooit meer goed te praten valt...'

'Je moet lak hebben aan wat de mensen zeggen, Martine!' waarschuwde Stijn. 'Want wat denk jij hoeveel zogenaamd goede huwelijken er in werkelijkheid allerbelabberdst uitzien? Zolang de buitenwereld er maar niets van merkt is het goed. Maar dat is je reinste waanzin! Op dezelfde manier zijn er huwelijken die standhouden terwijl de vrouw stelselmatig door haar eigen man wordt afgeranseld. Thomas is geen uitzondering op de regel, er zijn meer mannen die in het huwelijk het rechte pad uit het oog verliezen. En dat weten zij, die een oordeel over jou zouden durven vellen, waarschijnlijk als geen ander omdat ze het meegemaakt hebben! Gebruik dus daarom je gezonde verstand en trek je vooral niets van de mensen aan!' Hier werd Stijn onderbroken door Noortje. Zij vond dat ze hem moest waarschuwen. 'Zou je niet wat rustiger doen, Stijn? Je zit zowat te preken, man!'

'Dat mag waar zijn, ik neem er echter geen woord van terug! Ik probeer Martine enkel duidelijk te maken dat zij geen verkeerde keuzes moet maken.' Hij richtte zich weer tot Martine. 'Ik wil je nog één voorbeeld geven waar jij hopelijk je voordeel mee zult kunnen doen. Het is alweer lange jaren geleden dat wij het schokkende nieuws moesten verwerken van de scheiding van goede vrienden van ons. Hij leefde louter en alleen voor zichzelf, deed wat hem plezierde zonder naar haar en de kinderen om te zien. Toen de maat voor haar vol was en hij almaar niet wilde inzien hoe verkeerd hij bezig was, kon zij niet anders dan zich van hem laten scheiden. Ze waren een paar jaar uit elkaar toen zij hoorde dat het niet goed met hem ging. Hij had spijt als haren op zijn hoofd, hij verlangde naar haar en beloofde beterschap. Het was niet haar medelijden, maar haar liefde voor hem waardoor ze weer bij elkaar kwamen. Ze zijn opnieuw getrouwd en samen gelukkiger geworden dan ze voordien waren. Waar jij bang voor bent, overkwam haar: ze werd beschimpt en bespot, voor gek verklaard dat ze hem terugnam. Ze verloren hun vroegere zogenaamde vrienden, de echten bleven hun trouw. Zij gunden hun het geluk en met elkaar hebben ze dat, wat er gebeurd was, onder een laag zand bedolven. Begrijp je wat ik je aan het verstand probeer te peuteren?' Stijn zocht vragend haar gezicht af, en Martine zei: 'Het is lief dat je zo met me meeleeft, in mijn geval ligt het echter beduidend anders. Mogelijk zou ik me kunnen aanleren me van het oordeel van de mensen niets aan te trekken, jij weet echter niet hoe Gideon erover denkt. Hij haat zijn vader en hoewel ik die gevoelens van hem niet kan delen, moet ik ze wel respecteren. Echt waar, dat ben ik aan Gideon verplicht!'

Stijn wist hier niet meteen iets op te zeggen, Noortje wel. 'Alweer van Jola, weten Stijn en ik hoe de verstandhouding tussen jou en je zoon is ontstaan en welke gevolgen die heeft gehad. Als moeder kan ik haarscherp aanvoelen welke verplichtingen jij je daardoor nu jegens Gideon oplegt. Ik vermoed dat ik hetzelfde zou doen, maar als puntje bij paaltje kwam zou ik Joost waarschijnlijk toch vragen of hij begrip wilde opbrengen voor mijn situatie van het moment. Jola heeft ons verteld dat Gideon zichzelf heeft beloofd dat hij jou in bescherming zal blijven nemen. Een nobel streven, maar het zou voor jullie allemaal beter zijn als hij die aan zichzelf opgelegde taak over zou willen geven aan zijn vader.'

'Dan zou er bij Gideon toch eerst sprake moeten zijn van vergeving en dat kan hij voor Thomas niet opbrengen. Het steekt allemaal uiterst complex in elkaar, maar het heeft me meer dan goed
gedaan eindelijk mensen te mogen spreken die niet alleen maar
bevooroordeeld zijn. Ik wil jullie ervoor bedanken!' Ik kan er
alleen niks mee, dacht ze er stil achteraan, want ik mag Gideon
geen verdriet doen. In gedachten gleed ze in de tijd terug, zag ze
hem voor zich staan. Een kleine jongen, vol zorg om haar die zei:
'Stil maar, mam, je hebt mij toch nog?'

O, Thomas, het is wel degelijk allemaal jouw schuld. Jij was er
niet toen je kleine zoon je zo hard nodig had, en nu hij een man
is geworden kan hij het stellen zonder jou. Met een onhoorbare
zucht keerde ze terug in de realiteit en zei ze tegen Stijn en
Noortje: 'Ik moet even alleen zijn...' Martine verwijderde zich
haastig, en Noortje vroeg aan haar man: 'Vlucht ze nou weg voor
dat, wat wij als de realiteit zien? Wil je geloven, Stijn, dat ik medelijden heb met die vrouw?'

Zoals zo vaak, sprak Stijn ook nu zijn woorden bedachtzaam en
weloverwogen uit. 'Ze houdt nog onverminderd van Thomas
Vogelaar, dat is mij wel duidelijk geworden. Ze zou volmondig ja
tegen hem willen zeggen als ze zich bij voorbaat niet schaamde
voor het oordeel van de mensen. Als ze zich minder schuldig voelde jegens haar zoon. Schuld en schaamte, ze spelen haar parten en
staan hernieuwd geluk in de weg. Ja, Noor, deze vrouw is bekla-
genswaardig. Maar ook hij, de man naar wie haar hart trekt.'

13

Stijn Zondervan lag tot aan zijn oren weggedoken onder het dekbed en bedacht dat hij zich niet kon herinneren ooit echt ziek te zijn geweest. En daar lag hij nou, doodziek, totaal uitgeschakeld. Een paar dagen na de trouwdag van Gideon en Fleur was het begonnen. Hij had zich beroerd gevoeld, moest telkens overgeven en had lopen rillen van de koorts. Hij had zich er hardnekkig tegen verzet, hij kon het zich immers niet veroorloven ziek te worden. Noortje had hem nodig, hij moest er voor honderd procent zijn voor haar. Dat betekende gewoon doorgaan, niet luisteren naar de signalen die zijn lichaam toch zo duidelijk aangaf. Hij had een buurvrouw bereid gevonden een paar boodschappen voor hem te halen, het goede mens had blijkbaar gezien dat hij geen puf had om iets aan het huishouden te doen, want ze had de boel ongevraagd een beetje beredderd. Ze was bezig geweest de kamer te stofzuigen toen Jola binnen was gekomen. Zij had Brenda naar school gebracht en kwam even binnenwippen om gezellig een kopje koffie te drinken. Dat deed ze wel vaker, maar deze keer had ze grote ogen opgezet. 'Wat is hier aan de hand!?' Nadat Noortje de vraag had beantwoord, had Jola zich tot hem gericht. 'U ziet er verschrikkelijk slecht uit, u hoort in bed te liggen! En is de dokter al gewaarschuwd?'
'Ben je mal! Het is vanzelf gekomen en het gaat ook vanzelf weer over!' Dat had hij kunnen zeggen tussen hevige hoestbuien door. Hij blafte de hele buurt zowat dag en nacht bij elkaar, maar ook dat was van tijdelijke aard, had hij Jola willen doen geloven. Dat kleine dondersteentje dacht daar echter anders over en had onmiddellijk maatregelen getroffen. Ze had de buurvrouw bedankt voor de goede hulp en toen de vrouw weer was vertrokken had ze de huisarts gebeld. Die was meteen gekomen en had medicijnen én bedrust voorgeschreven. Zijn diagnose luidde dat hij te kam-

pen had met een zware longontsteking die de nodige tijd in beslag zou nemen. Hij had op Jola gewezen en domweg gezegd wat hij meende te kunnen veronderstellen. 'Ik zie dat er al hulp aanwezig is! Daar wordt het alleen maar gemakkelijker door, want anders zou ik mijn best voor jullie hebben moeten doen. Ik denk daarbij aan een verpleeghuis waar mevrouw Zondervan dan tijdelijk naartoe zou hebben gekund.'

Voordat hij zijn mond open had kunnen doen had hij Jola horen zeggen: 'Nee, hoor dokter, u kunt zich die moeite besparen, ik zorg voor zowel meneer als mevrouw Zondervan!'

Dat had ze vervolgens van stond af aan gedaan. Toch maakten ze zich al na een paar dagen zorgen om haar. Vooral Joost had ingezien dat die zeker niet onterecht waren. 'Als we op deze voet doorgaan gaat Jola er binnen de korste keren aan onderdoor en dat kan niet de bedoeling zijn! Ze vliegt van hot naar her, met het oog op Brenda's schooltijden moet ze de hele dag door de klok in de gaten houden. In de namiddag is het hetzelfde liedje, want als ze zich ervan heeft vergewist dat jullie je eventjes kunnen redden, moet ze zich weer naar huis haasten om ervoor te zorgen dat wij een warme hap krijgen. Dan is het snel Brenda naar bed brengen en vervolgens rept ze zich weer naar jullie om mam klaar te maken voor de nacht. De volgende ochtend gaat ze eerst naar jullie voordat ze Brenda naar school brengt en begint het gevlieg weer van voren af aan. Ik weet dat jullie geholpen moeten worden, en net als Jola moet ik er toch echt niet aan denken dat mam in een verpleeghuis terechtkomt, desondanks maak ik me zorgen om Jola. Zij is dit overdrukke leven niet gewend en...' Hier had Jola hem onderbroken. 'Je bent een schat, maar je hoeft je geen zorgen meer te maken, want er is mij iets te binnen geschoten waarmee we de problemen kunnen oplossen! Het is inderdaad waar dat ik mezelf onderhand voorbijloop, maar als wij voorlopig bij jullie zouden intrekken zou ik het een stuk rustiger krijgen!

Nou, is dat een goeie of niet!?' Ze had blij lachend van de een naar de ander gekeken. Hij had het goede er meteen van kunnen inzien, Noortje echter niet. Zij had tegen Jola gezegd: 'Maar kind toch, jij bent het helemaal niet gewend om te moeten leven in een klein huisje als dat van ons! Jullie zullen met je drietjes op Joost zijn voormalige kamer moeten slapen en dat zint mij sowieso al niet! Bovendien hebben wij enkel een douche. Geen luxe badkamer met een ligbad en dergelijke. Het is een lief aanbod, maar dit heel eenvoudige leven kun jij niet met ons delen. Dat kunnen wij van jou niet verlangen.'

Noortje en hij, ze hadden allebei niet goed begrepen wat Jola bedoelde toen ze zacht zei: 'Ik dacht dat het inmiddels voltooid verleden tijd was, maar nu word ik toch weer gewezen op "anders" zijn. Dit voelt niet prettig...' Ze had diep adem gehaald voordat ze verder was gegaan. 'Voor Brenda zal het een feest zijn dat ze bij ons op de kamer mag slapen en dat er enkel een douche is komt goed uit, want ik kan het me niet veroorloven mijn tijd in een schuimbad te verlummelen.' Ze had haar armen om Noortje heen geslagen en oprecht gemeend tegen haar gezegd: 'Ik ben zo blij dat ik iets voor u mag betekenen. Ik heb nog niet tegen u gezegd dat ik van u ben gaan houden, dat kan ik nu fijn aan u laten merken!'

Hier had Noortje vochtige ogen van gekregen, hij had iets in zijn keel gevoeld dat er niet thuishoorde. Toen ze van start gingen, Noortje en hij, hadden ze dikwijls de wens uitgesproken dat ze het liefst vier of vijf kinderen zouden willen hebben. Na de geboorte van Joost werd het hun al snel duidelijk gemaakt dat niet alle mensenwensen vervuld kunnen worden. In plaats van meer kinderen kwam er een rolstoel waarin Noortjes verlangen naar in ieder geval nog één dochter, werd gedoofd. En nu hadden ze opeens een lieve dochter die dagelijks met liefde en toewijding voor hen allebei zorgde. Die al het verdriet van vroeger goedmaakte. Niet meer verwacht, toch gekregen. Hoe wonderlijk was het leven, hoe goed was God.

Na een hardnekkige hoestbui die hem afmatte, gaf Stijn zich weer over aan zijn gemijmer. Er was toen sprake geweest van een complete verhuizing. Brenda's bedje moest hierheen worden gebracht, kleren en andere persoonlijke spullen van hen alle drie en noem maar op. Hij had er niet over durven beginnen, maar Noortje had op Joosts vroegere bed gewezen, een zogenaamde twijfelaar. Jola had licht gebloosd maar Joost had de bezwaren van zijn moeder weggelachen. 'Waar jij je al geen zorgen over maakt! Jola en ik kruipen straks gewoon nog dichter tegen elkaar aan dan we gewend zijn!'

Daarop had Noortje met weing woorden veel duidelijk gemaakt. 'Jullie moeten aan trouwen gaan denken. Het wordt echt de hoogste tijd.'

'Daar zouden wij niet alleen u en onszelf, maar ook mijn moeder verschrikkelijk blij mee maken,' had Jola gezegd. Ze had haar mooie ogen opgeslagen naar Joost en hij had haar tegen zich aan getrokken. 'Waar wachten wij dan nú nog op?'

Het moet zijn tijd hebben, dacht Stijn, maar goed komt het zeer zeker! Na opnieuw een hoestbui die zijn longen uit zijn lijf leek te scheuren, viel hij van uitputting in slaap.

Goed komt het zeker, had Stijn Zondervan zichzelf beloofd, voor Thomas Vogelaar bood een dergelijke stellingname echter geen houvast. Hij durfde niet eens aan de toekomst te denken, hij vertoefde liever in het verleden. Dan kon hij tenminste het boetekleed aantrekken en hoefde hij geen medelijden te hebben met zichzelf. Dat het leven geen lolletje was wist hij al, maar dat zijn dagen zo hopeloos en leeg zouden zijn had hij niet kunnen weten. Natuurlijk leefde hij mee met de zorgen van Stijn en Noortje, dat Jola en Joost er volop voor hen moesten zijn, was niet moeilijk te begrijpen. Hij was er zelfs trots op dat zíjn dochter haar smalle schouders eronder zette. 'Sorry, pap, dat ik je een poosje aan je lot over moet laten. Het kan niet anders, de ouders van Joost hebben me nu even harder nodig dan jij. Dat begrijp je wel, nietwaar?'

'Maar dat is vanzelfsprekend! Maak je om mij vooral geen zorgen, ik red me wel!'

En dat is ook zo, dacht Thomas. Hij zorgde voor zijn natje en droogje, meer had hij niet te doen. Meestal had hij geen zin om voor zichzelf een potje te koken, dan liet hij een maaltijd thuis bezorgen waar hij vervolgens meestal een paar dagen genoeg aan had. Hij kwam de dagen door met lezen en televisie kijken, maar vooral met denken. Veel denken. Aan haar, die hij niet uit zijn gedachten kon bannen al deed hij daar ook nog zo zijn best voor. Voordat Stijn Zondervan ziek werd en toen Jola gewoon bij hem thuis was geweest, had zij hem bij tijd en wijle op de hoogte gehouden van Martines wel en wee. Zo had ze hem onlangs verteld wat hij liever niet had willen horen, dat het niet zo goed ging met Martine. 'Mam ziet er slecht uit. Ze wordt magerder, heeft kringen onder de ogen alsof ze nachten achtereen niet geslapen heeft. Het ergste van alles vind ik dat ze zo in zichzelf gekeerd is. Het is soms gewoon griezelig, zo afwezig als ze is.'

'Wat spijt me dat nou...' Wat had hij anders kunnen zeggen zonder zich echt bloot te geven? Zo had hij gedacht, hij was echter niet zuinig geschrokken van Jola's uitval: 'Spijt is een rotwoord waar mam en jij geen van beiden mee gebaat zijn! Mam houdt nog van je! Dat zegt ze weliswaar niet met zoveel woorden, ik voel het echter haarscherp aan! En jij geeft om haar! Waarom dan in vredesnaam, dóe jij niets, man! Jawel, ik weet dat jij bang bent voor Gideons scherpe tong, die angst moet je dan maar zien te overwinnen!'

Jola, de jeugd zelve, had gemakkelijk praten. Als je ouder werd, verliep het allemaal wat stroever, dan legde je jezelf de noodzakelijke beperkingen op. Hij vreesde Gideon niet alleen, hij wist bovendien maar al te goed dat hij de jongen niet nog meer schade mocht berokkenen. Louter en alleen door zijn toedoen waren Martine en haar zoon met onzichtbare draden verbonden. De band die er tussen hen was ontstaan moest hij respecteren. Ik haat je, had de jongen hem toegebeten. Die bekentenis was voor hem reden genoeg om Gideon met rust te laten. En dat hield dan automatisch in dat hij geen toenadering tot Martine mocht zoeken. Zo simpel lagen voor hem de feiten. Geen sterveling wist hoe moeilijk die voor hem te aanvaarden waren...

Het ging niet goed met Martine. Lieve help, wat zat hij daar verschrikkelijk mee in zijn maag. Jola had hem ook eens verteld dat Martine, vanwege haar dromerige afwezigheid, haar werk niet meer naar behoren kon verrichten. Ze maakte in ieder geval fouten waardoor er al klanten schenen te zijn die niet meer door haar geholpen wilden worden. Arme Martine, waar was zij in gedachten mee bezig, als ze fouten maakte? Haar bazin zou haar die zeker niet in dank afnemen, volgens Jola had zij Martine al te verstaan gegeven dat zij maar beter een poosje ziek thuis kon blijven. 'Volgens mij ben jij overspannen en heb je dringend rust nodig!'

Martine overspannen en hij kon niets voor haar betekenen. Als ze werkelijk thuis moest blijven om rust te houden, zou hij haar niet eens meer dagelijks eventjes kunnen zien. Daar moest hij toch werkelijk niet aan denken, dat ene moment van de dag beschouwde hij als zeer kostbaar. Of was het een verslaving waar hij hoognodig van genezen moest? Thomas schudde vertwijfeld zijn hoofd en hardop mompelde hij voor zich uit: 'Ik moet haar nog één keer zien voordat ik kan afkicken. Eén keer nog, daarna zal ik in overweging nemen wat het beste voor me is.' Hij wierp een blik op de klok en toen hij de stand van de wijzers zag plooide een stille lach zijn mond. Als ik nu op mijn gemakje naar de stad wandel, is dat voor mij een mooi loopje om de tijd te doden en zal ik op tijd zijn. Daar, waar ik wezen wil, zijn moet.

Het was druk in de stad op deze vrijdagmiddag. Mensen haastten zich om de boodschappen voor het weekend in huis te halen. Iedereen was met eigen gedachten of sores bezig, niemand lette op de man die zich voortbewoog tussen velen zonder daadwerkelijk iemand te zien. En zo viel het ook niemand op dat de man op een gegeven moment bleef staan. Met zijn linkerschouder rustend tegen de muur van een winkelpand, zijn blik strak gericht op de deur van een kapsalon. Stil stond hij zo een tijdje, totdat hij een vrouwenfiguurtje naar buiten zag komen dat hij uit duizenden zou herkennen. Martine! Thomas maakte zich los van de muur en op hetzelfde moment voer er een siddering van schrik door hem heen. Wat deed ze nou, ze keek niet uit, maar stak zomaar de weg over... Thomas' voeten zetten zich in beweging. 'Martine, kijk uit! Blijf stáán!' Thomas hoorde niet dat hij die woorden in paniek uitschreeuwde, hij hoorde wel een doffe dreun die hem ineen deed krimpen. Rennend wurmde hij zich tussen de mensen door, en toen hij bij de plek van het onheil aankwam gebruikte hij zijn ellebogen om zich een weg te banen tussen de mensen door die al in drommen en vol ontzetting naar die ene plek staarden. 'Laat me erdoor, ik ben haar man! Ga dan toch opzij en bel in vredesnaam een ambulance!'

Thomas wist niet dat iemand uit de menigte zijn tegenwoordigheid van geest niet had verloren, maar terstond naar zijn mobieltje had gegrepen. Er was een ziekenwagen onderweg toen Thomas zich op zijn knieën liet vallen en zich over Martine boog. 'Meisje toch... wat doe je nou! Hoor je me, Martine, hoor je me?' Er drupten een paar tranen uit zijn ogen die zich vermengden met het bloed dat uit een lelijke schaafwond op haar wang sijpelde. Ze was lijkbleek, Martine, ze hield haar ogen gesloten toen ze nauwelijks verstaanbaar murmelde: 'Thomas? Ben je er echt nu ik je nodig heb?'

Toen zakte ze weg, voor Thomas verliep alles vervolgens als in een roes. De ambulance arriveerde en tegelijkertijd stopte er een politie-auto. Twee broeders bekommerden zich om Martine, een agent hielp Thomas opstaan. 'Rustig maar,' adviseerde hij toen hij zag dat Thomas over heel zijn lichaam trilde, 'kent u haar?'

Thomas knikte en als in trance herhaalde hij wat hij al eerder had gezegd: 'Ik ben haar man. De automobilist treft geen schuld, mijn vrouw stak zonder uit te kijken over. En nu moet je me niet langer ophouden, ik moet mee naar het ziekenhuis!'

In de ambulance kwam Martine gelukkig alweer bij, ze sloeg haar ogen op en alsof ze niet durfde te geloven wat ze zag, zo fluisterde ze vol verbazing: 'Thomas? Ben je er weer?'

Hij boog zich over haar heen en alleen verstaanbaar voor haar fluisterde hij schorrig: 'Ja, lieveling. En nu ik met eigen ogen heb gezien wat er met jou kan gebeuren, pas ik voortaan op je. Ik laat je nooit meer in de steek!'

'Gideon...' Niet meer dan zijn naam fluisterde Martine, maar daarin lag alles besloten wat haar verontrustte.

Thomas begreep wat er in haar omging, maar hij kon er niet op ingaan, want de ambulance stopte. Ze waren bij het ziekenhuis en toen Martine op een brancard het gebouw werd binnengeschoven, had Thomas het nakijken. Hij moest wachten in een klein kamertje, alleen maar wachten.

Later zou hij niet bij benadering kunnen zeggen hoe lang hij in het vertrekje had lopen ijsberen, hij had zich juist op een stoel laten neerzakken toen de deur openging. Een verpleegster stak haar hoofd om het hoekje en vroeg: 'Meneer Vogelaar?'

Thomas stond op en haastte zich naar de gang en in een fractie van een seconde registreerden zijn hersens wat zijn ogen zagen: Martine zat in een rolstoel, haar linkerbeen zat tot de knie in het gips, de wond op haar wang was verbonden. Haar gezicht was nog steeds lijkwit, maar haar mond zond hem een aarzelend lachje. Ze lachte naar hém! Er voer een gelukkige tinteling door hem heen, dan luisterde hij naar de stem van de verpleegster. 'Het zag er aanvankelijk erger uit dan het in werkelijkheid bleek te zijn. Uw vrouw heeft haar enkel gebroken, behalve de wond op haar wang heeft ze hier en daar enkele kneusplekken en ze heeft een lichte hersenschudding opgelopen. Ze zal het voorlopig heel kalm aan moeten doen, maar dat begreep u al wel, neem ik aan?'

Dat Thomas het nog niet allemaal bevatten kon bleek uit zijn gehaspel: 'Bedoelt u dat ze hier niet hoeft te blijven?'

'Nee, hoor, u mag haar meenemen, als er thuis tenminste hulp voor haar aanwezig is?'

Thomas zocht en vond Martines blik die hij vasthield en met wat hij zei maakte hij niet alleen de verpleegster iets duidelijk. 'Ze zal het nergens beter kunnen hebben dan thuis. Bij mij!'

Vervolgens was er geen tijd voor dagdromen of stille beloftes, er moest gehandeld worden. Er werd een taxi geroepen die gewoontegetrouw voor het gebouw gestationeerd stond. Martine werd op de achterbank van de wagen geholpen, vanwege haar uitgestrekte gipspootje bleef er daar geen ruimte over voor Thomas en moest hij voorin zitten naast de chauffeur. Zeer bewust gaf Thomas niet het adres van Martine op, maar dat van hemzelf en vervolgens werd de rit zo goed als stilzwijgend afgelegd. Kort hierna waren ze waar ze volgens Thomas moesten zijn en werd Martine met voorzichtige zorg uit de auto geholpen. Thomas rekende af en toen ze dan eindelijk alleen waren zei hij bewogen: 'We moeten zo dadelijk een trap op om in mijn afdeling van het huis te komen. We doen het heel kalm aan enne... je mag op mij leunen.' Hun ogen vonden elkaar in blikken van verlegenheid die Thomas het eerst overwon. Hij legde zijn arm vast om haar heen en toen durfde Martine steun te zoeken bij hem.

Toen Martine met een stapel kussens in haar rug op de ruime

vierzitsbank lag, vroeg Thomas bezorgd: 'Hoe is het met je, heb je pijn?'

Martine schokschouderde. 'Er zijn nu zoveel gevoelens in me. Die van pijn, schrik en emoties, het valt me moeilijk ze van elkaar te onderscheiden...'

'Hoe kon je nou zomaar, zonder uitkijken, die drukke verkeersweg oversteken!'

Martine haalde haar schouders hoog op en in de stilte die viel leek zij te graven in iets waar ze niet bij kon. 'Ik heb werkelijk geen flauw idee van wat er gebeurd is. Ik herinner me niet eens dat ik de kapsalon verlaten heb. Ik weet alleen dat ik opeens zomaar languit op straat lag. Ik had vreselijk veel pijn, dacht dat ik doodging en wilde me er gelaten aan overgeven. En op dat moment zag ik jouw gezicht, hoorde ik je stem. Het was net alsof jij me terugriep. En ik... ik wilde toen plotseling niet dood, ik wilde blijven leven. Het was heel aangrijpend, heel wonderlijk en nu pas besef ik dat het een vingerwijzing moet zijn geweest...' Na een diepe zucht ging ze verder. 'Het leek alsof jij pardoes uit de lucht kwam vallen, je wás er alsof je uit het niets opdoemde. En ik was blij dat je bij me was toen ik je nodig had. Toch vraag ik me af hoe het kon dat jij op dat moment in de buurt was.' Daarop vertelde Thomas haar over zijn dagelijkse loopje naar de stad en welk doel dat had. 'Aan het eind van de dag moest ik je gewoon even zien, dat verlangen dreef me ook vandaag richting de kapsalon. In tegenstelling tot al die voorgaande keren reed jij vandaag niet in een bus van me weg, maar kreeg ik de kans je bij me thuis te halen. Nu kan ik je eindelijk vragen of je mij kunt vergeven en... of je voorgoed bij me wilt blijven?' Zeg ja, kermde het in hem, zeg alsjeblieft ja!

Martines stem kwam van heel ver, Thomas moest zijn oren spitsen om haar te kunnen verstaan. 'Toen ik je de vorige keer voor het eerst na al die jaren terugzag, besefte ik dat mijn liefde voor jou sterker zou blijken te zijn dan al het overige. Ik hou nog onverminderd van je, de wens bij je te mogen blijven, is zo sterk. Zou ik dit tegen je hebben kunnen zeggen als ik je niet allang vergeven had?'

Zijn mondhoeken trilden verdacht, in zijn stem lag echter iets van een blij jubeltje. 'Ik hoopte de hele tijd dat jij ook nog van mij zou houden en nu zeg je het! O, Martine... als je eens wist hoe gelukkig je me hiermee maakt.' Hij boog zich over haar heen en behoedzaam drukte hij een kus op haar bevende mond. Nadat ze zich allebei weer hersteld hadden zei Martine: 'Onlangs heb ik Stijn Zonderyan gesproken en door wat hij zei ben ik de dingen anders gaan inzien. Ik was doodsbang dat de mensen mij zouden veroordelen als ik weer terugging naar jou, maar dat kan me inmiddels niks meer schelen. Van mij mogen ze nu naar hartenlust achter mijn rug om over me kletsen, dat raakt me niet meer.'

Er drupte een verloren traan uit haar oog die opgezogen werd door het verband op haar wang. Thomas zag het en aangeslagen zei hij: 'Arm meisje, wat heb ik veel aan jou goed te maken. Maar ik verheug me erop dat ik eindelijk weer voor jou mág zorgen!' Thomas had meer willen zeggen, maar Martine viel hem in de rede. 'Zou je daar dan alvast mee willen beginnen door een glas water voor me te halen? Van het ziekenhuis heb ik pijnstillers meegekregen, die heb ik op het moment nodig.'

Thomas sloeg met een vlakke hand tegen zijn voorhoofd en hardop schold hij op zichzelf: 'Wat ben ik een onmogelijke kluns, leer ik het dan nooit!? Jij hebt niet alleen een pijnstiller, maar ook rust nodig! In plaats van ervoor te zorgen dat jij die krijgt, zit ik tegen je aan te praten alsof je niets mankeert. Je was al aan het eind van je Latijn, bovendien kreeg je er nog een ongeluk overheen dat voor de nodige schrik en pijn zorgde.' Thomas schudde vertwijfeld zijn hoofd toen hij opstond en nadat Martine de pijnstiller had ingenomen, bedisselde hij: 'Zo, en nu ga jij een uurtje lekker slapen! Ik leg een plaid over je heen en dan laat ik je een poos alleen!'

Thomas wilde zich verwijderen, maar Martine greep zijn hand. En paniekerig zei ze: 'Nee, nee, Thomas, niet weggaan! Ik kan het wel aan, ik heb enkel een beetje hoofdpijn. Mijn enkel voel ik niet, de verdoving is nog niet uitgewerkt. Je moet bij me blijven, we moeten praten, we mogen nu geen tijd verloren laten gaan!'

'Rustig maar, het is goed,' suste Thomas. Hij drukte een kus op haar voorhoofd en hardop vroeg hij zich af: 'Moet ik Jola niet bellen om te zeggen wat er met haar moeder aan de hand is?'

'Daar heb ik ook al aan gedacht,' zei Martine, 'maar het lijkt me beter haar niet ongerust te maken. Jola heeft haar hoofd en handen momenteel meer dan vol, waarom zouden wij daar een extraatje bij doen? Morgen is het er nog vroeg genoeg voor, dan is het zaterdag, is Joost vrij en kan hij op Brenda en zijn ouders passen als Jola naar hier komt. Ze zal wel grote ogen opzetten als ze erachter komt dat ik hier bij jou ben!'

Thomas streelde langs haar ongeschonden wang, hij keek haar diep in de ogen. 'Je vermijdt doelbewust de naam van Gideon, is het niet?'

'Dat niet alleen, ik durf niet eens aan hem te denken... Ik wil hem niet verliezen, maar als ik verder ga met jou, loop ik dat gevaar wel. Gideon zal het niet kunnen accepteren, Jola zal ons het geluk wel gunnen.'

'Daar ben ik ook niet bang voor,' zei Thomas en op hetzelfde ogenblik schrokken ze van Jola's stem die door het huis schalde. 'Pap, ben je thuis!? Ik kom even wat extra spullen halen voor Brenda en ik wil jou voor het weekend nog even een dikke kus komen brengen!' Vlugge voetstappen op de trap, de deur van Thomas' kamer zwaaide open en toen wist Jola niet hoe ze het had. Ze bleef stokstijf staan en staarde beurtelings van de een naar de ander voordat ze verbaasd uitriep: 'Wat is dít! Wat zie jij er toegetakeld uit, mam, wat is er met je aan de hand. En hoe kom je hier, in mijn huis!?'

Martine strekte beide handen naar haar dochter uit. 'Niet schrikken, lieverd! Het ziet er erger uit dan het is. Kom, dan zullen we je alles vertellen.'

Jola schrok wel, ze liet zich op de rand van de bank zakken en hevig ontdaan fluisterde ze: 'Wat is er met je gebeurd, mam, en waarom weet ik van niets?'

Om Martine niet extra te vermoeien vertelde Thomas de hele toedracht, hij was nauwelijks uitverteld toen Jola hem indringend aankeek. 'Nu begrijp ik pas waarom jij elke dag even naar de stad ging! Zoveel houden jullie dus van elkaar dat jij mam dagelijks even moest zien en dat mam, op haar beurt, er van louter heimwee naar jou bijna onderdoor ging! Het kon bijna niet anders dan dat er iets met haar gebeuren zou, ze lette de laatste tijd niet meer op zichzelf, laat staan op het verkeer. Maar je had mij meteen moeten waarschuwen, dan was ik toch zeker ook naar het ziekenhuis gekomen! Deze nalatigheid neem ik je kwalijk, pap, verder is het voor mij een fantastische gewaarwording om jullie zo samen te zien! Hoe voelt het nou, mam, om in het huis te zijn waar je voorheen geen voet over de drempel wenste te zetten?'

'Je drukt je verkeerd uit,' zei Martine, 'ik wilde wel, maar durfde niet. Maar nu... nu is alles anders. Ik zou zelf nooit voor zo'n belachelijk groot huis gekozen hebben. Maar omdat de man er woont, bij wie ik graag weer wil zijn vind ik dat geen punt. Begrijp je...?'

Jola knikte en ontroerd zei ze: 'Nu ik jullie zo samen zie dringt het pas tot me door dat jullie gewoon bij elkaar horen. Jammer dat er zoveel jaren verloren moesten gaan.' Toen ze hoorde wat ze zei sloeg ze beschaamd haar ogen op naar Thomas. 'Sorry... Het was niet de bedoeling op dit moment oude koeien uit de sloot te halen.'

Thomas had de terechtwijzing echter al opgevangen en bromde:

'De waarheid mag gezegd worden.' Martine dacht aan wat Stijn Zondervan tegen haar had gezegd. Nu maakte ze er haar eigen versie van: 'In ons geval is het verstandiger om bepaalde jaren niet te tellen. Wij moeten het nutteloze achterwege laten, omdat slechts het wezenlijke belangrijk is voor ons.'

Jola knikte, en na enig nadenken wilde ze weten: 'Zeg eens heel eerlijk mam, wat momenteel voor jou van wezenlijk belang is?'

'Gideon.' Martine moest zichzelf vermannen voordat ze verder kon. 'Ik hou zo zielsveel van die jongen, ik wil hem geen pijn doen, hem voor geen goud verliezen. Als de prijs die ik jegens hem zal moeten betalen te hoog voor mij blijkt te zijn, dan weet ik echt niet hoe het verder moet met ons. Het is zo moeilijk allemaal. Ik kán niet kiezen tussen de man die ik nog steeds liefheb en de zoon aan wie ik, vanwege het verleden, zwaar wegende verplichtingen heb.' Martine huilde, en Jola sloeg haar armen om haar heen. 'Stil maar, het komt wel goed. Het móet goed komen,' liet ze er koppig op volgen, 'Gideon is toch warempel geen onmens! Het zou puur egoïsme van hem zijn als hij jou geen hernieuwd geluk gunde. Hij moet zijn gezonde verstand gaan gebruiken, dat is toch niet zo moeilijk!' Ze keek Martine nu bijna furieus aan. Zij schudde verdrietig haar hoofd, de waarschuwing die ze haar dochter gaf was niet mis te verstaan. 'Je moet op je woorden letten! Ik wil geen kwaad woord over Gideon horen, knoop dát vooral in je oren!' Na een kort stilzwijgen waarin Martine haar hersens op volle kracht had laten werken, zei ze, zacht sprekend: 'Jullie hebben ze niet meebeleefd, al die lange, moeilijke jaren waarin ik in wanhoop te zwaar leunde op Gideon. Hij was er altijd voor mij en nu... pleeg ik verraad.' Ja, dacht ze er stil achteraan, het voelt alsof ik hem verraden heb. Op dat moment merkte ze dat de verdoving uitgewerkt was. De hevige pijnscheuten die door haar been schoten, konden echter niet worden vergeleken met de pijn in haar hart.

Aan alles komt een eind. Met het verstrijken van de weken was Stijn Zondervan weer genezen. Hij had de zorg om Noortje weer op zich genomen, Jola, Joost en Brenda leidden weer hun eigen leven. Martines been zat nog in het gips, de heftige aanvallen van hoofdpijn, veroorzaakt door de hersenschudding, hoorden gelukkig weer tot het verleden. Met het voorbijglijden van de tijd was er ook een eind gekomen aan de huwelijksreis van Gideon en Fleur. Gisteren hadden Jola en Joost hen opgehaald van Schiphol, en onderweg naar huis had Jola verteld wat er tijdens hun afwezigheid was gebeurd. Het was een lang relaas dat ze afstak, ze verhaalde alles uitvoerig, tot in de details. Fleur en Gideon hingen aan haar lippen en toen Jola vertelde over het ongeluk dat Martine was overkomen, verbleekte Fleur van schrik. Gideon uitte zijn gevoelens: 'Lieve help, en dan te bedenken dat ik in Amerika volop van het leven genoot, terwijl mam op straat had kunnen overlijden! Nu het tot me doordringt wat er had kunnen gebeuren, denk ik niet dat ik haar nog eens zo lang alleen achterlaat. Was jij snel bij haar?'

'Je vader was meteen ter plekke, hij heeft zich vol zorg en toewijding over haar ontfermd.' Daarna had Jola verteld over het goede dat, dankzij het ongeluk, tussen Thomas en Martine tot stand was gekomen. Ook toen had Gideon met gespitste oren geluisterd, en aan het eind van de uiteenzetting had hij zijn diepste gevoelens verborgen en alleen gebromd: 'Ik mag hopen dat jullie niet meteen een reactie van mij verwachten, want die kan ik je niet geven. Ik moet erover nadenken, proberen de gegevens op een rijtje te krijgen. Dit is niet niks, ik ben er verward van...'

Weer thuis en alleen met Fleur, had hij ook tegen haar gezegd: 'Val me niet lastig met vragen, ik moet het allemaal even laten betijen. Je merkt het vanzelf als ik eraan toe ben. Wat fijn dat we nog een paar dagen vakantie hebben, nu kan ik mijn gedachten in alle rust laten gaan.'

De volgende dag, kort nadat ze hadden geluncht, zei Gideon onverwacht: 'Ik ga mam opzoeken. Heb je zin om met me mee te gaan?'

'Als je liever alleen wilt gaan, moet je het zeggen, ik laat alles aan jou over. Dringt het wel tot je door, Gideon, dat mam niet in haar eigen huis is?'

Hij knikte. 'Tegen jou gezegd en gezwegen maakt dat het er voor mij niet gemakkelijker op. Ik zal hem, Thomas, onder ogen moeten komen, maar dat zal ik ervoor over moeten hebben.'

'Je hebt er tot dusverre niet met mij over willen praten, maar je kunt toch wel zeggen of mijn gevoelens juist zijn als ik veronderstel dat jij het niet eens bent met de keus van je moeder?'

Gideon haalde zijn schouders op en onwillig bekende hij: 'Ik kan met geen mogelijkheid bevatten dat voor mam opeens alles vergeten en vergeven kan zijn. Al die lange, rottige jaren staan nog klaar en helder in mijn geheugen gegrift. Ik zal nooit, nooit kunnen vergeten wat Thomas Vogelaar haar en mij heeft aangedaan. Nu speelt hij de lijdende figuur en mam trapt met open ogen in zijn zielig gedoe.'

'Ze houdt van hem, misschien wel net zoveel als ik van jou. En hij houdt van haar, zoals jij van mij. Kun je het niet van die kant bekijken? Ik gun mam het geluk en ik ben echt heel bang dat jij haar straks zult krenken. Je kijkt zo boos, in je ogen zijn haatgevoelens die mij afschrikken...'

Gideon zond haar een matte glimlach. 'Lieve schat, je maakt je zorgen om dingen die er niet zullen zijn. Ik hou nog net zoveel van mam als voorheen, denk je nou heus dat ik háár geweld zal kunnen aandoen? Misschien wil ik alleen al naar haar toe om haar te laten merken dat er jegens haar geen rancune in me is. Bovendien denk ik dat het niet overbodig is haar te laten weten dat ik er zijn zal voor haar als het tussen haar en Thomas wederom spaak loopt. Dat verwacht ik, daar kun je volgens mij op wachten!'

'Over optimisme gesproken,' sneerde Fleur. 'Stel dat het deze keer wel goed gaat, dat ze samen gelukkig oud worden, wat dan!?'
'Als ik de ware aard van Thomas Vogelaar leer kennen, is het voor mij nog vroeg genoeg om van mijn huidige standpunt jegens hem af te stappen. De tijd zal het me moeten leren. Vooralsnog haat ik hem zoals een mens niet haten mag.'
Fleur ging aan dat laatste voorbij, zij putte hoop uit wat Gideon ook had gezegd en daar haakte ze op in. 'De tijd zal uitkomst moeten brengen, dat ben ik met je eens. Het is nooit te laat om een bepaald standpunt te wijzigen.' Ik zal hopen en bidden voor ruimte, voor een opening waardoor jij de dingen wat milder zult kunnen inschatten, dacht ze er stil achteraan. Wonderlijk evengoed, bedacht ze, dat ik het in mijn hart opneem voor Gideons vader terwijl ik niet weet óf de man goede karaktereigenschappen heeft. Ik ken hem niet eens persoonlijk!
En zo, allebei met een hoofd vol vraagtekens en zorgen, stonden ze op een gegeven moment voor het grote huis aan een van de singels van Groningen. Gideon drukte bewust op de bel waar de namen van Joost en Jola onder stonden en toen zij opendeed keek ze een moment verbaasd, het volgende verrast. 'Wat geweldig fijn om jullie hier op de stoep te zien! Hier had ik niet op durven hopen, kom gauw binnen!'
Gideon moest haar enthousiasme afremmen. 'Het spijt me, maar we komen voor mam. Omdat ik onverwacht voor haar wil staan, zorgde ik ervoor dat jij ons binnenliet. Het komt misschien wat verwarrend bij je over, toch vraag ik een beetje begrip.'
Jola knikte, en in de grote hal, opgetrokken uit marmer, wees ze naar de trap en fluisterend zei ze: 'Als je boven bent, is de eerste deur die je ziet die van hun huiskamer. Is dit onverwachte eigenlijk wel goed, zul je mam niet te erg laten schrikken, Gideon?'
Hij stelde zijn zus gerust met een glimlach en een aai over haar wang.

Martine schrok wel toen er plotseling op de deur werd geklopt en toen die openzwaaide en ze Gideon zag, verbleekte haar gezicht, maar straalden haar ogen. 'Gideon! Ik heb zo gehoopt dat je zou komen en nu ben je er! En Fleur ook, zie ik nu pas, ach kinderen, wat doen jullie hier goed aan!' Ze wilde opstaan, maar dat hoefde niet, want Gideon was inmiddels al op haar toegesneld. Vanuit zijn ooghoeken had hij Thomas in zijn stoel zien zitten, hij keurde hem echter geen blik waardig. Net als vroeger sloeg hij zijn armen om Martine heen en net als vroeger klonk zijn stem bezorgd. 'Mam, wat heb je wel niet allemaal uitgespookt? Ik ben me wild geschrokken toen ik hoorde dat jij een ongeluk had gehad! Hoe is het nou?'

'Goed, mijn jongen, goed! Nu jij er bent is voor mij alle leed geleden.' Ze had willen vragen of Fleur en hij een fijne vakantie hadden gehad, ze zweeg echter abrupt toen de geladen sfeer op haar oversloeg en ze zag dat Thomas zich had teruggetrokken. Hij was achter in de kamer op een rechte stoel van de eethoek gaan zitten, Fleur zat stijfjes op de bank, zag ze. Ze sloeg een paar bange ogen op naar Gideon, en haar stem haperde toen ze vaststelde: 'Het is niet zo goed als ik één moment van overweldigende blijdschap dacht. En toch... zijn jullie naar dit huis gekomen?'

Gideon knikte. 'Ik wilde met eigen ogen zien of het werkelijk weer goed met je ging. Enne... ik wilde je ook persoonlijk komen zeggen dat ik niet boos op je ben. Begrijp je?'

'Nee,' zei Martine, 'nee, want dat is voor mij niet te begrijpen. Je bent wel boos, in ieder geval moet jij hevig teleurgesteld zijn in mij. Jegens jou heb ik verraad gepleegd. Dat knaagt aan me, het staat mijn geluk met Thomas in de weg. Maar ik kon niet anders, Gideon... ik kón niet anders. Ik hou van je vader, ik kan het zonder hem niet stellen. Toen niet en nu niet...' Martine huilde, ze verborg haar gezicht achter haar handen. Thomas zat met een gekwelde blik in zijn ogen toe te kijken, en ook Fleur kon haar ogen niet droog houden; Gideon echter had alleen maar te doen met Martine. 'Kom mam, niet huilen, dat heb je in het verleden al te veel gedaan. Het is niet waar wat je zei, je hebt geen verraad gepleegd. Je hebt slechts gehoor gegeven aan de roep van je hart en wie ben ik dat ik je dat kwalijk zou mogen nemen? Ik gun jou het geluk oprecht, het is echter wel zo dat er voor mij geen plaats kan zijn in je huidige leven dat zich zal afspelen in dit huis. Waar je niet alleen zult zijn, heb ik begrepen. Bij dezen vraag ik je echter of je vaak naar Fleur en mij wilt komen, want ik kan je niet helemaal missen. Ik geef om je, mam...'

Gideons gemoed schoot vol. Ook Martine zat te vechten tegen haar tranen en Fleur staarde strak naar de wriemelende handen in haar schoot. Op dat moment, toen de stilte in het vertrek oorverdovend was, hoorden ze alle drie de stem van Thomas. Martine en Fleur keken hem aan, Gideon vermeed halsstarrig oogcontact toen Thomas hoorbaar aangeslagen zei: 'Wat moet ik doen, Gideon, om jou ervan te overtuigen dat mijn spijt oprecht is? Wat kan ik meer doen dan jou beloven dat ik alles voor je moeder zal goedmaken?' Met een stem waarin hoorbaar tranen waren voegde hij er bewogen aan toe: 'Als je toch eens wist, mijn jongen, hoe graag ik alles wat ik voor jou vernield heb, ongedaan zou willen maken...'

Voor het eerst zocht Gideon Thomas' blik, zijn ogen priemden in die van hem. Het was pure wanhoop, vermengd met het verdriet dat hij als kind gekend had, die hem nu wreed deed zeggen: 'Noem me alsjeblieft niet "mijn jongen"! Iets dergelijks mag alleen een vader tegen me zeggen, jij bent voor mij een vreemde! Voor mij valt er niets meer goed te maken en als ik merk dat mam in de toekomst ook maar iets te kort komt bij jou, dan krijg jij met mij te maken!' Nadat Gideon op deze manier zijn gal gespuwd had stond hij abrupt op. Met een handgebaar wenkte hij Fleur. 'Kom, het wordt voor ons de hoogste tijd dit huis te verlaten!' Hij liep naar Martine, gaf haar een kus en fluisterde: 'Ik hou van je, mam, vergeet dat nooit en kom alsjeblieft vaak naar ons toe.' Nog eenmaal streelde hij liefdevol haar wang, toen beende hij het vertrek uit. Fleur volgde hem pas nadat ze Thomas een hand had gegeven. 'Dag, het spijt me...' Ze sloeg een arm om Martines gebogen schouders en fluisterde: 'Moed houden, ik zal mijn uiterste best doen om Gideon op andere gedachten te brengen. Sterkte en... niet meer huilen.'

Dat deed Martine wel, en toen ze weer alleen waren zocht ze Thomas' brede borst. En terwijl zij daar uithuilde troostte hij: 'Stil maar, lieveling, stil maar. Jij raakt je zoon niet kwijt, nu ik heb mogen ervaren hoeveel Gideon van jou houdt, durf ik dat met zekerheid te stellen. Tussen jullie tweetjes zal het blijven zo het was, de band tussen jullie kan enkel nog sterker worden. En dat gun ik jullie allebei.'

Zo stelde hij de vrouw die hij had mogen terugkrijgen gerust, maar hoorde tegelijk de stem in hem: besef je, Thomas Vogelaar, dat jij als een getekende verder zult moeten onder een last van schuld en schaamte?